河出文庫

海鰻荘奇談
香山滋傑作選

香山滋
日下三蔵 編

kawade bunko

河出書房新社

海鰻荘奇談　目次

海鰻荘奇談　香山滋傑作選

オラン・ペンデクの復讐

1

その日、東京T大学第十二号人類学教室は異常な昂奮と緊張とで、それでなくてさえ汗ばむ初夏の午後の空気は一層の温気《うんき》を加えていたので、来会百数十名の学界、操觚界《そうこ》の人々の面《おもて》は上気し、額の汗を拭うもの、ネクタイを緩めるもの、案内状を扇代《おうぎがわ》りに使うもの等々、雑然たる姿態をつくりながら、話題はあと五分の後に展開される宮川大三郎博士の栄光に輝く発表について、各自の意見や感想や期待やに集中し、いつ果つべしとも思われなかった。というのは、若《も》し宮川博士の今日の発表が正当に学界にうけ入れられることになれば生物進化学説はその失われた連鎖の一環をプラスするであろうし、又我々人類は我々の同胞としての更に新しい人類の一種族をこの地球上に迎えることにもなるからである。新たなる人類の発見ということは、世界が常に夢みて、幾度《いくたび》か胸おどらせ、幾度か失望し、しかもなおこの見果てぬ夢を捨て去ろうとはしない、それは根強い執着なのである。恰《あたか》も不老不死の霊薬を求めて熄《や》むことを知らなかったあの史的情熱と何等異るところのものはない。そして此の情熱がデュボアをして直立猿人《ピテカントロープス・エレクタス》を発見せしめ、ズダンスキーをして北京人類《ホモ・ペキネンシス》を発見せしめたのであった。そして、世界は尚《なお》も血眼《ちまなこ》になって新しい人類の出現を探究し、凱歌と挽歌との交響に酔うのであった。今、宮川博士はここに新たなる星を輝かせようとする、その発表が齎《もた》らそうとする内容の前に人々は胸をよろこびにかきたたせ、同時に不安におののかせて落着かぬざわめきを生み出しているのであった。

教室の大半は各地大学から派遣された教授、学徒によって埋められ、最前列には人類学の泰斗《たいと》鳥屋龍蔵博士、考古学の権威浜田紅陵博士、古生物学の生みの親横尾又次博士、有尾両棲類学の権威佐藤井佐夫博士、脊椎動物学の大家《たいか》岡山弥一郎博士、進化学の耆《き》宿《しゅく》大泉丹博士等我国一流の諸学者を初めとして、折よく来京中の英国王立地学協会の名誉会員アレンビー公爵、ニューヨーク博物館長R・L・ジョルダン大佐の顔も見られた。日本ニュースとパラマウント・ニュースの二組のキャメラも部屋の一隅に待機している。

一九四×年五月×日午後一時。世紀の驚異の幕は切って落された。左手入口扉より宮川老博士は演台の前に静かに歩みつつある。日本人には珍しい巨軀《きょく》の持主、嘗《かつ》て、京都T大学人類学教室に教鞭を執って居た頃は学生達からロスチャイルド卿と綽名《あだな》された程重厚な風貌は今も変りない。ただ不自由な足の歩みを、助手の容姿端麗な石上学士に助けられて演台の前に立つや教室内の人々は一斉に拍手をもって迎えた。博士は片眼鏡《モノクル》をはめ、原稿を取出すと、それを前に置いて、やがて静かに、童話でも語るようなおだやかさで、いく分銹《さ》びのある声でその発表にとりかかったのである。

「私がようやく故国日本へ帰ってから、まだ半歳にしかならないが、その間、私は今回の発表については幾度か躊躇《ちゅうちょ》し、或時《あるとき》は永遠に私だけの胸に葬ってしまおうかとも思い、或時は再度の探険を完了するまで発表を差控えようとも考えたのであるが、ついに私一身上の事情も手伝って発表を急ぐようになった次第である。私は御承知のように一昨年春、政府の要請を容れて、ジャワに渡島し、バイテンゾルグ自然科学博物館附属研究室に於《おい》て或《あ》る特殊研究を続けて居たのだが終戦直後、土民の襲撃に会い、一夜帆船をかって身を以《もっ》てのがれた。同行はY新聞社の報道班員T氏と研究室附属の助手H君とたった二人、スマトラ島ジャムピイ州パッシル・ベンガラヤン村にたどりつき、地方監督官P・ローレー氏の厚意にすがり、そこから東方十五哩《マイル》の地点に土人の例にならって籐《とう》やさまざまの纏繞《てんじょう》植物の茎を編んで仮小屋を作り、全く猿にも等しい原始的な苦しい生活を初めたのであった。何故そんなことを敢《あえ》てしなければならなかったか、勿論《もちろん》和蘭《オランダ》政府に願い出《い》でて敗戦後の身の振方を委ね、故国に帰還し得る日を待つことも出来なくはなかったのだが、一方に私は、多年抱いていた或る宿望を達し得る唯一の機会を失うまいとして、自らこの苦難の道を撰《えら》んだのであった。この地方は一般にロカン地方と呼ばれていて、嘗て十数年前『オラン・ペンデク射殺事件』として世に騒がれたところである。この事件は当時『デーリー・コラント紙』に詳細に発表され、我国にも何かの週刊雑誌に抜粋されたから御承知の方々もあろうと思われる。要するに該紙の報道の一部を借りて申すならば、〈雨季晴れ近い五月の末の或る朝、ロカン村民が籐採取に近郷の山林地帯を往来する時数回に亘《わた》り奇妙な人間とも猿とも見られる動物を発見したことを同州知事の元へ報告した。直《ただち》にこの報告の実否を確《たしか》めるためロカンの土侯ウイスレー卿は捕獲又は射殺しても構わぬと命じ、土人捜査隊を組織して自ら子を連れた母親のオラン・ペンデクを目撃し、これを小銃で撃ったが子供は即死、母親は弾丸を受けたまま洞窟内へ遁《のが》れてしまった。母親は四十二センチメートル、子供は十二三センチくらいの身長で、丁度猿の叫ぶような声を発したという〉同紙は更にオラン・ペンデクの形態に就いて〈ペンデクの皮膚は有毛でなく、頭部に薄い灰色の毛を有し、骨格は人間に似て、数本の歯を認められる。射殺した子供の骨格をジャワのバイテンゾルグ自然科学博物館へ送り研究資料とすることにした云々〉と述べている。私がさきに同園で特殊研究をして居ったといったのはこの骨格の研究であったのである。当時の目撃者はオラン・ペンデクは全然人間の一種だという印象を受け、その皮膚は白く無毛で、前額は真直《まつすぐ》に立ち、尻尾《しっぽ》は無いという。で、この射殺事件ははしなくも社会的人道上の問題となった。つまりオランを『人』となすべきか『猿』となすべきかの岐路に置かれたことによる。オランの正体は何者であるかという学理的解決こそ、この事件を裁く唯一の鍵《キイ》となったわけだ。私が戦争中にもかかわらず和蘭政府の種々の厚い庇護にあずかり得たのも、実は私が同国政府の依頼を受けて秘《ひそ》かにこの解決に力を致していたからなのである。ところが私は、是非生きたオラン・ペンデクを欲しかった。生きたままを数頭、いや数人捕えて生態学的、言語学的に研究しないことには何ともその解決は得られないのである。そこで私は、秘かに同国政府に依頼して、この目的のために現地へ行けるよう願出でたのだが、いかに学術研究の為とはいえ、さすがに敵国人を易々《やすやす》と移住させることは六ケ敷《むつかし》くそのままとなっていたが、図らずもその機会を摑《つか》むことが出来たのであった。こうして私は約三ケ月の間、死を賭《と》した冒険の後に、大人十一（内七は女）小児四（内女二）の生きたオラン・ペンデクを捕えることが出来たのである」

群衆は一斉にざわめき立った。おお、きょう発表される新人類とは、他でもないこのオラン・ペンデクであったのか。嬉しさのあまり大泉博士はその純白な頭髪を右指でかき上げかき上げ、その頰を若者のように輝かせていた。がそれとは全く反対に横尾博士のみは明《あきら》かに内心の動揺をその蒼《あお》ざめた面《おもて》にみなぎらせ苦痛を押しこらえている様子であった。

「当時の私の日記はその捕獲状況を詳細に記録してあるから、近く公表してもよいと思っている。ただ特筆することは、オラン・ペンデクはすべてその前額部中央に不思議な紅ばらの花形の赤痣《あかあざ》をはっきりと露《あらわ》していることである。このことは特に記憶して置いて戴きたい。さて、私はこの生捕《いけど》った人々の群《むれ》——もう私は完全にこれらの群を人々と呼ぶことが出来る。それはまぎれもなく猿でなくて人である。私は万国動物命名規約の条項を履《ふ》んで、これにホモ・ピテオクスなる学名を与えよう。かくて諸君は今、現今この地球上に存在する三つの人種、ホモ・コウカシクス、ホモ・モンゴリクス、ホモ・エチオピクスに新たに第四人類ホモ・ピテオクスを加えることが出来たのだ」

浜田紅陵博士は鼻の頭に脂肪汗《あぶらあせ》の粒を光らせ乍《なが》らオラン・ペンデクがまだ石器を用いているかどうかを知りたくて、うずうずし初めた。

「さて私は、この大人十一、子供四合計十五のホモ・ピテオクスに囲まれて、実際は飼育しつつ過した三ケ月の終りに思いもかけぬ事件に遭遇したのである。同行二人の内若くて元気もあり、腕力もすぐれたH助手は主としてこの捕虜の監視役を承っていたのだが、或る月明の夜ペンデクの一人、恐らくその内の最年長者であろう、鋭い不可解な悲鳴を挙げたと思うや、それは何かの意味をあらわす言葉にちがいない、他のペンデクの群はいきなり凶暴性を発揮し、H助手を爪で粉砕して、風の如くに夜の森に遁走《とんそう》してしまったのである。私はT報道班員を連れて、その後を追った、夜どおし私達二人は走った。そして遂にこの一群は再び私の眼前には現れなかった。が、私達は屈しなかった。一応現場に戻り、H助手を手厚く葬った後、あらためてペンデク追跡のための準備に着手、三日の後土人の案内人一人を得て出発したが不幸にして土人にはぐれ、ノアの洪水をおもわせるような大洪水に遭い、私達二人の太い籐にくくり合わせたからだは長時間狂奔する濁水と渦巻に弄ばれたのちようやくに切り立つような断崖《クリッフ》に叩きつけられて止った。そして、天候と私達の健康がやや恢復《かいふく》しかけた時に私達は、おどろくべき未知の人類を発見して狂喜した。おおその新人類こそ、きょうここに発表しようとするオラン・ペッテそのものなのである」

聴衆は総立ちになり兼ねまじい様子を見せた。博士のきょうの発表は新発見にかかるオラン・ペンデクとのみ思いきや、それのみではないのだ！　さらに新しき第五人類オラン・ペッテなるものが更に出現するのである。

語る博士は、しかし静かに椅子に脊《せ》をもたせその巨軀にわずかの身じろぎもせず微笑をさえ浮べていた。

2

「さて私は、この新人オラン・ペッテを諸君に御披露するに先立って、少しくその発見された環境なり、気候・地質について説明すべきであるが、それは私の日記にゆずることとし、オラン・ペッテそのものについて述べることとする。『オラン』は土語で人の意であることは前のペンデクの場合と同様であり、ペンデクが『小さい』という意味である代りにペッテは『沼』を意味する。つまりオラン・ペッテの住居が沼沢地であるからだ。体長は平均一メートル四分の三、全身淡いチョコレート色で、顔はやや色褪《いろあ》せ、皮膚に全然毛髪なく頭部は一見何かの苔《こけ》のようなもので覆われている。四肢共極めて短く、胴が長い。そして驚くべきことには口腔内、両頰の裏面の粘膜を透《とお》して鰓《えら》の存在を示していることである。しかも、これは痕跡的な存在ではなくして、明かに使用されつつある器官なのである。勿論両肺を以て空気呼吸を営むが同時にこの鰓によって水呼吸をも兼ねるいわば両棲類の体構造をこの人間は持っている。私達はこの生物を、私達が洪水で押しあげられた断崖から数十歩の地点、広い沼の岸辺に於て発見したのであった。最初私は之を全然人間とは思わなかったのである。運動は極めて緩慢で沼の岸にうずくまって二乃至《ないし》三の小群をなして何かものを食っているところであった。多分何かの甲殻類であったろう。同時に私はそれをも採取したが、それは蟹《かに》に近く、無気味《ぶきみ》な恰好ものものであった。私の捕えたのは三人であったが、彼等は小さな眼を恐怖におののかせて鳴くように口を開閉していたが、私達が籐蔓《とうづる》で即席につくった縄でしばり上げると別に抵抗する様子もなく温良《おとな》しくするがままにしていた。私はその夜、これがこの世にあり得べき存在であるか、終夜まんじりともせず考えあかした。『鰓《えら》のある人間』が生きている――それは物語としては慥《たしか》に猟奇的であり、悪魔的でありニュース・ヴァリューも百パーセントではあり得るが、いったいこれを生物学的に何と解釈づけたらよいのか？人間が下等動物より進化して来た過程に於て吾々は魚類と爬虫類をつなぐものにイクチオサウルス（魚龍）を持ち、爬虫類と鳥類との連鎖としてアルケオプテリクス（始祖鳥）を知る。さらに猿と人との中間型をピテカントロプス（猿人）に求め得るが、それらはすべて絶滅しているのだ。本来過渡的な生物は生存し得ないのが進化学説の原則である。その原則を破って、この水棲人は、いつの時代からか現今に至るまで生存しつづけて来たのだ。これは正《まさ》しく生ける化石である。ああ生ける化石！　私は夢を見ているのではなかろうか？　これはどうしても完全な研究を要する。外観の奇にのみおぼれていてはならない。正しい判定は常に解剖にたよらねばならない。そうだ、これは一人を犠牲にしてその体内機構を精査するより外に途はない、そのためには私は敢《あえ》て殺人罪を犯さなくてはならなくなる。あのオラン・ペンデク射殺事件はついに輿論《よろん》をまで惹起して、和蘭政府は苦境におちいっている。では、ここは何処か？　私は知らない、誰がこの殺人を目撃している？　あるはただ私のよき同伴のT報道班員一人だ。私は流石《さすが》に苦悩した。しかし言訳は成り立つ。これはまだ人間として確認されていない未知の生物である。最も高等な猿猴《えんこう》類であるオラン・ウータンを殺してさえ、殺人罪には問われないのだから――。私は幸いにメスの代用をし得る精能のよいポケットナイフを所持していた。私は籐でからめてある三人の内の一人を解いて、それを太陽の直射する平たい岩の上に横《よこ》たえた。哀れなこの犠牲者は、死に直面させられた恐ろしさをも知らず眠りこけていた。私はかたわらにあった角《かど》ばった手頃の石塊《いしくれ》をふりあげてその円く平たい脳天を一撃の下にくだいたのである」

ここで博士は一寸《ちょっと》言葉を途切らせて沈黙した。恐らく当時のこの苦しい追憶を甦らせるのが苦しかったのであろう。水差しからコップに水をうつす時の大きな手がこころもちふるえた。そしてこの頃から博士はしきりに卓上に置いた懐中時計を気にしつつ眺めるのであった。

「その血は赤味がうすく、柘榴《ざくろ》の漿果《しょうか》の汁のように滑かだった。私は直ぐさまナイフでその淡チョコレート色の胸を切りひらいてまっさきに心臓を点検した。位置、形状ともに正常、人間のものと少しも変りはない。次に肺、幾分人間のものよりその蜂窩《ほうか》組織が粗《あら》いが左右対称に二個。さて腹部の剖見によれば盲腸の萎縮状態の確認、肉食による腸の短小化、生殖器官の胎生機構の存在――骨格はやや異常を認めるが、それは関節にある軟骨が発達し過ぎているだけのことで、根本的機構には猿猴類のいかなる高等階級のものよりも人間に近い。もはや疑いもなく、これは人間である。口腔内に鰓を持つ人間は科学的に確認されたのである。私は直ちに発見の場所『沼』の土語を取ってオラン・ペッテと名づけた。私はさらにこれを骨格標本に仕上げる準備を初めなければならない。世に発表するにしても学界は実物標本を要求するであろう。今は最も原始的な方法を採るより外はなく、内臓を取《とり》のぞいて骨を海水で晒《さら》し、太陽熱で乾燥せしめる以外に術はないのだ。ただ残念なのは肝心《かんじん》な口腔内の鰓を遺すことが出来ないことだ。私はたんねんにこれを何枚もスケッチし、尚T報道班員は身から離したことのない十六ミリ撮影機に残り少《すくな》いフィルムの何呎《フイート》かを之の撮影のために提供してくれた。ああ学術のためとはいえ、人と判明して見れば、この残忍な行為はひどく私のこころを苦しめた。私はその日一日中何も食わず、あとに残した二人のペッテにも会わず悶々の情を抱いて仮小屋の中に閉じこもった。この辺の空気は恐ろしく湿度が高い。私は夕刻から発熱して、いろいろの幻像を見た。砕かれたオランの頭が眼の前で踊り、沼の中からきこえてくるオランの挽歌が之に和した。しかもその夜半私は私の頭髪を一夜にして純白にせしめた程の恐ろしい目に遭ったのである」

ここまで話し来った頃宮川博士の面には異様な表情が現れはじめた。それは丁度大学の中庭に面した高楼の時計が鐘を三つ鳴らした頃おいである。講演終了予定は三時三十分である。

「夜半苦しい熱に魘《うな》されながらも、さまざまな幻覚幻聴に悩まされながらも、私の意識はまだまだ現実と夢幻を識別するだけの余裕をのこしていて呉れた。それで明らかにこれは幻聴ではないひとつの巨大な——しかし極く小さな音の集りから成る——怪音をきわけた。それは可成《かな》り遠くの方から聞え出し、次第に近づいてくる気配を示していた。推定距離凡《およ》そ二百メートルになった頃、私が嘗て南阿に居た時の経験からそれが白蟻《しろあり》の集団移動であることを察し得た。このままじっとしていたら万事終りなのだ。白蟻の移動軍はこの小屋の凡そ空気のあるところならば、壺の中へまでも充満して来るであろう。そして私達の鼻も口も白蟻に満たされたまま窒息してしまうであろう。私は節々《ふしぶし》の痛むからだを無理におこして仮小屋の外へ飛び出した——おお水蒸気にかすむ月明《げつめい》の大原始林中を行進し来る何億という白蟻の巨軍——しかもそれはいままで私が想像していたなまやさしい白蟻ではない。五吋《インチ》はたっぷりある食肉性巨人蟻《デノポーラ・グランデ》の群である。私は何物をも捨てて寝とぼけ眼《まなこ》のT報道班員の腕を抱いて一散に駆け出した。アマゾン河にいる小魚ピラニヤの群は一夜にして数千頭の渡河牛馬を跡かたもなく平げてしまうように、この巨人蟻は人ひとりを片付けるのに僅か数分も要しないという小悪鬼なのだ。しかもこの蟻の持つ毒性は未だ世に知られぬ不可解な作用をもっていて、人はこの蟻のひと噛みで、ある一定時間の後生きたまま木乃伊《ミイラ》に化してしまうのである。私の髪は逆立ち、総身の毛穴は収縮した。岩を蹴り、木の根を弾《はじ》いて走りつづけたがついにこの小悪鬼は私達より優秀な速力を恵まれていたのだ。忽《たちま》ち追いつかれ、気の毒にもT報道班員の身体はみるみる巨人蟻の固りと化し、私は身を転《ころ》がして幸いにも眼の前にあった沼にわれとわが身を投げこませた。が時すでにおそく、足を二ケ所、右肩を一ケ所、その巨大な餓えた大顎で食いそがれてしまった。ああ、私は昼間自らメスを下した沼の住人オラン・ペッテに助けられ乍《なが》ら対岸にたどりついた時、私はそのまま昏倒してしまったのである。その間にも毒液は完全に私の身体をめぐってしまったことであろう。手をこまねいて私は生き乍らこの未知の境《テラ・インコグニータ》に木乃伊となって横《よこた》わる運命を甘受する外はないのであった。私はその後自分がどうなったのか、どうして助《たすか》って日本に帰りついたかを全然知らない。恐らく私は私の失踪を心配して捜索隊を繰出してくれた和蘭政府の救助によって本国へ送還されたものと思うが、その頃の記憶の中断は何等思いかえすに由《よし》なく、ただわかっていることは、きょうまではあの巨人蟻の毒液から、奇蹟的に救われているということだけである。日本に帰ってから半病人のからだを療養するかたわら、当時の日記を整理し、きょうここに二新人類発見の経緯を発表するに至ったのである。私は何もかも失った。オラン・ペンデクには逃げられ、オラン・ペッテの骨格標本もスケッチも映画も――このことは私に今日の発表を幾度か躊躇させた。にも拘《かかわ》らず敢て発表を急がしめたには絶対的な理由があってのことだ。しかも私は今迄《いままで》語ったことに偽《いつわ》りのない証拠を身をもっていま諸君の前にお示しする。それが私に残された唯一つの方法によって」

博士は時計をちらと見、やがてその顔をやや上向きに擡《もた》げて、聴衆の方へ真《ま》ともに眼を向けた。人々は固唾《かたず》をのんだ、そして何故ともなく鬼気を感じた。

あっ！　という低い驚《おど》ろきの声が聴衆席の横尾博士の口から洩れると同時に一同一斉に総立ちとなった。見よ！　老宮川大三郎博士の面は見る見る内に恐ろしい痙攣《けいれん》にひきつり、恰もジーキル博士がハイド氏に変貌する瞬間のような苦悶の表情を露わした。誰もどうすることも出来ない。その一瞬の過ぎたとき博士の全身はそのまま硬直して顔色は屍蠟《しろう》のごとく、右手にしっかと時計を握ったまま絶息していたのである。口だけを異常に大きく開いたまま。

石上助手がやっと博士の服の胸をゆるめ、襯衣《シャツ》をはだけて、それでもコップの水を強く吹きかけようとした瞬間、彼も聴衆も、世にも不思議なものを見た――。ああ博士の肉体は、あの巨人蟻《デノボーラ・グランデ》の毒性によって約束された生きながらの木乃伊と化してしまったのである。では博士は、何らかの方法によってその来るべき時を計算し予《あらかじ》めその時を知り得ていたのだったか、博士が己れの死期を知り、その前に不完全なるままに発表を急いだ理由はこれで明かになったが、あの二新人種の発見証拠はついに見ることが出来ずに終るのか、この悲惨な場面の中にも、学究の人々はそれを惜しみ、新聞記者等は内心惨酷にもニュース・ヴァリューの半減を悲しんでいたのである。が、それはほんのいっときのことであった。次の瞬間にはさらに驚くべき事態が引《ひき》つづき起ったのである。何げなく開かれた博士の口腔内に、石上助手は何を見たか、おお、博士の口腔には判然たる鰓が形成されている！　これこそは正《まさ》しく博士が発見したオラン・ペッテの第一特徴ではなかったか！　しかも見よ、博士の胸には紅ばらの花型の赤痣！　これこそはオラン・ペンデクの第一特徴ではなくて何か？

ああ三時三十分！　解く術《すべ》もない大きな謎を聴衆の面前に叩きつけたまま木乃伊と化した老宮川大三郎博士！　右肩の巴旦杏《はたんきよう》大の傷跡もいたましく泰然と死の講演をし終った博士！　初夏の午後の日ざしは明るくこのT大学人類学教室にさし入る中に、聴衆はこの壮大な夢と現実との交歓におしつぶされ無言のまま深く首《こうべ》を垂れ、嘆息はやがて次々に嗚咽《おえつ》の声にかわっていった。

3

郊外Bにある広壮な宮川博士邸の一室に、今は亡き博士の令嬢旗江が博士存命中親交の厚かった横尾又次博士を主賓とした晩餐会を催した夜のことである。博士の遺言を忠実に履行した旗江は博士のよき助手であり、幼時から博士邸に引取られて養育されていた石上学士を夫に迎え、勿論莫大な遺産も受けついだ。この夫婦は外目《よそめ》には何不自由のない静かな生活を楽しんでいるかに見えたが、二人ともに、あの日以来大きな謎を世間に投げかけたまま未解決でいる苦しさに新婚の夢は兎角《とかく》破られ勝ちであったが、石上学士の半歳に亘《わた》る努力はようやく報いられて、あの怪奇極まる謎もその解決に近づきつつあった。で、今夜は亡き博士の信頼していた横尾博士等を招いて晩餐を兼ねた中間報告をすることとなったのである。晩餐後石上学士は美しい夫人を傍に置き横尾博士其《そ》の他を前にして世にも稀な事実を打開《うちあ》けたのであった。

「あの日の謎を解くに必要であると思われるもので、最初博士の書斎から発見されたものは、日記の断片と、（博士が講演の中で言及された程精細なものではなかった）僅かに残された百呎足らずのシネ・コダックのフィルムの切れはしのみであった。この二つの材料を素材として私は鏤刻《るこく》の推理を重ね、ようやくに解決の端緒をつかみ得たのであった。結論を先に言えば、博士は当時戦禍の中にあって標品は愚か、吾身の無事さえも保障されがたい際ではあるが、何としても証拠品の一端だけでも持ち帰らなければならぬ、さもなければ、一片の標品なしにこの驚くべき発表をしたならば、学界は博士を狂人としか取扱わぬであろう。窮余の策として博士はそれを自分自身の肉体の一部として運ぶことを考えついた。それは突飛な考えではあるが、不可能事ではない、若《も》しそれが成功すれば自分が生きている限り証拠は安全である——このように博士は考えたのであった。博士は先ず、オラン・ペンデクの前額部にあるその種族の象徴ともいうべき紅ばらの花型の痣のある皮膚を生きながら剝《は》いで自分の胸の皮膚の一部と置き代えた。自分ひとりでその手術をやった。これは成功した、がその犠牲となったペンデクの一人は恐怖と怒りのあまり、あの当時捕えられていた同族を駆って、ついに監視のH助手を屠《ほふ》って遁走したのである。同様の手段によって博士はオラン・ペッテの特質である口腔内の鰓を自己の口腔内に移植したのである。これも成功したにはしたが、その結果はひどい発熱に悩まされねばならなかった。犠牲になったペッテはそのため死んだ。

オラン・ペンデクは実在したのである。しかも博士の日記の一節により、その容貌については故意にか、あの発表講演の際に触れられなかった事実を知ることが出来た。オラン・ペンデクとは土語で『小猿人』を意味するのであるが、ペンデクにはその外に『美しい』という意味も含まれているのである。その点に関して博士の日記の一節には次のように記されている。〈私が初めてオラン・ペンデクに出会《でくわ》したのは、或る晴れた日の夕刻であった。空気はよく乾燥して澄み渡り、巨大な禾本科《かほんか》植物の一種がたわわな実を一杯につけた広大な草原の中であった。私はその中に何か蠢《うごめ》くものの姿を見とめた。最初私は何かの有袋動物だろう位に思って別に気にも止めなかった。が、その内ふと、その首がこちらを向いた。私は、はっとして射すくめられた。それは正に白面の人間なのだ。眼が黒く、智的な輝きにあふれていた。その額には紅ばらの茈《はなびら》のひとつを貼りつけたような紋様が、折からの夕映にくっきりと浮き出されて燃えるように輝くほど美しかった。最初私は疑った、これが土人の謂《い》う小猿人《オラン・ペンデク》なのか？　もしそうであるとすれば今迄この花型の紋様に気づかぬ筈はない。あとで知ったことであるが之は土人の間でも、その事を口にすることは厳しいタブーになっていることが解った。土人以外に、生きたペンデクを見たものは私が初めてなのであった。私もそのタブーを守る。私はこの美しい小猿人を見た瞬間から、この可憐な小人間を世に露《あば》き出すことに何故とも知れぬ恐れを感受し初めた。科学者にも似ぬ小心だと人は嗤《わら》うかも知れぬ。自分がこの新人種を世に問うときは自分の死を意味するような気がしてならなかった。何故かわからない――私は土人のもつ敬虔《けいけん》な気持に同化されて、私も理窟なしにこのタブーに従おう。そしてこの時から私はオラン・ペンデクを『美しい人』と訳することに決める〉博士をかくも打ったこの美しい紋様は、博士が自らのいのちとともにその胸に守って、それを発表すると同時に死んだのだった。

　さて、オラン・ペッテは？　残念ながらこれは博士の妄想の所産に過ぎない。博士がオラン・ペッテの妄想を抱くに至った経路を解く鍵《キィ》を、私はT報道班員が撮影したフィルムの切れはし――僅か百呎にしか過ぎない断片的なものの中から苦心してさぐり得た。先ずその映画面の説明から御話しよう。それは、博士が大洪水に遭遇して、命からがら、とある断崖《クリッフ》にうちあげられた後、博士のいうペッテの沼の附近を撮影したものと推定される。勿論それは水に晒《さら》され、熱気にあたってひどく傷んではいるが、よく見ればその画面に何が写されているか、判明せぬ程のものではない。私は何十度《たび》、何百度ひそかにこれを博士の書斎で映写して研究したかわからない。画面はいったいに水蒸気がこもって霧のかかっているようにどんよりと曇っている。そして僅かに判明するそのあたりの植物相《フロラ》は私が嘗て見たことも聞いたこともない不可解な様相を呈している。私はひとつひとつの植物を心象に灼《や》きつけて置いて、さてその研究にとりかかった。だがその手がかりは？　私は思いあぐんで、眼を博士の書棚にうつした時、天啓のように暗示を得た。今日主賓としてお招きしたあなたの著書『前世界誌』の一冊を取り出すと、私は憑《つ》かれたもののように或るものをむさぼり漁《あさ》った。そして私は見出した。その不可思議な植物相は、私が想像したように現世のものではなく、既に何百万年かの過去に滅び去った前世界のものだったのだ。キャメラの眼は偽らない――とすれば博士等が辿りついたその地点には、滅び去ったと信じられている過去の植物が今も生存をつづけている秘境だったのである。私は嘗てドイルの『ロスト・ワールド』という小説を読んだことがある。そのときは荒唐無稽な作意のものとしか思わなかったが、いま忠実なカメラの眼を通じて見せられては、この場合は信じないわけにはゆかなかった。映し出された植物相と一致したあなたの著書の中の植物とは何であったか？――あなたは御存じの筈だ、現世のどの種類にも見られぬ巨大な松柏《しょうはく》ヴォルチャ・ヘテルモルファを！　孔雀《くじゃく》の羽に似た華麗なカメロップス・ヘルヴェチカを！　そしてまた沼辺の浅瀬をうずめて生いしげる怪奇な魚の鱗《うろこ》を並べつらねたような原始羊歯《しだ》のカリプテス・コンフェルータを！　こうした植物の生育に必要な多湿と高温とは今までに知られている熱帯のどの地方にも無い筈だ。それが画面に立ちこもるあの水蒸気が雄弁に証明している――ここまで来ると、かのオラン・ペッテの秘密も案外容易に解けて来るように考えられる、が実際はここではたと困難な問題に逢着しなければならない。結論を先に申し上げたからあなたにはオラン・ペッテが実在しないものであることが御わかりになっているであろうから、それから出発して逆に推理をさかのぼらせることも出来ようが、私にはその時、まだ実在か幻想かのけじめさえついていなかったのだ。それで解決の鍵を私は再び博士の書斎に求め初めた。私は博士の常用されていた廻転椅子に深く腰を沈めて、煙草に火を点けて見るともなく前面の壁に掲げられた額縁を見ていたが、それは博士が恩師石川千代松博士から贈られた恩師直筆の水彩画である。それは淡白な色彩で描かれた山椒魚《さんしょううお》の一種のデッサンである。私にはもうこの画は見あきる程見て知っているのである。そして書き添えられてある簡単な文句は今ここでも暗誦《そらん》じ得ることが出来るのだ。《古い罪人の憫《あわ》れな骨、今世の邪悪の者達は同情せよ――昔時大サンショウウオの化石が南独イニンゲンという処から出た時に、夫《そ》れを罪を抱いてノアの洪水で死んだ人間の骨であると思ったからである――Homo dilvii testis――》

私はその時その文面の中のノアの洪水という言葉に何か心をひかれた。ノアの洪水――ノアの洪水――二三度こう口の中で唱えていた短い時間の内に私は博士が恐ろしい洪水に出会ったこと、博士自身も講演の中でそれをノアの洪水になぞらえたことを思い起した。ひょっとしてこれには何か関聯《かんれん》がありはせぬかと考えついたのである。図らずもこれがオラン・ペッテの秘密を解く鍵になったのである。順序を正して御話すると、あの大洪水に出会った頃の博士は、さすがに劇《はげ》しい望郷《ノスタルジア》の念に駆られていたらしい、このことは幸いに博士の日記に認《したた》められてある。望郷の眼は必然的に家庭に向けられるものである。そしてそのおもいは博士が日夜親しんで来た書斎を、そこの懐しい恩師からの贈物である額縁のあたりをさ迷ったのである。洪水から受けた劇しい衝動、あくなき新人種追究の疲労、それに加えて、或る原因から既にその頃大分脳をいためていた博士は、急劇《きゆうげき》な多湿と高温の知らぬ土地の怪奇さに半ばは狂いかかっていたのだった。そこで博士が沼のほとりで採集した生物――これがあの『沼の人』オラン・ペッテの幻想の原型となったのである。ではその生物は何か――私は博士のその時の心的状態から推理して、あの額縁の中の絵、大サンショウウオに類似のものではないかと推定して見た。その確証をも私は再びあの映画の中に求めることが出来たのである。沼の岸辺をうずめて群生している怪奇な形の淡水海綿シフォニア・ウエブステリの中に蠢く古代山椒魚の影！　横尾博士！　おわかりでしょうね、これこそ、アンドリアス・ショイクゼリです。あの額縁の画も古代山椒魚《パレオ・パドラクス》アンドリアス・ショイクゼリです！　何という運命的な符合！　ノアの洪水で死んだ罪深き人（Homo dilvii testis）の遺骨――この先入意識は半ば狂える博士に新人類オラン・ペッテとなって現れたのである。嘗てオラン・ペンデクで成功した博士は証拠の皮膜の移植をここでも本気になってやってしまったのである。自分の口腔内にアンドリアス・ショイクゼリの鰓（実はその生物の単なる口腔内の皺壁《しゆうへき》粘膜に過ぎなかった）を移植したのだった。この時受けた粘膜の分泌物のために夜博士ははげしい発熱に悩まされている。これで、何もかも一応御わかりになったことと思う。ただ博士がどうして洪水に出会った頃から半ば発狂状態に陥ったか、どうして自分の死期を正確に知り得たかの二点を除いては——これは私にもまだ解っていない、が私はあくまでもこの解決を追究せずには置かないつもりである。

さあこれから問題の貴重なフィルムを映写して御目にかけよう、これは古生物学《パレオズーロジー》専攻のあなたにとっても重大な資料だと思われるから——」

石上学士は、さぐるような一瞥を博士に投げ与えてから静かに立ち上った。旗江夫人は博士に腕をかして三人は静かに亡き博士の書斎に歩み入った。他の客達も彼等に続いた。

其の夜更けて、帰宅の自動車の中で、横尾博士は憂悶に色蒼ざめた面をうつむけ、両手で頭を抱え乍《なが》らいつまでもつぶやいていた。

「信じられぬ——だが信じねばならぬ。アンドリアス・ショイクゼリが生きている、滅びた侏羅《ジュラ》の世紀が今なお地球の一角に現存していようとは！」

4

夏が過ぎて、今は亡き宮川博士邸の公孫樹《いちょう》が美しく黄ばんだ。亡き博士の書斎はそのまま石上学士の書斎となり彼は朝の珈琲《コーヒー》を啜《すす》り乍ら、配達されたばかりの朝刊に目をとおしていたが、その一隅の学芸欄に、横尾博士の急逝の報道を見た。死因は老衰とのみで別段何の奇もなく、簡単な略歴と学界に寄与した功績が数行掲載されていたのみであったが、何故か彼はこの記事を見たとき、にっと不可解な微笑を洩らしたのである。会葬に行って彼が未亡人の口から知り得たところを要約すると——横尾博士はあの日晩《おそ》く自邸に戻ると直ぐに書斎へ閉じこもり、二三日は家人の誰とも口をきかなかった。そして次第に憂愁の度を加えつつ、身体も衰弱してゆく許《ばか》りであった。そして臨終には、家族の誰にもわからぬ言葉を二三度繰り返してつぶやいたのみだったと言う。未亡人はその片ことをおぼえてはいなかったが、後に博士の書斎に散らばっていた夥《おびただ》しい屑紙《くずかみ》には、そのどれにも片仮名や平仮名やローマ字で同じ謎のような綴字が書き散らしてあったという。

——アンドリアス・ショイクゼリ——

——あんどりあす・しょいくぜり——

——Andrias Soheuchzelii——

以上の真相を知り得た石上学士は帰ると直ちに己れの書斎に入り、慎重にあたりを覗《うかが》った後、妻にも見せぬ秘密の日記を開いて、その日の日附の下にただ一行、

——オラン・ペンデクの第三復讐——

と書きつけた。そしてその日の夜彼は風の如くに姿を消してしまった。旗江夫人のあらゆる捜索の甲斐もなく悲嘆のうちに一年は過ぎた。父老博士の悲劇的な死、その親友

横尾博士の急逝、そして最愛の夫の失踪——若く美しい未亡人旗江には耐えられぬ心の傷手《いたで》つづきであった。彼女は憂悶の身を、郷里G温泉に養うことになった。

晴れた美しい冬の朝である。陽のよくあたる旅宿のテラスの安楽椅子《ソファ》に身をうずめて、遠い雪のB山脈を眺め乍ら、近頃手すさびの煙草のけむりを吹いている時、女中が新聞と一緒に部厚い一通の手紙を持って来た。受取って見れば、それは留守宅から符箋《ふせん》附きで廻送して来たものであったが、国外から差出されたものであった。切手は和蘭政府発行のもの、差出人の名前はなく、その代りに紅ばらの花型が、こぼれるような赤さで描かれてある。まさか！　旗江夫人は開封するのが恐ろしかった。まさか、オラン・ペンデクが妾《わたし》に手紙を呉《く》れるなんて！　そんな馬鹿なことがあってたまるものか？　彼女は不自然でない笑いにその考えを打ち消して、ではいったい、どうしたことなのだろう。ひょっとしたら！　失踪中の夫が何かの事情で匿名の必要を感じこのサインを使用したのではあるまいか、それならばよく解る、いくぶんは茶目気のあった夫のことであるから。きっとそうだ。夫人は久しぶりに明るい表情をした。寛やかにはだかった胸のふくらみがあきらかに動悸を搏《う》ちはじめ、彼女の頬は上気し、手は顫《ふる》えた。

ああ、夫人の予想は不幸にして的中した。

〈一九四×年十二月×日、和蘭政府ベンガラヤン支庁を通じ、スマトラ島の一角、未だ世に知られざるテラ・インコグニータの奥に、太古から取残されていた小さな一民族、オラン・ペンデクの末裔《まつえい》である私より、その愛する日本の妻旗江におくる。私がおまえの許から突然に消え去って、その後一切の消息を絶ってから、早や一ケ年が夢のように過ぎ去った。私がお前をどんなに愛し、このたびの別れがどんなに辛いものであったかは、私が別れを暗示するようなどんな些細な行動をもほのめかさず、風の如く消え去ったことによって察してもらいたい。私はいくたびか美しいおまえゆえに、今度の決意を翻《ひるが》えそうと躊躇したか知れない。それにも拘らず忽然《こつぜん》とおまえの許を立ち去ったのには、滅びゆく民族の悲しい呼声に連れもどされたからに外ならない。私は、私が守ってやらなければ必ず近い将来に絶滅してしまわなければならない、私を生んだ民族の中に帰ってゆく義務を持っているからなのだ。このことは、この長い手紙の終りの方に詳細に述べようと思う。

私は告白する。私は恐ろしい殺人鬼である。さぞ驚くであろう。おまえの父であり、私の育ての親であり、同時に恩師でもある宮川博士を、またその親友である横尾博士を殺害した。誰がそんなことを想像し得よう？　しかしそれは悲しいかな事実である。ではおまえに納得のいくように順を逐《お》って話ししよう。

まず第一に私が日本人でなくて、オラン・ペンデク族であるということから初める。私の種族の民族的象徴とでもいうべき特質は博士も指摘されたように前額部にある紅ばらの花型の赤痣である。が何百年に一人又は二人この痣のないものが生れることがある。これは発生学的にも説明出来るものだが今は理窟はよそう。その年、私ともう一人の男の子が痣のない児として生れたのだ。永年の習慣として、この不運な児は、他国に追放されねばならぬ。私は鳥の翼（飛行機）に託され、もう一人の子は魚の鰭（軍艦）に委ねられて、私は日本に、その子は和蘭にその生命《いのち》を培う運命になったのだ。私は縁あって宮川博士に拾われ、幼い頃からおまえと兄妹のようにいつくしみ育てられたのである。そして私はおまえに恋した。が私が日本人でないことは別としても、私の地位は博士一家にとって一介の拾い児にすぎなかった。私が博士のお蔭でT大学に出入し、博士の助手を勤めるようになった或る日、私よりも賢明な、和蘭に追放されていた子が突然訪れて来て、私は私の身の上を初めて知ったのである。私がおまえと結婚することは愈々《いよいよ》絶望となったのである。日夜悶々の末、私は邪悪の鬼と化した。この目的を達する為、事のついでにこの家の莫大な富を自由にするため私は秘《ひそ》かに博士殺害の機を狙い初めたのだ。日本のように不自由でない国に生活出来たもう一人の児は、故郷ともしばしば往来して、その情況なども手紙で知らせて呉れるようになった。

博士が内地へ帰って来られたとき、私はいよいよ予《かね》ての計画を実行する決意を固めた。私は和蘭の青年に依頼して故郷から不思議な薬を取寄せて持っていた。それは私の故郷にだけしかない、うつぼかずらの一種ネペンセス・プルプレアから採ったものである。この汁は用量の多少に従って効力発生の時間に長短を与えるものなのである。どんな効力かって？　それはおまえも目撃して知っている筈だ、博士の五体は硬直して生き乍ら木乃伊にさせられたではないか。巨人蟻に噛まれたためだというのは出鱈目《でたらめ》である。私が作意して博士にそう思いこませたのであって、巨人蟻の持つ毒性は、発見者ポオル・E・ザアル博士も指摘したように単なる記憶の中断症にしか過ぎない。博士が帰国に到るまでの経過の忘却だけが巨人蟻の毒性の作用であり、直接博士の生命を絶ったものは私の魔薬プルプレアの効力である。

博士に魔薬を盛ったあの夜のことをいま告白する。博士の寝室は深夜でも私にだけは出入自在だった。それはお前も承知のことだろう。私は学問上のことにも、一寸した身の廻りのことにも博士のよき助手としての行動を赦《ゆる》されていたし、ことに帰国当座の半病人の博士が他の人の世話を嫌がって一切私に委ねられていたのだから。私は博士の枕辺の水差しにあの魔薬を数滴混入し、博士の眼の前でコップに一定量をついで置き、いつでも飲めるようにしておき、さて私は時計を前にして神妙に博士の介抱の為《た》め起きている様子を装っていた。むし暑い晩なので、私は少し窓を開けて冷い夜気を通《かよ》わしたかった。窓を少し持ちあげた途端、おもわぬ強い風が吹き入って、仰むけに寝ていた博士のあつい胸の襯衣《シャツ》がはだかったのだ。ああ、私はそこに何を見たか、私の頭からは一時に血の気が去り足はよろめいてすべての力が抜けてしまったのだ。私は直ぐさま博士の書斎にかけ入り博士が丹念にしたためてあった日記を片っ端から点検した。そして私は博士が私の同族十五名を捕虜とし、その逃亡に際してその半数を撲殺し、その内の一人の額の生皮をはいだことを知り得た。私は怒り、呪い、ついに復讐をちかった。その時恐らくは不用意に声を立てたのであろう、博士は眼を覚し、枕辺のコップを取ってその全部を飲み干した。私はその時間をはっきり覚えておいたのである。ああ今しがたまでは私は恋と金のために恩師を殺害することに熱中していたのに今は己れの民族の仇をかえす復讐鬼と化し去っていた。そしてそのどちらでもよい。目的は達せられたのだ。

私はその夜中かかって、博士の日記を漁って、民族の敵、わがオラン・ペンデクの仇敵を探した。そして図らずも博士の親友横尾博士もまた彼が十数年前比島への探検飛行の帰路ロカン地方に不時着して私の同族数名を射殺している事実を知り、私は後にあの晩餐の食卓に於て同様プルプレアを盛ってやったのだ。魔の花ネペンセス・プルプレアよ、お前はこうしておまえの故郷の人の仇をとってくれたのだ！　横尾博士の場合は薬の効力の発生前に、あの夜の、彼の畢生の学究を一瞬にくつがえした衝撃のために倒れてしまったのだ。そしてそのことは彼が生ける化石アンドリアス・ショイクゼリの名に憑《つ》かれつつ半ば発狂して死んだことが雄弁に物語っている。私はそれをオラン・ペンデクの第三復讐とした。第一復讐は宮川大三郎博士に捧げる。そして第二復讐は私の同胞和蘭青年の手によって嘗てのロカンの土侯ウイスレー卿に捧げられた。私は博士の日記の随所を破棄し、代りに私に都合のよいよう、博士の筆跡を真似て書き代えた。博士の半ば狂える頭脳はそのからくりを見破ることも出来ず、自分の死期を知り、私の暗示に従っておまえとの結婚の遺書までも書いたのである。序《つい》でだが博士の日記によって、私は博士が半狂人になった原因も知り得たが、それは本筋に関係のない博士の一情事に過ぎないから省く。

ではさようなら。私の愛する日本の妻、旗江よ、私は永遠の御わかれを告げてこの悲しい手紙を終る前にひとこと告げて置きたい！

私達オラン・ペンデク一族は、宮川博士が偶然大洪水に流されて発見された断崖の蔭、テラ・インコグニータの地に、洪積世《こうせきせい》の昔より何ものにも発見されず、しずかに生きつづけて来たのだ。凡そ一世紀前、死火山フェルンダ・ガルーの復活を予知し、難をのがれて現在のロカンの地に移住したのだが、私達民族の悲劇はその時から初まった。ひとたび文明人の眼に触れたが最後、彼等は飽くなき貪婪《どんらん》をもって、私達を世界の好奇の眼《まなこ》の前にさらけ出さずには置かない。そのためには彼等は手段を選ばない。幾多のオラン・ペンデクがその魔手にかかったことか！

私達同族は文明を知らない。文化果つるところ、人々は、霊も肉もまるはだかである。大自然はその自然に無条件に同化するもののみを抱擁する。私達は疾病も、饑餓《きが》も、希望も、失意も何も知らない。晨《あした》、野草の実を炊《かし》ぎ、夕《ゆうべ》、魚介を掬《すく》う。夜、男は蘚苔《せんたい》の床《とこ》に葉笛を吹き、女は乳房に月光を浴びる。言語は持つが、文字はなく、智性は生活の方便に費すが、一切の形而上の問題には無智にひとしい。私達の平均年齢は三百歳であり、死は眠りの延長に過ぎない。デンドロビウム・イムベ（蘭）の搾り汁は女をいよいよ美しくし、イサリア・ルブラ（茸）の胞子は男の夢をかきたてる！

この美しい集団生活を送る種族を、文明人はあらゆる武器をとって、世にあばこうとする。彼等はそれを学術に藉口《しゃこう》するが、その本心は醜い虚栄と名誉慾なのだ。若しそれが新人類探究の止《や》むに止まれぬ欲求本能であるというのなら、私はそんな本能を軽蔑する。幾多の美しい民族がその毒牙にかかって滅されたことか？　私は知る、北米インディアン中のモヒカン族を、南米ギアナのクズコー族を、南阿タンガニカのアポ族を――この地球から消滅させてしまった文明人のあくなき知識の貪婪を呪う。あばかれた美しきものはサロンの心なき女をたのしませ、醜きものは退屈しのぎの笑いものにされる。ああ幾多の可憐な土人たちがその毒牙にかけられたことか！　私は知っている、ルゾン・ザムバレス地方の有尾人よ、中阿イチュリ大原始林の矮人《ピグミー》よ、有閑階級のなぐさみのためにのみ、その好奇心を満たさすためにのみ、お前たちは歩みなれぬサロンの床につまずき、曲馬団《サーカス》の天幕のかげに泣かねばならなかったのだ。宝石は人々に探されるために埋もれている。が、かくれたる力なき種族はおのがじし生活を営むために埋もれているのだ。絶対に手をつけて呉れるな！　神かけて、身をもって私は文明人に、そして科学に抗議するのだ！　見よかくも美しいオラン・ペンデクも、ひとたび文明の中に生きては、邪恋物慾の果て、殺人をも犯し、復讐のため鬼とも化する。ああ人若し己れの非を悔い、いまただちに世界の秘境を犯さない誓約を固めようとも、時すでに晩《おそ》い。幾多の美しいものは滅び去った。せめて滅びつつあるものにだけでも愛と恵みをかけて欲しい。

私の魂の声は叫ぶ。かえれ、ふるさとへ！　と。私はいまロカンに帰ったのだ。そして、私は何を見たか？　美しいふるさとの、美しい同族が、いまも尚たのしく、葉笛を吹き、月光に浴《ゆあ》みしている仙境をか、照りかがやく太陽の真下に巨大な禾本科《かほん》植物から飛散する香ばしい花粉に咽《むせ》び乍ら、追いつ追われつして戯れる楽園をか、いな、いな。私は書くにしのびない。――油田開発の鉄道工事が何もかも目茶苦茶に破壊してしまっていた。そこは泥濘と塵埃と叫喚と闘争の地獄でしかなかったのだ。

オラン・ペンデク族は何処へ移住したのであろうか？　生みの故郷テラ・インコグニータへか――私は信ずる。私達はそこ以外に何処へも行くところは無いのだから――再びその怒りをしずめたフェルンダ・ガルーの山脈《やまなみ》は、そのやさしい懐にかつての住民をやさしく抱擁してくれているであろう。彼等はその父祖の地でふたたび平和な生活を初めるであろう。

私はその希望に唯一のなぐさめを感じ、祝福を与えつつ、一路、侏羅《ジュラ》の花咲き、アンドリアス・ショイクゼリの現存する、わがふるさとへ旅立とうとしている！〉

オラン・ペンデク後日譚

1

船は、ミンダナオを出帆してマカッサル海峡にさしかかっていた。

ミンダナオ島最西の港町ザンボアンガにある、英国の動物学者で画家であるR・L・ソワビー博士の研究室《インスティチュート》から、是非仕事を手伝って欲しいとの三度目の招聘《しょうへい》に、宮川旗江はついに渡島の決心をつけた。それというのも、ソワビー博士が、若《も》しその仕事が三ケ月以内に片づいたら、それに続く六ケ月を、仕事の報酬として、彼の帆船 鷗《アルバットロス》号を彼女に貸与するという、旗江にとっては願ってもない条件にひきよせられたからでもある。六ケ月自由に帆船が使える――そのことは彼女にとって天与の好機と言ってもよかった。マカッサル海峡を縦断し、ジャワの東を通ってスマトラに渡る、そして、ああ六年間夢寐《むび》にも忘れかねる夫に再会出来るかも知れない！

旗江は、父博士を失い、ひきつづいて夫の失踪に会い、一時はまったく虚脱状態におちいって何をする気力もなく郷里に逼塞《ひっそく》していたのだったが、父の友人A教授の薦めによって、ひとつにはその受けた傷手を癒すため、ひとつには孤独の徒然《つれづれ》を慰めるため、渡英してソワビー博士に師事し、自然科学に関する絵画を学ぶことになった。ソワビー博士は、この東洋の若く美しい、しかも聡明な旗江の天稟《てんぴん》をはやくも認めて、熱心に指導の労を惜しまなかった。そして三年の後には、旗江を一流の画家に仕上げた。厳正緻密な自然科学の挿画とても決して個性は没却さるべきではない、もちろん純芸術性の奔放さや主観描写はゆるされないが、おのずからなる個性表現が、どれほど冷厳なデスクリプションを美しく生かすものであるかを博士は自身の作品とともに旗江に植えつけたのであった。博士は彼女の最初のアルバイトとして、アイルランド海辺の棘皮《きょくひ》動物群の生態写生集を博士の機関誌に発表させた。その結果は、この東洋の閨秀《けいしゅう》画家Hatae Mの名を一躍学界に喧伝せしめた。L・タイムスは彼女を米のボスルマン女史と並び称し、日の酒井茂子夫人は遠く称讃と激励の辞を送った。相次いで彼女は数多くの労作を発表し、中でも先年ロンドンで刊行された「英国産蟹類図説《クラセタセア・ブリタニカ》」はその艶麗な色彩と繊細な筆致とによって学界はもとより、美術界からも好評を博し、その年の学士会院賞を獲得し、ドクターの呼称を与えられた。しかし、そうした閲歴を知らぬ人々には彼女はただの若く美しい未亡人風としか映らなかったかも知れない。ロンドン在京中は数多くの熱心な求婚者に取巻かれた。失踪中の夫のある身を承知で、千万長者といわれる煙草王アルバート・オーコンナー卿は彼女を迎えるために地中海の島をひとつ購《あがな》い、彼女の拒否に世をはかなんで、ついにその島に籠ってふたたび社交界には姿を見せなかったという。

それは兎《と》も角《かく》、旗江は、ミンダナオの研究室に移ったソワビー博士をたすけ、同島産鱗翅目蝶類《レビドプテラ》五科十六属の二つ折判《ポートフォリオ》筆彩原図一七四枚を約束された期限に完成した。

「あなたのお蔭で不滅の作品を得たよろこび、ただに英国のみの誇りでなく、世界への偉大なる寄与です、感謝の外はありません。では、ハタエさん、私はあなたへの約束を履行します。私の秘蔵の帆船アルバットロスを六ケ月間自由にお使い下さい。食糧と研究用什器は万全を期してあります。特に申添えて置きますが、アルバットロスには私の忠実な帆船管理者ヨハン・ヘイステル氏があなたの命令のままに行動することを約束されています。では御機嫌よく、あなたの望む地へ何処《どこ》へでも——サモア？ マダガスカル？ それともリヴィエラ？ おお私は再び貴女におめにかかった時のお話に、私の老いた血脈をよろこびに波うたす日をどんなにか待ちこがれることでしょう」

ソワビー博士から提供された帆船アルバットロス号は必要に応じて速力を出し得るよう小型ディーゼル機関を持っている。可成《かなり》贅沢な厨房と浴室。採光のいい研究室には魚族飼育槽《アクアリウム》が完備し、望遠レンズ撮影機もある。

船は時速七ノット、すでにマカッサル海峡をへてボルネオの西海岸をはるかに望み、南へ南へ進路をすすめる。可成退窟な日々ではあった。しかし旗江には、いまは何ものにも束縛されない自由の快感で胸がいっぱいにふくらんでいた。殊に紫外線除けの緑色彩色硝子《グリーン・ステインド・グラス》の張られた研究室の一隅、籐《とう》の寝椅子にズボンひとつで上半身を露《あら》わにのけぞって、眠るでもなく醒めるでもない境界に魂をさまよわす熱帯的懶惰《トロピカル・アイドルネス》の時間をどんなにか愛したことであろう——それはたしかに仕事と、固苦しいエチケットずくめの英国生活の反動であった。

　ザンボアンガを発《た》って、もう七日になる。不思議なことが一つあった。忠実な帆船管理者であり旗江の支配下に置かれている筈《はず》のヨハン・ヘイステル氏が、いまもって顔をあらわさないことである。一時的とはいえ、この帆船にあっては旗江は博士に代って命令を下すべき地位にある、それなのに主人に一度も顔を見せず挨拶もしないという使用人がいったいあるだろうか。彼女が知っている乗組員は、支那人コック李順、キュバ産《うまれ》のボーイでラフルと呼ぶ少年、タガログ土人の水夫長及び水夫九名、都合十二名であった。退窟な時間の多かった所為《せい》もあるが、ヨハン・ヘイステル氏から自分が無視されているということは、自尊心を傷《きず》つけられるというほどのことではないにしても旗江にはたしかに不快であった。といって今更こちらから呼ぶのも変だし彼の船室《キャビン》に出向いてゆくなどはもっての外である。が、会ってその無礼をなじっておかなければ、これから先の長い旅を共にするのであって見れば、どうにもさっぱりしない。そんな風に旗江の気持がこじれ初めた或《あ》る日のことであった。

「奥さま、つめたい烏龍茶《ウーロン》をもって参りました、いかがで御ざいます?」コックの李順が、でっぷりした姿をあらわした。

「ごちそうさま。ちょっと李、あたしお前に尋ねたいことがあるのだけれど——」

「何でございましょう」

「この船の管理人ね――オランダ人で、ヨハン・ヘイステルっていう方、ここにいられるのでしょうね」

「はい、奥様」

「どうして、もう一週間にもなるのに、顔もお出しにならないのかしら？　いったい何をしていらっしゃるの？」

「存じませんのです、奥様。それに私達もまだヘイステル様にお目にかかったことも御座いませんのです」

「何ですって、お前達もだって？」

「はい、すべてお部屋から電話で私達に御指図なさいます。特に奥様へのサーヴィスのことについては、御献立ての注意まで細かく仰言《おつしや》ってです」

「いったいその方、何処にいられるの？」

「船底の、食糧貯蔵室の下にもうひとつ天井の低い船室が御座います。そこに居られるのです」

「お前さん達、あたしが居なければその方が主人なのに、その主人の顔をいちども見たことが無いなんて、あたしには信じられないの」

「奥さま、お言葉をかえすようで恐入《おそれい》りますが――何か深い御事情があって人に会いたくない期間を持つということは考えられることでは御座いませんでしょうか。ヘイステルの旦那はきっとそうなのだと私達は思っております。ですからそういう方には、その方のいちばん望んでいられる状態にさせて置いてあげるのが、召使いとして主人に対する最上の務めではないでしょうか」

旗江はびっくりして李順の顔をみつめた。李の温い言葉が彼女の胸をうったのだ。何という思いやり、何という理解、旗江はいままで抱いていた気持ちに鞭うたれるような恥しささえ覚えた。

そのことがあってから一日置いて、旗江は李順の運んで来た夕食にあっと驚かされた。何とまあ、それは何年も忘れ果てていた握り寿司であった！　笹の葉と酢漬生姜《しょうが》まで添えられた鮪《まぐろ》と穴子の作り分け。これはいったいどうしたのだろう？

「李――これはお前がこしらえたの？」

「はい、奥様――ヘイステル様の御差図《おさしず》にしたがいまして」

「まあ、でもあたしには信じられないわ、外国の方に、こんなものの作り方を指図出来るなんて」

「ヘイステル様は申されました。きょうは奥様に、奥様の大好物を作ってさしあげるのだ。それにきょうは奥様の御誕生日だそうでして」

見れば、恐らく李にとっては前代未聞の調理であったのであろう。馴れぬ手で、それでも一生懸命で握ったらしい不揃いないびつな寿司に、旗江はふっと目がしらが熱くなるのを覚えた。先日の李順の暖い主人に対する思いやり、そしてきょうのヨハン・ヘイステル氏の自分に対する好意にみちた心づかい——旗江の胸中のわだかまりはようやくに解けていった。そして今ではこの謎の人物にそこはかとない憧憬の念をすら抱き初めたのであった。それにしても、妾《わたくし》の大好物、妾の誕生日まで知っているヨハン・ヘイステル氏。自分にはもちろん、召使いにすら顔を見せようとしないヨハン・ヘイステル氏。ヨハン・ヘイステル氏とはいったいどういう人物なのであろうか?!

旗江が給仕の少年ラフルから、心臓の止るおもいをさせられたのはその翌朝のことであった。

「奥様、ヨハン・ヘイステル様から御電話でございます」

「なんですって、ヘイステルさんから御電話、あたしに?」

「はい、奥さまに、じきじきに電話口へ出ていただくようにと特に申されました」

旗江はソファから蹌踉《よろよろ》と立上って、電話口——それは召使達が彼の差図をきくために彼等の部屋に一番近い柱に据付けられてある——にいそいだ。

声の主は流暢な英語で話した。話は三分ほどで済んだ。旗江はやや手荒く受話機をかけ、額の汗を手帛《ハンカチ》で拭った。

「ラフル、お前船底の食糧貯蔵庫の隅にある床《ゆか》というのを知っているだろうね」

「はい、存じております、奥様」

「あたしを案内してお呉《く》れ。ええ、いま直ぐ、ヘイステルさんがあたしに会うと言われるのだから——」

「あの、ヘイステル様が――奥さまに？」

「そう――あたしだけに会いたいとお仰言《つしや》ってよ、あたしあの方の声を、ずっと前に何処かで聞いたような気がするのだけれど――」

いまでは明《あきら》かに主客転倒してしまった。が旗江には少しの不快も感じられなかった。ラフルは鉄梯子を先に立って下りた。旗江もつづく。うす暗い食糧貯蔵室である。冷房装置が完全なので快よい冷気が肌にしみる――ウイスキーの樽《たる》、葡萄酒の瓶、幾重ねもの穀類《コーン》の袋、吊下げられたハムやベーコンの朱色の袋、美しいレッテルの罐詰の山――その間を通り抜けて床にマンホールのような鉄扉の切られたところに出る。旗江は先程の電話で教えられた錠の廻転数字を合わせる。ザイテルの蓋をはね上げる形にそれは訳なく開いた。

中は思ったより明るくて、いったいに淡い緑の靄《もや》がかかっているような柔らかい光線に満ちている。が旗江の覗き込んだ視野には何も見えなかった。彼女はそこに二間ありの鉄梯子がかけられてあるのに気づくと、用心深くその縁《へり》につかまって下りてゆく。それは畳数二十程の細長い不思議な部屋であった。両側は厚い総硝子《ガラス》張り、後方は鋼鉄の扉、前方は書斎を兼ねた居間のようで、大きな仕事机が据付けてあり、こちらに背を向けて一人の男がパイプをくゆらしている――瞬間に見てとった旗江の感じでは、まだ三十前後の若い男らしい。彼女は何故か声をかけてみたくなった。その男の後姿が何故ともなく親しみの感じを発散させていた。が、舌がひきつり、声がにわかには出て来ない。心をおちつけようと、いったん眼をつぶり、ふたたび開いたのと同時だった、男の顔がこちらを向いた。

「おお！　貴夫《あなた》！」

2

ヨハン・ヘイステル氏は幾分蒼《あお》ざめた顔にやさしい微笑を浮べて起ち上った。

「奥さま、初めて御目にかかります。さだめしお驚きになったことでしょう。いや無理もないことです。だが私は残念乍《なが》ら貴女の御主人ドクター石上ではありません。私と御主人とは双生児で、私はオランダで育ち、オランダ名でヨハン・ヘイステルと呼ばれている男です」

それでは此の男が、夫の手紙にあった、あの、ロカンの土侯ウイスレー卿に復讐したオラン・ペンデク族の一人だったのか。しかし信じられない、それはあまりにも夫に似ている。が、よく考えて見れば夫がこの船にいる筈もなければ、よしんばそうであったとしても、それならば何故いままで彼女達から姿をかくしている必要があったのか。やはりこれは彼のいうとおりヨハン・ヘイステル氏であるべきだ。

ヘイステル氏は卓上のサイフォンから炭酸水をコップに注いで旗江にすすめ乍ら、

「私の行動については、不可解なことばかりで、さだめし薄気味悪くおもわれるでしょう。勿論《もちろん》これにはいろいろ事情のあることです。きょうはそれを或る程度お話して今後共是非お力になって戴きたいと思います——その前に私はひとつ、奥様にとって悲しい情報をおきかせしなければなりません」

「ああ、夫の身の上についてですのね」旗江は直感して唇の色がすうっと褪《あ》せるのを覚えた。

「お仰言《つしゃ》って、どうぞ。その事情をくわしく」

「では申上げましょう、おおかた奥様は御察しのことと存じますが、御主人はいまもって私にさえ消息を絶たれてしまわれました」

ヘイステル氏は、パイプを新しくつめかえた。

「私はウイスレー卿に対する復讐を遂げると、石上と連絡をとって、スマトラのロカンで落合いました。協力してわが民族を安全にふるさとへ避難させるために。しかしその時は私達同族ははや出発した後でした。ふるさと——フェルンダ・ガルーの山麓に行きつくことは彼等にとっては随分危険な旅なのです。武器もなく、闘うすべも知らず、食糧の貯蔵もなく、ただ父祖の地への本能的直感を唯一の頼りとして、オラン・ペンデク五百名の集団が瘴癘《しょうれい》の湿地を渉《わた》り、蛮族の眼をのがれての移動——恐らく最後まで生き残るものは数えるほどしかなくなるのは目にみえています。しかも彼等は指導者たるべき長《おさ》を持ちません。とんでもない無謀です。純血のオラン・ペンデク族はいまは一人たりとも貴重な生命です。私達は気もそぞろでした。何時《いつ》発《た》って、いまはどの辺まで行きついていることか――ともかくも追い付くことが先決問題です。私達は油田開発会社の自動車を一台掠奪してあとを追いました。ウブリ平原の果てまでは何事もなく、沙漠地帯へさしかかった途端、果して最初の悲劇が私達の胸を衝《つ》きました。三人の老婆と一人の小児が殆《ほと》んど白骨となって横《よこた》わっていました。禿鷹に啄《ついば》まれ灼熱の太陽に照りつけられては、白骨になるのにそう日数のかかることもありません。そこから何哩《マイル》――またしても老婆一人と小児六人。私達はあせりました。しかし沙漠地帯の果てるところ、そこからは自動車の通行を拒む大湿地帯にかかるのです――乾燥して石炭とならずに腐植した古代の木生歯朶《しだ》類が何百米《メートル》の厚さに累積されて、その上層に海綿性の藻類がびっしり畳のように覆いかぶさっている魔所です。彼等はここをどうやって渉破したのでしょう。恐らく籐蔓で互いにからだをからませあい、たぐりあい、多くの犠牲者を出し乍《なが》らも、比較的固形化された部分を拾い歩きして行ったに違いありません。しかも、ここは恐ろしい食肉性の巨大なスッポン Torionyx gigas の棲息地帯！ 私達は彼等のような悠暢なことはしていられません。ではどうしたらよいのか。地平線の彼方までつづくこの大湿原を一気に渉りおおせるのは？ 絶望でした。しかし何と幸いなことには、その夜からつづく三日間の豪雨に、この湿原地は一大湖沼と化して、まんまんたる水をたたえて呉れました。私達は天に感謝し自動車を解体して天蓋を船体としてこれにモーターを取り付け、奇妙なモーターボートをつくり上げて一気にこの大湿原を征服することが出来ました。その果てには、ああ、うすむらさきに明けてゆくフェルンダ・ガルーの山がもう見えている！

ここで私達は思いもかけぬ災禍に遭遇しなければなりませんでした。私達は出水に漂流して来たマンゴーの実を割って餓《う》えを凌《しの》ぎ一息いれている最中、十数名のタガログ土人の襲撃を受けました。タガログは比島の、それもマニラを中心に、比較的文化も発達し固有の文字をさえ有する先住民族であり、スマトラには未だ移住しているとは信じられません。しかも、ここはガルーの山麓。この大湿原の果ては人類未踏の処女地ですから、ここにタガログが出現するということは有り得べからざることで、それは、直ぐあとで納得がいきましたが、当座は全くめんくらいました。兎に角、目前の危難は切抜けねばなりません。私達は苦闘して彼等の約半数を屠《ほふ》りました。そしてともかくも後は自分にまかせて貰い、石上に前進を急がせたのです。二人が同時に倒れたのでは万事了《おわ》りです。石上も私の意を察して脱兎の如く針松《ピナス》の林に姿をくらましました。あとは、私対タガログの闘い――利は相手にあり、私は疲れ傷《きずつ》いてついに彼等の俘囚《とりこ》となって連行されることになりました。何処へ？

数ヤードの彼方に大型旅客機が着陸しています。国籍はわかりません。私はその船尾の小室に投込まれました。真暗で頓《とみ》には部屋の内部も見えません。ようやくに馴れてきた眼に、私はその部屋そのものが爬虫類飼育室《テラリウム》であることを見てとりました。金網張りのテラリウムの中にはキング・コブラの一種がからみあってぎっしりつまっています。恐怖の一時間の終り頃、私はこの部屋におもいがけもなくソワビー博士の温容を迎えたのです。私は博士のお話によって、一切の事情を諒解することが出来ました。《私はザンボアンガに研究室を持っているR・L・ソワビーです。熱帯覆盆子腫《フランベシア》の治療血清をキング・コブラの毒液から抽出する研究の目的で、この旅客機に、あなたを襲ったタガログ達――これは私の常雇の忠実な使用人ですが――を連れて、野生のキング・コブラ採集にアモン・ヌワヤン湖に赴き、仕事が思いの外はかどったので、かねての宿望だったコモド島の世界最大の蜥蜴《コモド・ドラゴン》の見学に飛行しましたが、運悪く颱風に吹きながされ、こんなところに不時着を余儀なくさせられました。着陸当夜、私のタガログ達が非常に珍らしいひとりの少女をここで発見しました。私の部屋に保護してありますから後程お目にかけましょう。私は恐らく、この地球上に於ける新人種であろうと推測します。発見者タガログには私が激賞の言葉を与えました。彼等は私から賞められたことを無上の光栄とおもい込んでおります。あなたを急襲したのも、おそらくあなたがその少女を取返しに来た同族だと早合点したのに違いありません。あなたは悪いことに、彼等の半数を殺している――あなたを責めることはありません。あなたにとっては正当防衛なのですから。ただ警戒しなければならぬことは、彼等は必ずあなたに復讐するでしょう。単純な、それだけに復讐心の執拗な点でタガログはコルシカ人と並び称されています。あなたは非常に危険な立場にあります。ですが私はあなたを安全に保護してあげましょう。いまから私の部屋へおいで下さい。絶対に外に出ないようにして戴きたい――あなたに関する説明は後刻ゆっくり伺うこととしましょう》こうして私は博士に救われました、だが、私は博士に伴われてその居室に一歩足をふみ入れた途端、十歳前後の全裸の童女が机から椅子へ、窓から書棚へと、まるで白鼠のようにくるくる跳ね廻って遊んでいるのを見出して、あやうく声を立てるところでした。額にある薔薇の萢型《はなびらがた》の赤痣《あかあざ》！　まぎれもなくわが同族オラン・ペンデクのひとりです！　すると数日前彼等の移動集団から脱落したか、逸《はぐ》れたかして取残されていたのをタガログに発見されて捕えられたに相違ない。私はしかし、不思議に博士をもタガログをも憎む気持にはなれませんでした。以前の私であったら、私の同族に手を触れた者は誰彼の容赦なく復讐せずには措《お》かなかったでしょう。今は違う。ただこの少女はどうあっても私の手で奪い返し彼女の属する集団に連れ戻さねばならぬ――と思いさだめたのでした。

程なく機体の修理は終り、機はザンボアンガに戻りました。私はその目的のために、博士を籠絡《ろうらく》し、その信用を得て博士の帆船のよき管理人となりすまし、一夜、少女を連れ出して船底にかくまう機会を摑み得たのでした。恐るべきは、いまでは帆船の水夫となっているタガログ十名の復讐の眼です。私はこの船の海底観察用室《サブマリン・オブザーバトリー》を利用してここに身を秘《ひそ》め、電話のみを以て彼等を指揮することにしました。声の主、姿なき管理人が彼等の不俱戴天の敵だとは知る由もなく――私は少女と共にスマトラ渡島の、或いはもっと重大な機会を摑むためにこの船底を住居と定めて来たのでした。あれから六年経った！　脱出の手段は無いではない、それを敢《あえ》てせず、こうして永年に亘《わた》り陰忍の生活を続けて来たことについては私には実に重大な理由があるのですが、それはいずれ明白にする機会がありましょう――いましばらくの間それには疑問符をつけて置いていただきたい。ところで、あなたにとって一番知りたく思っていられる夫君の消息については、終りにのぞんで極《ご》く簡単にしか申上げられないのを非常に残念に思います。私があの時タガログの俘囚《とりこ》になって拉《らっ》し去られる際、石上は針松の林に身をひそめ、フェルンダ・ガルーに向ってひとり旅についた筈ですが、その後の消息は絶えてありません。私と彼とは、世界のどこに離れていようとも連絡を保ち得る高性能の無電装置を携えており、また特に訓練された伝書鳩をも用意していますが、そのどちらによる通信をもこの六年間受けていません。恐らく彼は死んだのだと推定する以外に考えようもないのです。では指導者なきわれわれ同胞の運命はどうなっているのか？　極く少数ではあるけれども、無事に山ふところのどこかで生存していることと信じます。どんなに弱い無力な民族でも、生存のための闘争にはめったに滅びるものではない。あの洪積世の中期、全アルクチカ大陸を襲った無慙《むざん》な大氷河の暴威にさえうち克《か》った人間の生存意欲はそうなまやさしいものではない筈ですから――」

半ば自らに言いきかせ、半ば旗江に話しかけるように、この長物語に一応の区切りをつけると、ヘイステル氏は瞑目してソファに後頭部を倚《よ》せかけて息をひそめた。海水を透してくる柔かい光はさらにひとつの窓にはめられた緑の彩色硝子に漉《こ》されてやわらかく彼の面にふりかかっている。

〈その横顔の美しさ、あの僅かに額にたれかかる髪の癖、鼻梁の陰翳《いんえい》、唇の片すみに浮かぶごくわずかの冷たいひっつり――そんな些細な特徴までいくら双生児だとはいえ……嘘だ。ヨハン・ヘイステル氏とは――まっかな嘘だ！　この人はまぎれもない、あたしの夫だ！　あの頃から見れば変ってはいる、父宮川大三郎博士を毒殺した復讐者の相から、いまは冷静な智性をとりもどして澄みとおった変貌を来してはいるけれど――あたしにははっきり解る！　彼の話によると、あのとき針松の林にのがれ、その後消息を絶ったという石上こそヨハン・ヘイステル氏に違《アイ・ダウト》いない。何故夫はそんな作意のみえすいた話であたしを欺いているのか。あたしは疑う。オラン・ペンデクの男は所詮オラン・ペンデクの女と結婚すべきだ。現にこの船底には、いまは女になったあの時の少女がいるのだ。それはゆるせる。しかしあたしを欺いてまで、夫が亡き人となったことを主張する必要が何処にあるのだろう。あたしは疑う。でも今は何もあばくまい。しばらく成行きにまかせて、彼をヘイステル氏として、彼の秘密の策謀を探って見よう。

あたしは見た――オラン・ペンデクの娘を。黒色の毛髪と、狐茶色の皮膚と、やや青みを帯びた虹彩の瞳と、そして何にも増して美しく発達した肢態を。だがその美しさの中にはいいしれぬ哀愁が漂っている。どこがどうというのではないけれど、その逞しい肉体に翳《さ》す影のような滅びの陰影――ひとつの民族がその発展の頂点から加速度的に廃退に向いつつある、悲しみに満ちた美しさを。具体的に言って見れば、額部がやや高く前出して、頭蓋骨が比較的小さく、後頭部は著しく偏平だ。下顎骨は頤《あご》としての突出を殆ど持たず、腕と脛とは比較的長い。こうした骨格的な相違は明らかに劣等人種の特質であり、それは個体的なものに止らず種族全体の特質であろうことは容易に推測される。だがこうした観察はあくまで体質人類学的な見方からのことで、審美的には何ら害なわれるところはない。むしろそれ故にこそ未完成な粗野《ラフ》な美しさがそこ《そこ》に満ちあふれていると言ってよい。そしてあの、額の薔薇の葩型の赤痣、それこそはモア――ヘイステル氏はこの娘をそう呼んでいた――をメールヘンの世界からでも連れて来たような錯覚を感じさせずには置かなかった。

その日まで、オラン・ペンデクの娘モアはこの船底の別室にかくまわれていたが、あたしが来てから、ヘイステル氏を中心に三人の不思議な生活が初められた。そう、あたしは、この船底の俘囚にされたのだった。なぜなら、あの唯一の出入口たる円形の扉は自然に閉されたままになってしまっている。

ヘイステル氏の一日中の主な仕事は、潮流の観測と不可解な海図を引くことであり、あたしは徒然《つれづれ》のままにモアを相手にタガログ語の勉強を初めた。食事は電話で注文して、それを運ぶだけの目的のために作られた小エレベーターで運ばれ、浴室はこの室の次の間《ま》に可成り贅沢なタイルとステインドグラスで囲まれた浴槽を持っている。

何よりも不思議なことは、あたしが原因も目的も何も知らされぬ俘囚の身でありながら少しの不満も危惧も抱かずに、平然とこの不思議な謎の世界に生活していられるということだった。それへの解答をあたしはしばらくしてから発見することが出来た――何故なら、ヨハン・ヘイステル氏とはあたしの夫そのひとなのだから――〉

3

それにしても、いったい船はいま何処を航《はし》っているのであろう。目的のスマトラはとうに過ぎ去っている筈だ。ゆうべちらっと見た彼の机上の海図には、明らかに南回帰線が赤インクで区劃されていた。旗江にとっては、スマトラは夫に再会するための目的地として選んだのであるから、今となっては、たとえヘイステル氏が彼女の夫であることを否定しつづけようとも、彼女にしてみれば目的は達せられたのだ。このまま、ソワビー博士から与えられた帆船の使用期間六ケ月を全部海洋上に漂っただけで過してしまっても差支《さしつかえ》ないのだ。ただ知りたいのは、いま何処を航っているのか——何処へ行く考えでいるのか——の二点だ。勿論ヘイステル氏は彼のふるさとへモアを伴って帰るつもりなのであろうし、自身の口からも、はっきりそれは表明している。にもかかわらず、ふるさとスマトラを無視してしまっている。第二に、それならば彼は愛する（多分）モアを連れて新しい生活を営むために、海図にもない島を求めているのではなかろうか、若しそうとすれば、何故旗江を俘囚としてまで必要とするのであろう——すべてが謎であった。

船上ではタガログの水夫長と、九名の水夫、支那人コック李順、キュバのボーイラフル——合せて十二名の乗員が、姿なき主《あるじ》の声に統率されて平和な生活を送っており、船底では自称ヨハン・ヘイステル氏、旗江、オラン・ペンデクの娘モアの三名が不思議な運命の糸にたぐり寄せられて、少くともいまは平穏に生活している。何という奇妙な帆船アルバットロス号！　だがこの平和のバランスが、ほんの些細な出来事のために破られねばならぬ日が来て、夢幻の船はついに地獄の船と化し去らねばならなくなった。

　その些細な出来事というのは、タガログのひとりが肌身離さず持っていた守護神《マスコット》の小さな偶像《アイドル》を過《あやま》って海中に落したことから初まる。彼は直ぐに飛び込んで取返したが、浮上るときに玻璃《ガラス》張りの船室をちらと覗いて息のつまる程驚かされたのである。彼は何を見たか？　ああ数年前同族十余名を屠《ほふ》られた不倶戴天の敵、あの男をそこに発見したのである。しかもそのあと直《す》ぐ、李順がラム酒の飲み過ぎから足を辷《すべ》らせて、之も海中に転落し、這い上る際に彼もその男を見てしまった――李順は彼の敬愛する前主人ロカンの土侯ウイスレー卿を殺害した犯人としてのヘイステル氏を確認したのである。

　こうして、ゆくりなくもキュバの少年を除いては、船上の一団は共同の仇敵を発見して結び付かざるを得なくなった。ついその瞬間前迄は忠実な理解ある召使いであった彼等が、いまはその主人であるヘイステル氏を敵として闘わねばならぬ運命の転換に置かれてしまったのである、

　翌日から無言の挑戦が開始された。朝食の代りに、麻縄でくくられたラフルがエレベーターで運び込まれた。最初にそのロープが、次に電話線が遮断され、甲板との唯一の連絡口である円形扉の密閉。このまま時を待てば手を下さずしてヘイステル氏は、他の

三名を同伴として餓死するのみ。

折から夜が明けて間もないのに、硝子窓からは少しも光線が入らなくなって来た。見ればば船は巨大なほんだわら（Sargassum natans）の密生地帯に入り込んでしまったらしい。指揮者を離れたアルバットロス号は針路を誤ったのであろうか。電灯のあかりを差しつけてみると、その慈姑《くわい》大の浮嚢をつけた巨大なほんだわらの間に無数のたつのおとしごの一種（Phyllopteryx foliatus）が蠢動《しゅんどう》している。それから実に奇妙なことは甲殻のない裸の海老。

〈あたしは今、船が何処を航っているか、凡その見当がつきかけた。そのサルガッサムの集団は濠洲のサルガッソー海とタスマニアの南海岸とに見られる共通の種類だが、そこに棲むたつのおとしごの種類は明かに異る。前者に棲むものの葉状の装飾鰭は糸状であるが（P. eques）後者のには浮嚢に似せた瘤状突起がある（P. foliatus）。してみると、ここはすくなくともタスマニア島の南海岸であろうと推定される。——タスマニアの南！　おおアルバットロス号はまさに世界の果《はて》に向って航行を続けて来ているのだ！

船は暗黒の中を今日で三日彷徨《ほうこう》している。あたし達は一斤のパンもコップ一杯の水もなしに三日間生きて来た。通風換気装置が破壊されてしまったので、部屋の中は全くの焦熱地獄だ。みんなはだかで、汗と膏《あぶら》でぬるぬるする肌を床《ゆか》に横たえて、もう起き上る気力もない。暗黒の中に蠢《うごめ》く悲惨な四つの肉体！

今夜も船上ではあかあかと松明《たいまつ》をかざし、タガログ土人達の酒宴が初まったらしい。

水に映る火影が、わずかにサルガッサムの茂みを透して窓硝子に反映する。掌で打つにぶい太鼓の音と低音《バス》の歌声が、かすかに響いて来る。あたしたちはうつらうつらと半ば眠り乍ら乾いた唇をただ無意味に痙攣《けいれん》させているのみだ。

四日目の深夜、あたしたちは救われた。――ヘイステル氏の間断なき努力が、ついに天井裏に出る一呎《フイート》平方より少し大き目の板をくりぬいたのだ。これだけあれば少年のラフルには辛うじて出入り出来る。彼を直ぐさまその間隙から食糧貯蔵庫に忍び込ませた。そして葡萄酒の瓶、腸詰、コーン袋等を次々に出来るだけ運び下させた。それと何はおいても皮嚢に満たした五ガロンの淡水。まずこれだけあれば当面の飢餓はまぬがれる――皆んな吻《ほっ》とした。いやらしい獣のように汚れた真裸の四つの肉体がもつれ合うように、小さな油火をかこんで、がつがつ餓えを満たす浅猿《あさま》しい姿――しかし何という幸福!

七日目、船はやっと夢魔のようなサルガッサムの密生地帯を切り抜けたらしい。明るい太陽が海面を透してゆらゆらと部屋の中にも差し込み、サルガッサムに捲き込まれる虞《おそ》れから解放されたスクリューのエンジンの響もきこえて来る。

「ヘイステル、あなたが何か重大な仕事を劃策《かくさく》していることは、あたしにはよく解りますけれど、それかと言って、いつまでもあなたひとりで合点して行動なさるのは、もうこの辺でお止めになってはどう? あなたと運命を共にしなければならないあたし、そしてモア、ラフルのためにも」彼に対するあたしの抗議はもっと早く与えらるべきではなかったろうか。

「そう、それはよく解る。だが今が私にとって一番大事な瀬戸際だ。私は決して彼等の復讐を惧《おそ》れてのみ行動しているのではない。私には天井を押破って彼等に拳銃を差向けることも出来る――しかしそれの出来ない事情があるのだ」

「ですから、それをあたし達に説明して下さればよいのですわ、それが善であるか悪であるか、そんなことはどちらでもよいのです。ただあなたの為《な》さること考えていられることにあんまり秘密が多過ぎるのが――不快になって来たのです。いったい……」

「ふむ、では、説明しないでもない。ただ最終の解決がつくまでは、いくら私が説明しても、それは直ぐその後にまた説明を要求したくなる幾重もの謎だ――だが、ひととおりの説明を試みよう――あなたも言われるように、私にふりかかった運命をともにしなければならなくなったあなた達に対する義務として」

僅かの間に、まるで針鼠のような髯面《ひげづら》になったヘイステル氏は、海図引きのコンパスを置いて、あたしの顔をじっとみつめた。優しい眸《ひとみ》だった。昔のままの愛情にみちあふれた眸、あたしはいっそ「ヨハン・ヘイステル氏」の仮面を剝いで夫としての彼の腕に身を投げてしまいたかった。

「……モアをかくまうことも、私自身を仇敵とする人々から護ることも理由のひとつには違いない。が何よりも重要なことは、私が、浮游生物《プランクトン》と海藻の分布状況を土台として潮流の研究をし、併せて、未だ世に知られぬ海図を作成する目的で、この船底の一室にひそんでいることだ。それの仕事が何の役に立つ？

前に私は石上から一度も通信を受けていない、と言ったが、あれは嘘だ（やはりあたしの推測は当っていた）、たった一度だけ受けている。それは、あのきまぐれなフェルンダ・ガルーの死火山がふたたび活動し初めたためその災禍を予知して、彼等オラン・ペンデクの一団はまたもや他所に移動を余儀なくされたことを報告して来ている。だがもはや彼等の移り住む地は既知の世界には求められなかった。では何処へ？　あてもなく方法もない。石上はその時天恵ともいうべき潮流を発見した。それはいままで海洋学上知られているものとは全然別個の、方向と速度とを持っており、しかもその潮流の上には夥《おびただ》しい一種の鳥が浮んでいる。明かにその鳥の群はガルーの噴火を予知して安住の地を求めるためにその潮流に乗じているのだ。その鳥とは？　ガルーの山にのみ、わがオラン・ペンデクのふるさとにのみ生存をゆるされた、禿頭小翼のエオダクチルス・フォシリスだ。この鳥の棲み得る条件――高温と多湿、主なる餌料である禾本科《かほんか》植物の種子――とオラン・ペンデク族の棲み得る条件とは一致する。この鳥が本能によって知り、これから移り棲もうとする地こそオラン・ペンデク族も棲み得る地なのだ。彼は意を決して、籐で編み樹脂で塗り固めた筏《いかだ》を作って同族全部をこれに乗せて潮流に托《そ》した。潮流は水平線の彼方、海図になき島に彼等を運び去ったことであろう。私は其の地点を知らない。それの発見を志して六年間を費したがいまだに解らない。だが望みは捨てない。その研究もようやく終局に近づいたのだから。その間に、当時童女だったモアは御覧の通り美しい女に成長した。私は彼女を愛する。そしてやがては私の妻のひとりとして撰ぶつもりでいる（あたしもそのひとりという意味か、それともオラン・ペンデクの一夫多妻を意味するのか）、図らずも私の唯一無二の親友、いな双生児の兄弟石上の夫人旗江、あなたが偶然にこの舞台に登場した。それは私にとっては天恵といってもよい。私はあなたを一〇〇パーセントに利用しなければならない。私は慎重な計画を樹《た》て、あなたの好奇心を駆りたてておびき寄せ私の俘囚とした。私はあなたが好むと好まざるとに拘《かかわ》らず、私の行くべき新移住地にあなたを連行する。そこで幸いにしてあなたの夫石上に再会出来れば、今度のあなたの旅行目的に合致することだし（嘘ばかり言っている）若し不幸にしてそうでなければ、あなたはそれに代るべきそれと同じ人と結合されるでしょう（というのは、夫とヘイステル氏と同一人だということではないだろうか）、私が何故あなたを必要とするかの理由を明かにするのは今はまだその時期でない。しかも私はあなたと同じ程度に、私を仇敵とねらっているタガログ達をも必要とする。当面の問題は私が如何にしてその島を発見し、いかにして私が必要とする人々を無事にその島へ上陸せしめるかということだ。これ以上の説明は、いまはし兼ねる。どうかあなたも、この程度で一応納得してもらいたい」

ヨハン・ヘイステル氏は再びコンパスを取上げて海図に向うと口を緘《とざ》してそれ以上語ろうとはしなかった。

怪奇な謎と運命とを孕《はら》んで、世界の果に向って航行を続ける帆船アルバットロス号！

月が出たらしい。窓外の深緑の水が霧のように霞んで、小さな発光鰕《えび》が星のようにまたたく。

4

食糧が運び去られたことに気がつくと、彼等タガログと李順とは今までの消極戦術を捨てて積極的攻勢に出て来た。それは実に不可思議な方法である。最初は、いったい彼等が何をたくらんでいるのか皆目見当がつかなかった。先ず彼等は天井の割れ目から何かの小さな包みをばさりと床にほうり込んだ。薄い紙包みだったので、それは直ぐに破れて、ころころと内容物が転《ころが》り出た。何かの木の実でもあるらしい。最初にそれに飛びついたのがラフルだった。ああネスパラ! 彼の眼が狂喜に輝く。ネスパラとは? サモア島に独有の灌木《かんぼく》Ectioptera nespara の果《み》だ。サモア土人は、その紅鮭の肉のような臭気の強い核を噛んで妖しい性的昂奮を娯しむ。彼等は、ごく年少のものもそれを嗜《たしな》む悪習に染んでいる。ラフルは、ネスパラに餓えていた——猫がマタタビに弄《じゃ》れるように、彼はその実を撫で、嗅ぎ、掌にころがし、やがてそれを噛んで恍惚とした表情の中に溶け、しまいに涎《よだれ》をたらして喘《あえ》ぎ出すのだった。何故彼等はラフルを、彼の嗜好弱点を利用して、こうした策謀に出たのであろう? それがヨハン・ヘイステル氏に対する復讐とどう結び付くのであろうか。それは直きに解った。もともと少年ラフルをこの船底に追放したのは彼等復讐者の団結を強固にする上に異分子を交えたくなかったための工作である。彼等の本来の敵はヨハン・ヘイステル氏一人である。だが、いったん敵とともに居を同じくした者には敵としての生霊が乗り移る。それはすべてのタガログが持つ根強い宗教的信念であった。まずラフルを、しかもヘイステル氏の手で！　これが彼等のたくらんだ復讐への第一工作だった。さすがに彼のみは直《じ》かに手を下すに忍びなかったのである。次第にラフルは兇暴になりまさってゆく。彼はモアに、そして旗江に襲いかかったのだ。ヘイステル氏は彼女達を護るために止《や》むなく彼に発砲した。タガログの計劃したとおりに！（しかし、それはヘイステル氏の用意周到なトリックであった。彼は空弾を放って、タガログに、少年を射殺したかの如く思いこませたに過ぎない。鎮静剤がヘイステル氏によってラフルに注射され、彼は間もなく元の温和な性《しょう》を取戻すことが出来た）

深夜、モアはけたたましい音に驚かされて無意識に部屋を走り廻り、何か巨《おお》きな蜘蛛の巣に捕えられた感じで身をもがいた。タガログが天井穴から吊下げて仕掛けた網の謀略にかかったのである。第二の犠牲者はこうして彼等の俘囚となってこの部屋から拉《らっ》し去られた。第三の犠牲者は当然の順序として旗江に向けられることとなる。彼等はどんな方法に出るのか？

ヘイステル氏は、舷側の、丁度船室の窓硝子に近く釣糸の垂らされるのを見た。この辺には、皮膚に紫の斑点のあるふぐの一種 Tetrodon punctata sp. が無数にいる。それの肝臓は比類のない猛毒を持つ。その何匹かが釣上げられた。彼等の意図は明白である。果して夜、タガログのひとりは例の天井穴から半身を倒《さか》しまにして河豚《ふぐ》毒の塗られた吹《ふき》箭《や》を放った。旗江はしかし予《あらかじ》め血清注射によってその毒性から守られていたのである。モアを彼等の手に奪われたのは遺憾であったが、これはまた奪い返す手段《てだて》はある。ヘイステル氏の奇智が、彼等に死んだものと思いこませて、二人の生命を救《たす》け得たことは、後日非常な役に立つこととなったのであった。

それから数日を経た夜、海図と潮流のグラフにかじりついてまんじりともしなかったヨハン・ヘイステル氏は翌朝正午に近く、完全な自信と勇気に満ち溢れた態度で、天井穴を這い出て、彼を敵とする一団の前に姿をあらわした。

その対面はまことに劇的な場面であった。海は静かに凪《な》いで、太陽は頭上に輝いている。タガログ達は甲板に胡坐《あぐら》して呻き声に似た彼等の俚謡《りよう》を唄っている。捕われたモアは別段悲しみの色も見せず李順の腕にもたれて海面に戯れる鷗《かもめ》に見惚《みと》れている——それは正に一幅の絵であった。だが時ならぬヘイステル氏の出現に、この権衡《けんこう》の保たれた静かな画面は破壊されねばならぬ。タガログ達は総立ちになった。彼等の面は次第に歪み、やがて憎悪にみなぎり初めた。攻撃か、警戒か——にわかに態度をきめかねて彼等の表情は苦悶にひきつった。

ヨハン・ヘイステル氏は半身裸体だ。武器として手にしているのは拳銃一挺。彼は何を思ったかその唯一の武器を海中に投げ捨てた——と、タガログ達の一角がくずれて二三人が彼の前に進み出た。

「待て！」叫んだのはタガログの水夫長だ。自らヨハン・ヘイステル氏の前に進み出て彼と対峙《たいじ》する。初めてヘイステル氏が口を切る。

「おまえ達がわしを憎んでいること、わしに復讐を遂げようとしていることはよく承知している――わしはおまえ達の同胞数名を殺した――それは認める――がそれはわしにとっては正当防衛だった。わしはお前たちの同胞を憎んでやったことではない。おまえたちがどうしてもわしに復讐しなければ済まぬなら、するもよかろう――だがわしはおまえたちを憎んでいない、むしろ味方になって貰いたいのだ。わしは、いまおまえたちの前でただひとつの武器を投げ捨てた、おまえたちはわしを殺すか？」

「我等の偶像ビーゴ・ツヴェにかけて――」

「おまえたちのビーゴ・ツヴェより若《も》しわしがすぐれた者であっても？」

「ビーゴ・ツヴェは全知全能だ！」

「わしも全智全能だ！」

「……」

「わしは死者を甦らせることが出来る」

「……」

「わしは輝く太陽を一瞬にして覆いかくすことが出来る」

「……」

「わしは帆も張らず機関も用いず船を六〇ノットの速さで走らせることが出来る」

「……」

「おまえたちの全智全能のビーゴ・ツヴェに、そのうちのひとつでもやれるか、どうだ？」

「ふむ。おまえに若し出来るなら、それを次々にいま、わし等の前で見せて貰おう——それが真実であったなら、わし等はお前の言葉に従う」

ヨハン・ヘイステル氏は莞爾《にっこり》と微笑んだ。彼は穴の入口に向って合図した。第一に現れたのがラフル、次に旗江。ああ、これを見たときのタガログ達の驚き！　彼等の面からはさっと血の気が引いた。ヨハン・ヘイステル氏は空を仰いで祈った。太陽のおもてに薄ぐもがひいて、それは次第に濃くなりまさってゆく——そして数分の後にはあたりは薄明のほの暗さに包まれてしまった。——皆既日蝕である。彼等はいっせいに甲板にうち伏しておののいた。と、時をいれず船は暗礁に乗上げたときのように烈しく動揺し、忽《たちま》ち猛烈な速度で走り出した。不可思議な潮流——あのオラン・ペンデク族の筏を乗せた潮流の出現である！

勝利は完全にヨハン・ヘイステル氏に帰した。単純な、奇蹟の前にひざまずくタガログの何という愛すべき原始性。だが屈服しないいまひとりの敵がまだ残っている。李順だ。彼は羽交《はがいじ》絞めの形にモアを抱いて、その裸の鳩底《みぞおち》に短剣《クリス》をあてている。

「ヨハン・ヘイステル！　わしの旧主人ロカンの土侯ウイスレー卿を殺害した男！　わ

しは、おまえを赦《ゆる》すことは出来ない。奇蹟は別問題だ。おまえは即刻眼の前の海に身を投げよ、それでなければ、まずモアをわしの手で屠《や》る」

「ああ、気の毒な李順よ」ヨハン・ヘイステル氏の言葉は穏《おだや》かだった。

「おまえがヨハン・ヘイステル氏を恨み、ヨハン・ヘイステル氏に復讐しようとする気持は尤《もっと》もだ。だがわしはお前に告げる、わしはヨハン・ヘイステルではないのだよ」

「何だって？　おまえがヨハン・ヘイステルではないって？　――わしはおまえをよく覚えている。おまえは永年ウイスレー卿の運転手をやっていて、わしとは一つ部屋に寝泊りした仲だ。わしに見誤りはない！」

「では、おまえはわしが他の誰でもなく、ヨハン・ヘイステルであることをどこで確認する？」

「ああわが信ずる仏陀！　世の中に同じ人が二人いるなんて――あなた様はこのわしに信ぜよとでございますか、わしの眼があやまりなく見とどけた仇敵を他の人間であるとして赦せとでございますか、わしはもはや問答は無益です」李順の手首に力が加わって、モアの肌が短剣の下で破れんとする瞬間、

「待って！」旗江の叫び声である。

「李！　このひとはヨハン・ヘイステル氏ではない、それはあたしが確証します」

「あんたが？　では、このひとは誰だ！」

「あたしの夫、日本にいて育ったドクトル・石上です。ヨハン・ヘイステルとは双生児

で幼いとき別れたきりになっています。あなたは飛んでもない早合点をするところよ、気をしずめてみて！」

李順の手から短剣が辷《すべ》って落ちた。船は矢のように潮流に乗って走りつづける。太陽はふたたび輝きはじめた。

〈あたしは咄嗟《とっさ》の機智でモアを救った——が、あたしだってヨハン・ヘイステル氏があたしの夫である確証を何ひとつ持っているわけではない、それはただ、あたしがそう信ずるというだけのことだ。これこれである、だから彼はあたしの夫である、という直接の確証は何もない、あたしが夫であることを信ずるというだけの主観に依存しているという不安定な論理に過ぎない。彼がヨハン・ヘイステル氏であると言い張っているのをどうして破り得よう！　誰でもよい、今の瞬間まで夫婦であった片方が急に自分はあなたの夫ではない、妻ではないと固く言い張り出したら、それに対して確証をもって反駁《はんばく》し得るものがあるであろうか。もともと夫婦などというものは、不安定な、当事者同志の申合わせでしかない。常識と傍証によってのみ支えられている不安定な観念上の結合に過ぎないのだ。恐ろしいことであるが、現にあたしと夫との場合がその例である！　双方が認め合わない限り、この平行線には妥結点がない。でも、もう理窟は抜きにしよう〉

魔の潮流の速度は次第に衰えていった。そして、それが静かに地球の極に向って消え去ろうとする水平線の彼方に、紫と緑を混ぜ合せたおだやかな色彩の島がくっきりと出現した。——オラン・ペンデクの島！　ヨハン・ヘイステル氏の眼には涙がきらりと光った。

5

その夜、彼はおそくまでかかってソワビー博士にねんごろな手紙を書いた。

——慈愛深きわが敬愛するソワビー博士よ、私はあなたに対していろいろの秘密を持ってきた。第一に私はヨハン・ヘイステルを名乗っているが、ほんとうは石上という日本で育った一学徒であり、生れは、あなたがスマトラで偶然発見された不思議な少女と同じく、未だ世に知られぬオラン・ペンデク族のひとりです。そしてあなたのよき助手である旗江は、私の日本にいたときの妻です。私は克明な計画を樹《た》ててモアを救い（博士よ、あなたは純粋の学究であり、慈み深い人格者であられるから、私があなたの手からモアを救ったという言い方は出来ないかもしれません）、彼女の、そして私のふるさとへ連れ戻す機会をねらい初めました。私達不遇なオラン・ペンデク族——火の山フェルンダ・ガルーの復活を予知していくたびか移動を余儀なくされた漂泊の民族はヨハン・ヘイステル氏の（これこそほんとうのヨハン・ヘイステル氏です）の指導の下に、タスマニアの南、東経12×度、南緯4×度に新しい島を求めて安住の地と定めました。私はその島を探り出す何の手がかりも持たなかった。私はまず潮流の研究にとりかかった。オラン・ペンデクを筏に乗せて運んだあの不思議な潮流は、ヨハン・ヘイステル氏のただ一回の報告によれば、炭酸石灰及び炭酸苦土《くど》の溶解の極めて稀薄な特異な水質だとのことでした。私は考えた。若しそうであるとすれば、その水質に適応する生物――もちろん非常な速度で奔流しているのですから大型の魚族が棲むわけがないが――たとえばプランクトンのようなものにも特異な体質乃至《ないし》形態を持つものがなければならない、石灰、苦土の欠乏は必然的に甲殻若《も》しくは介殻《かいがら》の欠除又は軟柔をもたらすに違いない。私はかく考え専心プランクトンと潮流との相関現象を研究し初めました。――数週間前、私はタスマニアの南海岸で第二の巨大馬尾藻海《サルガッソーシー》を発見しています。その時、甲殻の無いはだかの海老をみつけました。してみると、すでにあの辺の海は甲殻の形成に必要な石灰、苦土成分を欠いているに違いない、ということは、不思議な潮流の流域に近いこと少くともその潮流が多量に混じてきていることを物語る。私は精密に観測をつづけた。その裸の海老は船のすすむに従って体形が小さくなってゆく、しかも急流に適応するための特殊な箭形《やがた》の体形。アルバットロス号がその潮流に乗る前夜においては、その採取された海水中の全プランクトンは――主として甲殻類のノープリアス若くはレジアであったが殆んど甲殻を欠いている。その中には、既に滅び去ったと信じられている三葉虫《トリロバイテ》の幼生《ラルヴァ》も含まれており、それさえもはだかだった。三葉虫を嗜食《ししょく》する禿頭小翼のエオダクチルス・フォシリス！　彼が身を委ねた不可思議な潮流は疑いもなく身近かに存在する。その確信が私に翌日のあの大芝居を打たせたのです。私は博士、あなたのよき使用人タガログの水夫長を除いた九名を或る必要から戴いてゆく。明日は私達の航海の終りであり「新しき島」に上陸する日である。博士よ、若しあなたが私達を、オラン・ペンデク族を、三葉虫やエオダクチルスを、なおまた海図になき「新しき島」を、さらには第二のサルガッソー海を求めて、この手紙を托するタガログの水夫長をパイロットとして、アルバットロス号をタスマニアの南に向けられようとも、あなたは永遠にそれらを見出すことは不可能でしょう。何故ならば私達の上陸後数日ならずして、タスマニア南一帯の海底火山脈の大噴火が起るはずです、そしてその潮流は消え去り、高熱による水蒸気の発生は全海域を覆いつくして気温は高湿度を保持するため、水蒸気は永遠に凝集することなく、水平線は視界から失われてしまうでしょうから。ではアルバットロス号は水夫長、李順、ラフルとともにお返しいたします。では博士よ、これで私は一切の文化と縁を断ちます。御高齢をおいとい下さって、静かに御研究に従事されますよう、ところからお祈り申上げて筆を擱《お》きます――

＊

〈従って生きるべきか、拒んで死ぬべきか――あたしは尚も迷いつづけている。天の啓示がない限りあたしはこの海辺の砂の上に、無力な海鼠《なまこ》のように横たわっているのみだ！　帆船アルバットロス号を博士の許に返し、あのひとたちが島の奥に出発してから、もう三昼夜過ぎたのにまだあたしの決心は定《き》まらない。

上陸のあの日、自称ヘイステル氏は驚くべき告白をした。……旗江よ、私はいまこそすべての事実をあなたに打明けて、あなたの意志のおもむくままに行動する自由を与えよう。まず私という人物から初める。私はあなたが心の中で固く信じ、さきにモアを救う際あなたの唇から発言されたように正《まさ》しくヨハン・ヘイステルではなくして、嘗《かつ》てのあなたの夫だ！　そう、嘗ての夫――私はあなたを愛した。そしてあなたの愛を享受するためにもあなたの父宮川大三郎博士を殺害した。しかしその愛もいまでは過去のものとなってしまった。何故なら私は自らあなたを捨てて失踪し、いまではモアを愛している。それだのに何故私はあなたをこの島まで俘囚として連れて来たか、それは私があなたを必要としたからだ。あなたの肉体だけを。私のために？　いなオラン・ペンデクの為にだ。奇矯《ききよう》な言い方でさだめし諒解しにくいと思う。では要点だけを解説させてもらおう。その前提として私はオラン・ペンデク族――私の同族であり世界に比類のない美しき民族の現状を簡単に説明しなければならない――彼等はいま滅びつつある。極度に血の清らかさをのみ追って来た彼等は狭隘《きようあい》な土地と、限られた人口とのために単一純粋な一民族としての終末に到達しかかっている。男は男同志、女は女同志、年齢の差のみあって個人差を持たない。すべての男はヨハン・ヘイステル氏であり、すべての女はモアである。二百歳の、九十歳の、二十歳の、十六歳の、三歳のヨハン・ヘイステル氏であり、モアである。彼等は通常の結婚生活を持たない、年に二回限られたる日数の結婚日を持つ。その結婚季節に於いてのみヨハン・ヘイステル氏達はモア達と性生活に入る。個人差の欠除と結婚季節の習俗――これは明らかに人類としての退化現象だ。人間の、猿と共同の祖先への復帰だ。退化は必ずしも滅亡を約束されはしない。しかし、それは個体数の相当量に存在する場合のことであって、私達同族の如く人口の少ない場合では致命的な滅亡への第一歩だ。私の悲願はこの飽和状態にある民族の悲劇をいかにして救うかということである。神の如く清純なる民族として終らしてしまうか他の優秀な民族の血を迎えて更生せしむべきか、私は遂に後者を選んだ！

　肉体的に優秀なタガログと精神的に優秀な日本人との血を、この美しい民族の血と混《こん》淆《こう》せしめて新しき民族を生み出すことである。何世代かの後オラン・ペンデク族のキャラクターは別個のものとなって甦えるであろう。

　来るべき結婚の季節に於いて――それはもう目の前に来ている――私とタガログはモア達と結び合うであろう。旗江よ、もしあなたが承諾するならば、あなたは私達（即ち私をも含めたヨハン・ヘイステル達）のいずれかと、言いかえれば夫と同じ、夫に代るべき男と結び合うことになるであろう。これこそ新しき民族誕生の夜明けの宴だ……

　青天の霹靂《へきれき》と言おうか、夫の宣言はあたしの全身を恐怖でおののかせた。非道《ひど》い、これではまるであたしは彼等の新しい子を生むための道具にしか過ぎない。結婚の季節に入って、おのずからな本能に支配されてオラン・ペンデクと交るならば、まだ意味もある。初めから合目的的にそうした環境に身を投じさせられるなんて――嫌だ。あたしは絶対に嫌だ。夫に代るべきものなんて、得手勝手な解釈の遊戯に過ぎない。あたしは拒む。身をこの砂丘に横たえ真上からかぶさる灼熱の太陽に焼かれて、からからな木乃伊《ミイラ》になってやる！

事実、あたしは木乃伊になりかかっている。僅かな腰布をまとっているだけで、肌はやけただれ所々に水腫さえ出来ている。口腔には舌をうごかすに足る唾液もない。眼球がぎすぎす痛む。このままもう一時間とはもつまい。服従か、拒否か、生か、死か。こうしてあたしはまだ迷う。――何も迷うことはない筈だのに。あたしは今命が惜しいとは少しも思わない、それだのに頭の中の何処かの片隅で〝あたしは何故死ななければならないのか〟と囁く。〝死んでみせる意味が何処にあるのか〟とも。そう、何もない、おかしな話だ。

もう眼がかすんでくる。ふいと何か得体の知れないものが、あたしの顔の近くに落ちた気配だ。眼をすえて見ると、一羽のいやらしい鳥！　頭がつるつるで、からだに似合わず翼が小さい、見たこともない変な鳥。足に何か白いものが巻きついている。紙片だ。あたしはものうい手にそれをむしり取って拡げる。

……私は間違っていた。私はひとりよがりの愚かな英雄だった。長い長い悪夢！　私はお前を愛する。いまお前を迎えに戻っている途中だ。生きていてくれ！……まぎれもない夫の手蹟、ああ、あたしが迷っていた原因もこれではっきりした。そうだ、あたしも夫を愛していたのだ、ああ夫と共にオラン・ペンデクの一族に投ずる、それなら、すぐにでも決心がつけられたのに！　人は何故こんなにも単純な想意にたどりつく前に、いらいらと道草を食わなければならないのか。でも、もうおそすぎる。夫が迎えに来るまでに、あたしのからだは岩よりも固くかたまってしまう。からだ中の最後の水分が幾滴かの涙に凝集して眼底をうるおした。

空がにわかに暗くなった。ひどい風が沖を吹き過ぎているらしい。何億とも数しれぬ昆虫の群が、その風に吹き散らされている。ものを思うひまもなかった。あたしのからだは劇《はげ》しい震動で数碼《ヤード》もはねとばされた。水平線の彼方――おそらくこの島の周辺全部がそうであろう、巨大な水蒸気の雲でおおいつくされた。夫が予言したとおり、海底火山脈が爆発したのである。水蒸気の一部は雨となって、轟然たる音響とともに大地をたたきつけた。あたしは甦った！　あたしのからだは海綿のように水を吸いふくらんだ。

あたしは歩く、島の中央に向って、砂丘の果てるところ、おもいもかけぬ灌木地帯にゆきあたる。香りの高い真赤なカトレアの花。そのひとひらを取って、戯れに額にあててほほえむ、宮川旗江よさようなら！　あたしはいまからオラン・ペンデクのモアのひとり。

あたしは尚も歩く、美しい流れに沿って。その末はしたたる緑の森。ああああの森の果てるところ、みのりも豊かな平原があるのであろう。永遠に世界の眼からのがれて、新しき民族が誕生しようとするオラン・ペンデクの国、黄金郷《エル・ドラアドオ》。そこでは、ただ生きるだけの人にしか過ぎなかったオラン・ペンデクが、考える人《ホモ・サピエンス》に進化しようとする――何という素晴らしさ！

あたしは尚も歩く。あたしのヨハン・ヘイステル氏の大きな掌《て》が、ふいにあたしの肩をつかむ。あたしは眼を閉じて開くまい――あの人があたしを〝モア〟と呼んでくれる迄は！〉

オラン・ペンデク射殺事件

1

——信じられん、まったく信じられん——

スマトラ島、ジャンビイ州地方監督官、ローク・マーカー氏は、小肥《こぶと》りの肩をゆすりあげ、たったいま開封したばかりの、本国オランダ政府植民大臣からの公式書簡をひっつかむや、くしゃくしゃにまるめて、床にたたきつけた。

——あの、オラン・ペンデクが、猿ではなくて、人間だ、と？……人類学協会名誉顧問ファン・デュボアス博士が、無条件で太鼓判を押した、と？　ふん、おべっかつかいの狐学者《ライネツケ》めがっ——

「なにを、そんなに怒っていらっしゃるの？　あなた」

七彩鸚鵡《カカトウ》を相手に、つれづれのおしゃべりに興じていた、新妻のアンニが、こころもち美しい眉を寄せて振り向いた。

「いや、なんでもない……例によって、このわしを、地方監督官の椅子から引きずりおろそうとたくらむ輩《やから》の、くだらん中傷さ」

「でしたら、いつものように、わたしがいただいておいて、あとで、下僕に焼き捨てさせますわ」

かがみこんで拾い取ろうとするアンニの腕をぐっと押さえ、ローク・マーカー氏は、いくらかあわてて、自分で取り上げた。

「そうはいかん、これぱかりはな。たとえどのような内容であろうと、公文書は、きちんとファイルに綴り込んでおかねばならんからな」

「公文書?……あなた、まさか転任の?」

「心配しないでよい。ふ、ふ、わしの殺人罪がバレただけだよ」

「あなたったら、また御冗談ばかり……」

アンニは、なんということなくギクリと胸を衝《つ》かれたが、それでも、相手を包みこむような、いつもの優しい微笑を忘れなかった。

「いや、こんどばかりは冗談ではない……そう、きみに、何もかくしだてする必要はなかったな……とにかく馘《くび》だ。やっと、ここにも馴れて、仕事はこれからという時に、わしとしても残念だが……」

無言のまま、差し出された書簡の皺《しわ》をのばしながら、アンニは、内心の動揺を気丈に押しかくして一気に読みおろした。

「就任以来、着実に治績を挙げられつつある貴下に対して、突然、このような指令を送らねばならぬことは、余の最も遺憾とするところであるが、余の植民大臣としての立場から、今回の事件を放置し得ざる事情を、充分御諒承願いたい。

先般、貴下が、ジャワ在バイテンゾルグ動物博物館を通じて送附せられた、貴下の射殺捕獲にかかる、〝オラン・ペンデク〟なる猿猴類《えんこうるい》一体の骨格は、学界はもとより、カトリック教団をはじめ各種団体の間に異常なるセンセーションを捲き起し、ファン・デユボアス博士が、その骨格を鑑定して、明《あきら》かに〝猿ではなく人間である〟と断定するに及んで、その頂点に達した。

即ち、貴下は、自ら認むると認めざるとにかかわらず、任地在住の土民の一人を殺害した犯人として、その責を追及されることとなった。

この事は、余人ならばいざ知らず、いやしくも植民政策にたずさわる枢要の地位にある貴下として、世論に対して一応の弁明を必要とするばかりでなく、余としても、かかる文明の屈辱的犯罪を看過するわけにはゆかぬ立場に追い込まれるに到った。

詳細なる事情は、後任、ファン・ヘンドリック氏より聴取せられたく、貴下は、氏の着任後三週間以内に、本国に引揚げられるよう、ここに、内閣人事局総裁、司法裁判所検事長連署を以て通達する」

そうした意味の文章が、古めかしく鵞ペンで、もったいぶって認《したた》められてあった。

「あなたは、ただ、未知の猿を一匹射ち殺しただけ。それが、こんな大騒ぎになるなんて……なにか、蔭の、政治的陰謀がありそうね？」

「そうとも！　アンニ」

苦り切って、ローク・マーカー氏は、テラスから芝生にペッと唾を吐き捨てた。

ついぞ、こんなラフな挙動を見せたことのない夫だけに、アンニは、痛ましげに見やりながら、

「わたしを泥人形だとおもって、ぶちまけてごらんなさいな、あなたの胸の中のもやもやを、そうしたら、すこしは、気が晴れますことよ」

「くだらんことだよ」

ローク・マーカー氏は、腕をうしろに組んだまま、マレー熊のように、テラスを歩きまわった。

「やっかみさ。わしが、地方監督庁の平官吏から抜擢されたのを快よからず思っておる亡者共のたくらみだ。

第一が、後任にのしあがったファン・ヘンドリック。

第二が、おべんちゃら似非《えせ》学者のファン・デュボアス。

第三が、ことごとに、わしの政策を敵視してかかる国民参議会のマレー土人議員アピチュレとラチュレ。〝オラン・ペンデク〟が、人か、猿か、など、どうでもいい連中ば

かりだ。奴らは、わしを失脚させるきっかけだけを虎視眈々《こしたんたん》と狙っていたんだ。そいつらの手玉に取られて、半分いねむりしながら、こんな辞令にサインさせられたロボット大臣の顔が目に見えるようだよ」

「……で、このまま、向うの言いなりに引揚げるおつもり？」

「きみなら、どうする？」

ローク・マーカー氏は、もう、すっかり冷静を取戻していた。

「そうね……」

アンニは冷めたい微笑を、わずかに唇の端にうかべて、

「わたしだったら、こんどは、〝生きたオラン・ペンデク〟を捕まえて、その人達の前に突きつけてやるわ。——さあ、どう？　これがほんとに、人か？　それとも猿か？——、って。まず、まっさきに、ここへやってくるファン・ヘンドリックに」

「そうとも！　それまでは、断じて、この官舎を明け渡さぬ。わしが殺人犯人でないことを証明するためにもね」

「いっしょうけんめい、お手伝いしてよ、あなた！」

2

かれこれ半年ほど前の、雨季明け近い五月末の或《あ》る朝、ロカン村民のひとり、ラリ、というマレー土人の若者が、あわただしく官舎の扉をたたいた。

「長官、こんどこそは間違いっこなしだ。わしが此の眼で見とどけてきましただ。オラン・ペンデクの一家族が、餌《えさ》を求めに、ブカラの森へおでましだ。わしが案内します。早く早く」

「よしッ」

ローク・マーカー氏は、愛用の猟銃《ライフル》をひっつかむや、待たせてあった幌馬車《ワゴン》に飛び乗った。

此の地一帯の密林の一部には、昔から、人とも猿とも見られる奇妙な動物が、可成りの集団をつくって棲んでいる、と伝えられていた。

噂《うわさ》ばかりではなく、現に、籐や化石樹脂《ダマル》の採集人達も、しばしば、その姿を目撃していた。

「そいつたちは、滅多に姿をあらわさないがあらわれるとなると、きまって、少くとも十四から二十四匹くらいの集団を作ってやってくる。そいつたちは、しかし、この近くの密林に定住しているものではなく、何処か、まだ人間の踏み入ったことのない奥地から、はるばるやってくるようにおもわれる。そいつたちは、虎がドリアンの匂いに誘い寄せられるように、イサリア・ルブラ（茸の一種）の匂いを慕ってやってくるのだ」

「そいつたちは、どうしていままで、一匹もわしらの手に捕えられずにいるのだろう？

ジャンビイ州、いやスマトラ一の名射手タンビでさえ、射程距離内に発見しながら、いざというときになると、忽然《こつぜん》と、そいつたちは消えてしまう、と言っていた。まるで、そいつたちは、色変守宮《トッケイ》みたいに、まわりと同じ色に変って、次の瞬間には、もう、どう探したって見付かりっこないそうだ」

「そいつたちは、ひょっとすると、実在の生きものではないのかも知れない。わしらが、たしかに居ると信じていながら一度とお目にかかったことのない幽霊狼みたいに……しかし、そうなると、つい先頃、わしがこの目ではっきり見たそいつたちまで、幻だというのだろうか」

そして、彼等土民達は、彼等なりに、その動物を、極めて印象的に、〝オラン・ペンデク〟と呼んでいた。

オランは人、ペンデクは小さい、という意味の土語である。

だからといって、彼等が、オラン・ペンデクを、人間だと認めているわけではなかった。猩々《しょうじょう》を、オラン・ウータン——森の人、と呼ぶほどの意味で、〝小さな人間みたいな生きもの〟と表現したまでであった。

ローク・マーカー氏も、むろん、それが人類であろう、などとは、夢にもおもわなかった。たかだか、下等猿猴類の、それも極く稀にしか生存しない新種にちがいない、と考え、そして是非とも一匹でよいから捕獲したい、と熱望しつづけていた。

だが、現実は、おいそれとは、ローク・マーカー氏の熱望を充《み》して呉《く》れそうにもなかった。

彼等目撃者の話を、綜合してみると、
オラン・ペンデクの身長は、大体十二、三才くらいの子供の背丈を出ず、皮膚は、ほとんど無毛の感じでバラ色がかった褐色、両腕は比較的短く、有尾らしくはおもわれるが、それほど目立たず、常に直立して歩行する、という。

尚《なお》も委《くわ》しく聞き正してみると、
オラン・ペンデクの両腕は、類人猿に比して著しく短く、これに反して脚部はずっと長い。足の爪先は人間よりも小さく、また、親指との開きが大きく、恰《あたか》も手のような感じを与える点では、人間よりも猿に近い。しかし、前額が直上に立ち、いささかの不安定感もない直立歩行を持続し得る様子は、猿よりも人間に近い印象を与えられる。

ここで、若《も》しローク・マーカー氏が、多少の生物学的知識を持っていたら、一応、オラン・ペンデクを、ジャワ、ソーロー河畔含化石層から発掘された直立猿人（ピテカントロープス・エレクタス）のような、猿と人間との中間にある生物であろう、と推測することも出来たであろう。

しかし、そう推測出来たとしても、結果としては、同じことであった。

なぜならば、人間が、猿と共同の祖先から岐《わか》れて進化するまでの過渡型生物というものは、ピテカントロープスのように化石として発見されることはあっても、そのままの形態を保持して代を累《かさ》ねつづけることの出来ないのが、生物学上の一般法則であるから

——そして残される問題は、依然として、猿か？　人か？　の、一点に、しぼられることとなろう。

ローク・マーカー氏は、しかし、その当座、そのような基本問題には、てんで関心を持ってはいなかった。

おおよその、本国を離れて遠い蕃地に赴任してきた人達がそうであるように、ローク・マーカー氏も、ただ現地で、未知の新種とおもわれる動物の一種を手に入れたい、というやや俗っぽい功名心に駆り立てられて、ウズウズしていただけであった。

そうした矢先への、オラン・ペンデク発見のラリの注進であった。

ブカラの森近くでワゴンを捨て、すだれさながらに垂れかぶる大ガジュマールの気根をくぐって、奥へ奥へと押し進む頃には、日はほとんど昏《く》れかけていた。

それでも、猫のように夜目のきくラリは、一刻も早く自分のもたらした特ダネの真実を証明したがるもののように、先に立って、ローク・マーカー氏をせき立てつづけた。

「狩人仲間にゃ〝一分おくれただけで、すべてがゼロ〟って諺《ことわざ》がありますよ、長官」

およそ二時間にわたる暗黒の密林行は、やや肥満型のローク・マーカー氏を、へとへとにさせてしまった。

「さあ、やっと近づきましたよ」

耳元で、そうラリに囁かれ、さすがにローク・マーカー氏は、シャンと立ち直った。

十歩、そして二十歩——そこは、ガジュマールの密林が一旦途切れて、むき出しの岩壁が、はるかの下谷まで屏風《びょうぶ》のように直立している。

「おお、まだいます！　むろん、わしが朝見たやつらとは別ものでしょう。しかし、オラン・ペンデクであることには間違いありません。わざわざやってきた甲斐はありましたよ。あれを！　あれです！」

断崖の縁に腹這い、上半身を突き出して、ラリは、指さした。

わずかな星明りに目をこらすまでもなく、四五匹の、小さな黒い影が、谷一面の石塊《いしくれ》をこじ起しては、なにか食用となる菌類でも探し求めて蠢《うごめ》いている様子である。

始めて目撃した瞬間に、ローク・マーカー氏が、そのシルウェット群から受けた印象は猿というよりも、むしろ矮人《ピグミー》という感じだった。

と、ふいに、その中の一匹が、まっすぐに立ちあがった。

はっきりとは見定めにくいが、そいつたちは、どうやら身近に迫る危険を察知したらしく、しきりに、額を上方に向けて風のにおいを嗅ぎさぐりはじめた。

感付かれたら、それっきりである。

――生捕などとぜいたくは言っておれん。せめて死体標本だけでも！――

目測するところ、射程距離は充分だった。

ターン
ローク・マーカー氏は、夢中で発砲した。

「ギャアッ」

夜鳥に似た叫びをあげ、その一匹は、虚空をつかんでのけ反《ぞ》った。

残りのやや大形の仲間のあいだに、無言の混乱がひき起されたと見えた次の瞬間、そいつたちは、莢《さや》からはじけた豆のように、闇の中に吹っ飛んでしまった。

「手応えは、たしかにあったぞ。ラリ、どうしてあすこへ降りていったらいい?」

ラリは、当惑したような顔で、首を横に振って見せた。

「引返して、ロープを持ってくるより外に方法はありませんよ、長官」

翌朝、ラリが、ローク・マーカー氏の命を受け、身軽な若者数名を伴って、その谷間に降り立ったときには、そこには、自分の半分ほどしか無い、しかし完全な一体の白骨が、さむざむと横たわっていただけだった。

一夜のうちに、密林の掃除夫、恐怖の埋葬虫《シデムシ》の大群が、かくも珍奇なオラン・ペンデクの最初の一匹を、山猫の死骸同様むざむざとしゃぶりつくしてしまったのであった。

3

気のいいラリの口から、オラン・ペンデクの一匹が、ジャンビイ州地方監督官ローク・マーカー氏の手で射殺され、鑑定のため、ジャワ・バイテンゾルグ動物博物館に送られたというニュースを聞いて、手を拍《う》って喜んだのは、かねてから、ローク・マーカー氏に政治的反感を抱いていた国民参議会下院の土人出身議員、アピチュレとラチュレだった。

「こいつは打ってつけの好餌じゃわい」

ひそかに北叟笑《ほくそえ》んだ二人は、しめし合わせて、ジャワに飛んだ。

念の為、調べてみると、オラン・ペンデクの頭蓋には、まぎれもない盲貫銃創が残されている。

二人は即刻、鑑定を依頼された博物館長、アントン・マリス教授買収にとりかかった。乏しい予算でやりくりに汗だくのマリス教授は、手もなく、二人の出鱈目《でたらめ》な調書に署名し、オラン・ペンデクの骨格を、二人の申出のまま引渡した。

こうして、もう、それが本国にとどいたときには、オラン・ペンデクは、ローク・マーカー氏によって射殺された〝人間〟の骨であることに、でっちあげられていた。

次いで、アピチュレ、ラチュレ両議員の暗中飛躍は、長文の電報となって、かねてからジャンビイ州地方監督官の椅子を狙いつづけていたファン・ヘンドリックに飛んだ。

「好機逸すべからず！」

ファン・ヘンドリックは、オランダ人類学協会の理事である義兄と謀り、同協会名誉顧問、ファン・デュボアス博士抱き込みの工作に取りかかった。

さすがに、デュボアス博士は、事が事だけに、軽々しく、アピチュレ、ラチュレ両人のでっちあげ事実を裏書するような証言は、出そうとしなかった。

「ただ一個の、未知な、しかもその境界が極めてデリケートな生物の骨格だけを調べて、それが人か？　猿か？　というような重大な断定を下すことは、まず不可能なことだ」

最初は、とりつくしまもない返事だったが追っかけ本国に乗り込んできた海千山千の両議員にとって、こんな老学者のひとりやふたり、たたきのめすくらいは朝飯前だった。

表向きは、謹厳実直そのものの仮面をかぶりつづけているデュボアス博士が、文部大臣に、あの手この手と、おべんちゃらの限りをつくし、あらゆる先輩を讒訴《ざんそ》の武器で蹴落し、ようやく今の地位を持続している弱味を握るのに、まる一日も必要としなかった。

――オラン・ペンデクは人間である――

ファン・デュボアス博士の鑑定は、公式にいや、公式の形に似せて、堂々と発表された。

しかも、ごていねいに、

――オラン・ペンデクは、アチエ族土人の純血種と認められる――

と、まことしやかな註釈まで附けられている始末だった。

一方、アピチュレ、ラチュレ両議員は、そつなく、ジャーナリストの尻を突っつくことも忘れなかった。

ノート・デル・レダクシー紙は、植民大臣に対し、オラン・ペンデク射殺事件を抗議し、かかる文明の屈辱的犯罪は、即時禁止すべしと要求した。

デーリー・コラント紙は、ジャンビイ州地方監督官ローク・マーカー氏がオラン・ペンデクを射殺したことについては、彼が学問上重大な価値のある貢献をなすものと信じたのであろうが、これを生捕せずに射殺したことは甚だ遺憾であり、同官は、何等かの形においてその責を負うべきである、と主張した。

おもえば、まことに不可思議な話である。

オラン・ペンデクが、人であるか、猿であるか、という、当然論究さるべき基本テーマは一切骨抜きとなり、社会人道問題だけが、けんけんごうごうと取上げられているだけである。

しかも、これらの掲載紙は、まことに巧妙な手段によって、当のローク・マーカー氏の眼には、一切触れさせずに済まされたのであった。

そうして最後に、オランダ下院のカトリック党議員モーラー氏が、臨時国会の席上、植民大臣を糾命して、今後、オラン・ペンデクを射殺した者は、殺人罪と同様に処罰する法規を新しく設くべし、と提案、これが採決されるにいたって、この奇怪きわまるオラン・ペンデク論争に、一応の終止符を打たなければならなくなった。

こうして、何も知らないうちに、ローク・マーカー氏は、いまわしい殺人罪のもとに、ジャンビイ州地方監督官の椅子から、有無を言わさず引きおろされる羽目に陥入ったのであった。

しかも、もっと驚くべきことには、後日、ローク・マーカー氏が、正式に起訴され、中央裁判所法廷に立った場合の、裁判長との想定問答までが、丹念に用意されていたことである。

いったい、そのようなものを、誰が、何の目的で草案したのであろうか――今もってつまびらかではないが、とにかく、それが、どのように滑稽極まるものであったか、その一部をピックアップしてみよう。

裁判長「被告は、オラン・ペンデクなるものを、最初から、人類とは認めていなかったか?」

ローク・マーカー「もちろんです。認めていたか、いないか、よりは、むしろそれ以前の問題です。私にとって、オラン・ペンデクは、実在か、伝説か、すら疑わしい存在であると、考えておりました」

裁判長「被告が、オラン・ペンデクなる名を、最初に耳にしたのは、いつごろであるか?」

ローク・マーカー「現地赴任早々でした。たぶん、原住民との交歓祝賀の宴席であったと記憶しております」

裁判長「では、被告は、〝オラン〟が、マレー語で〝人〟を意味する語であることを承知しておると見てよいか」

ローク・マーカー「言葉としては、認めます。しかし、そのゆえに、オラン・ペンデクが、現実に、人類であるという結論には承服し兼ねます」

裁判長「土着民が〝人〟であると認めているではないか」

ローク・マーカー「では、裁判長は、土民がオラン・ウータンと呼びならわしている猩々を射殺した際、その者を殺人罪に問うおつもりですか」
裁判長「それは詭弁というものである。猩々は、猿であることが一般通念として万人に認められておる。よって、それを、森の人と呼ぼうと、本質的に猿であることに変りはない」
ローク・マーカー「裁判長こそ詭弁です。では、いったい、猿と人とのけじめの線を、どこに引いて考えたらよろしいのでしょう」
裁判長「それは、動物学者の証言を俟《ま》って決めるべき問題だ。本件については、オラン・ペンデクの骨格を詳細に調査したバイテンゾルグ動物博物館々長アントン・マリス教授、並《ならび》に、和蘭《オランダ》人類学協会名誉顧問ファン・デュボアス博士が、明白に、これを人類《ホモ》と断定していることで充分ではないか」
ローク・マーカー「私は、それが、正式にリンネ学会に諮《はか》られて、新種の人類として公表されるのでないかぎり、その学説は認めません」
裁判長「目下その手続中である。人、猿問題は以上を以て打切るとして、被告は、射殺したオラン・ペンデクの骨格を、なぜ、バイテンゾルグ動物博物館に、わざわざ送附したか」
ローク・マーカー「もちろん、それが、どのような生物であるか疑わしい点があるので、鑑定を依頼したまでです」
裁判長「それみい。被告は、問わず語りに白状したではないか。被告に、それが猿であるとの確信があれば、なにもそのようなことをする必要はなかったはずだ。知っておってか、知らずにか、は、この際別問題として被告が殺人を犯した点について、いささかの疑義をさしはさむ余地はない」

4

ローク・マーカー氏夫妻が、ラリを伴って官舎の門を出る姿を見かけたのは、館員だけではなく、地元ロカン村のゴム採集夫数名もはっきり見とどけていた。

「やあ、精が出るね」

ローク・マーカー氏は、ワゴンの上から、すれちがった顔見知りのゴム採集夫、テバンに、機嫌よく声をかけた。

普段とすこしもかわりはない。ローク・マーカー氏も、アンニ夫人も、にこやかな微笑を忘れてはいなかった。

「これは、これは長官。こんなに早く、おそろいで、どちらへ？」

「長官はな」

駁者台から首をねじ向けて、ラリが、得意そうに鼻をうごめかした。

「ブカラの森へ、猟をなさりに行かれるんでね、お伴だ」

「さようで……しかし長官。お気をつけになりませんと、虎はいま季節でして気が立っておりますんでな。わしも、ゆんべ、すごい奴に、すんでのところで、つかみかかられるところでしただ」

「心配はいらんよ、テバン。長官は、もっと小っちゃくて、優しいやつがお目当てだからな」

それだけ言うと、ラリは、皮の鞭を一振り当てて、まだ朝焼けの空の下に黒々と眠っているブカラの森に向けて、元気よくワゴンを駆り立てていった。

それっきり、一週間が過ぎ、二週間が経っても、ワゴンは戻ってはこなかった。

そうしたところへ、三週目の、かなり風の強い夕方、警備兵数名を従えた後任のファン・ヘンドリックが赴任してきた。

丈の高い、瘠《や》せぎすな、ひどく神経質な男らしく、たえず、こめかみをひくつかせている。爬虫類のような、冷めたくぎらつく眼の持主だった。

書記長から、ローク・マーカー氏夫妻が謎の失踪を遂げたことを知らされても、彼はただ、いくらか目立ってこめかみを痙攣《けいれん》させて見せただけで、一言も、それに質問しようとさえしなかった。

——ふん、口争いのひとつふたつ、覚悟しておったが、却っていざこざなしで何よりだ……しかし、何処へ、何の為に姿をくらましおったか——

さすがに、ファン・ヘンドリックは、内心薄気味わるく、うしろめたく、暫くのあいだは、眠るまもポケットにコルトをしのばせて手離そうとしなかった。

それが慣例で、三日の後に、新任の披露を兼ねた酒宴が官舎の庭で催される旨の告示板がいかめしい鉄門にかけられたのを見ても、土民達は、すこしも浮いた顔を見せなかった。

そして、一夜のうちに、その告示板は、何者かの手によって、ひっぺがされ、これ見よがしに庭の真ん中に投げ込まれてあった。

その夜が来て、予定どおり酒宴は催されたが、招《まねか》れた土民達は、ただ儀礼的に席に連なっているだけで、酒興はすこしもはずまなかった。

ローク・マーカー氏が着任したときと較べて、なんという相違であったろう。笑い声ひとつ立てるものとてなく、土民達は、黙々として、うつむき勝ちに、出来るだけ新長官の面を見まいと申し合わせているかに振舞った。

ファン・ヘンドリックは、不快さを努めて押しかくし、潮時を見て部屋に引揚げた。

——ふん、ローク・マーカーの奴、どこかに潜んでいて、土民どもを操っておるな
——

パイプを塡《つ》めかえようとしたとたん、あわただしくドアがノックされた。

「誰か？」

なぜかドキリとなって、ファン・ヘンドリックは、パイプを離して嗄れた声を立てた。

「わたくしでございます」

館員の声だった。

「ただいま、ローク・マーカー氏夫妻と一緒に姿をくらましたというラリが、ひとりで、己れの小屋に舞い戻ってきた、との情報がはいりましたので……」

一瞬、ファン・ヘンドリックの面は、粉をふいたように白ちゃけて見えたが、すぐに平静を取り戻した。

「よし。わしが、直《じ》き直き会って究明してやるっ。おまえも一緒にいくんだ」

案内された草葺《くさぶ》き小屋に、くぐりこんだファン・ヘンドリックは、おもわず嘔気を催したもののように、いそいでハンカチで鼻を覆った。すでに、屍臭が、小屋うちにみなぎっていた。

「おまえがラリと申す者か？」

ラリは、小暗い隅に敷いたアンペラの上に、泥壁に背をもたせて、うずくまっていた。それは、人間というよりも、乾干びあがった大亀という感じだった。

「さようですだ」

答えたのは、しかしラリではなく、傍らで敵意のこもった眼をぎらつかせているゴム採集夫のテバンだった。

「おまえに訊ねているのではない」

ファン・ヘンドリックは、反り身のまま、テバンを無視して、ラリの前ににじり出た。

「なぜ返事をせん？」

「それは御無理というものですよ」

テバンは、ぶっきらぼうに呟き捨てた。

「無理？」

「死んでいますだ」

「…………」

「ラリは、ここへ帰り着いたとたん、一言もいわず、息を引き取りましただ。たぶん、これを、あなたに渡すために、半分死にながら歩きつづけてきたのでしょうよ」

テバンは、土にまみれ、水に濡れくたってたったいま古墳からでも発掘されたばかりのような一通の手紙を、ファン・ヘンドリックの胸元につきつけ、表を、そして裏を返して見せた。

わずかに読み取れる宛名は、たしかに自分自身であり、署名も、ローク・マーカー氏のものに間違いはなかった。

「渡したまえ」

むしろ奪いとるように、ファン・ヘンドリックは、ポケットに捩《ね》じ込んだ。

「ところで、おまえは、なにか、わしについて探り知っておるな？」

「なんにも！」

「では、なぜ、わしをそのような反抗的な目付きで見る？」

「わしは、ただ、あなたを値ぶみしているだけでございますよ。あなたが、わしらの新長官として、お仕えするに足る人物か、どうかとね」

「ふん」

ファン・ヘンドリックは、眼で館員をうながし、むしろ逃げるようにして官舎に戻ると、ひきつったような声で警備隊長を呼付けた。

「土民共を即刻追っぱらって、鉄門を固く閉ざせ。用心のために、警戒を厳重にするんだ。まさか暴動とまではいかんだろうが、わしによからぬ感情を抱いて、土民を扇動しかねまじき男が、一人おる」

ファン・ヘンドリックは、ひとりきりになると、窓を閉ざし、カーテンを全部ひき、出がけに投げ出したままのパイプを取りあげて、刻み煙草を塡めこんだ。

その指は、消えかかる蠟燭《ろうそく》の炎さながらにチリチリとふるえていた。

――いっそ、あのテバンという男を消してしまおうか……――

ファン・ヘンドリックは、こめかみをギリギリ嚙み蠢めかした。

――だが、待て……いったい、ローク・マーカーが、わしに何を言って寄越したというのか？　それを知ってからのことだ――

ファン・ヘンドリックは、鉄門の閉ざされる音を、遠く耳にしながら、まだふるえのとまらぬ指で、手紙をポケットから取出した。

5

「われらが敬愛する植民大臣の御信任厚き、新ジャンビイ州地方監督官、ファン・ヘンドリック閣下。

貴下の御到着をお迎えもせず、事務の引継ぎもせず、こうして、妻と共に行方をくらます私の非礼を、深くお詫び申し上げると共にもはや二度と、貴下の尊顔に接する機会を持たぬであろう私の運命の成りゆきを、何卒お気にかけられぬよう御放念願いたい。

さて、私は、おもいもうけぬ更迭の辞令に接し、それが、全く奇妙にも、私の射殺したオラン・ペンデクに起因することを知り、一時は、文字通り茫然為すところを知らなかった。

私は直ちに、腹心の民間諜報員、ゴム採集夫のテバンに命じて、事の内幕を調査させたところ、意外にも、本国に於ける、私の想像を絶した大騒動には、只々呆れ返る以外に術はなかった。

オラン・ペンデクなる生物を、人類と知って、特に、デュボアス博士の言われるようにアチエ族土人の祖先型と知って、どうして、この私が、故意に射殺するなどということが有り得よう。

若《も》し、そのような恐ろしい過誤が、たとえ故意でなく犯されたとしても、アチエ土人達は、私を黙ってゆるして置くことなど、思いもよらぬことであろう。

私に言えることは、ただ一言、〝私は知らなかった〟のだ。

そして、これをもし殺人事件というなら、火星の生物を射殺した場合も、それがやや人間に類する形態をしているというだけの理由で、われわれは、殺人罪に問われなくてはならぬであろう。

私は、だからといって、貴下を含む本国に於けるこの事件の登場人物のすべてに対して今更、皮肉めいた言辞を弄したり、批判めいた思考を抱いたりすることは慎しもう。

なぜならば、貴下は勝利者であり、私は敗北者なのだから。

ということは、オラン・ペンデクが、まさしく、貴下らが望まれるとおり、〝人間〟であったのだから！

それゆえに、私は、たとえ幾分の情状酌量は認められるにせよ、地方監督官として有るまじき不徳きわまる殺人罪を犯したことを、自ら認めるにやぶさかではない。ただひとつ私に堪えられぬことは、法廷という名の舞台に引きずり出されて、彼ら名脚本家によって書かれたお芝居の相手役を勤めさせられる屈辱だけである。

しかしながら、当初の私は、愚かにも、オラン・ペンデクを生捕して、それが正真の人間ではないことを証明し、あわせて、私の殺人の容疑を雪《そそ》ごうと決心し、三週前、妻と、ラリという従者を伴って、ふたたびブカラの密林に分け入った。

この、わずかに籐採集夫達によって、ほんの入口しか知られていない原生林が、どのような魔境であるかは、貴官の管轄区域として後日、貴官みずからの御踏査に委ねることとして、詳細をつくすことをここでは避けたい。

週余の探索もむなしく、このたびは、オラン・ペンデクの足跡ひとつ認めることが出来ず、私ら一行は、嘗《かつ》て、あの一頭を射殺した運命の谷を超え、しゃにむに、奥へ奥へと突き進んだ。

それから後の行程は、後に申しあげる或る重要な理由によって、故意に省略させていただき、ただ、極めて童話的な億に一つの偶然――妻が愛育していた七彩鸚鵡《カカトゥ》の不可思議な本能による道案内――がなかったならば、とうてい、そのブカラの密林とは全く隔絶された未知の世界《テラ・インコグニータ》を発見できなかったであろうことを書き添えるにとどめる。

私は、もとより生物学とは縁遠い男であるが、それでも、その一帯の植物相《フローラ》、動物相《ファウナ》が全く未知の様相を帯びていることに気付かずにはいられなかった。

一言にしていうならば、それは、まさしく〝失われた世界〟であり、そして、そここそ〝オラン・ペンデク族〟のふるさと＝常住の世界であったのだ。

いつの世、どのようにして、この地球の空白地帯ともいえるスペースに、オラン・ペンデク族が発生したか……或《あるい》は、もっとも別な私などの足を踏み入れることをゆるさぬ秘境から移り住んできたか、そうした詮索は措くとして、ともかくも私らは、あるがまの、オラン・ペンデク族の現住部落を、ゆくりなくも発見したことだけは間違いない。

私が、そのときまで知っていたオラン・ペンデクは、たったひとつ、しかもそれは小児の、シデムシに食いつくされた骨格に過ぎなかった。

　それから推して、オラン・ペンデクが、たぶん醜怪な下等猿猴類であろうとの予想を裏切って、私は、彼らが、まことに温和な、むしろ美しい、とさえ言える矮小原始人類《ピグムス・プリミチウス》であることを、まざまざと知らされた。

　それゆえ、はじめて私が、オラン・ペンデク族の部落を目撃したとき、私は、それを、すでに滅び去ったと信じられているスマトラ島原住民族ゴヨの逃避部落ではなかろうか、とさえ推測してみた。まもなく、私は、すべての持ち合わせの知識が、ここでは全く無用であることを知らされるとも知らずに」

6

「昏《く》れて間もないその夜は、月が明るかった。

　遠くから望むと、彼らの湖畔に点在する草葺《くさぶき》小屋は、黒パンの塊をおもわせた。

　彼らは、その一つ——たぶん部落の共同倉庫ででもあろうか——と湖岸との間を、せわしげに往復している。頭の上にのせて運んでいるのは、彼等が食糧として貯えようとしている、粗製の籠に盛られた巨大な菱の実らしくおもわれた。

　運よく、私は、眼の前に茂りかぶさっている羊歯《しだ》簇《むら》のあわいから、いくぶん落着いて、彼らを観察することが出来た。

彼らは、身長一・五メートル内外、雌雄の別までは見定め得られないが、いずれも漆黒の髪を房々と垂れ、肌には密毛がなく鞣《なめ》されたように艶やかな光を帯びている。尾は、やや目に立って長く、しかしそれとても、中阿イチュリの高原に現在する有尾矮小族《コーダル・ピグミーズ》が持っているものと、たいした差は認められない。

私は、それでもまだ、彼らを、高度に集団生活の本能を獲得しつつある猿猴類であろうくらいに考えながら、妻とラリとに目配せして、そっと羊歯簇から這いずり出した。

と、彼らは、はやくも異常を感じ取って、いっせいに飛散しようと身構えたが、すでに敵が、その暇《いとま》を与えないまでの距離にあることを知ると、そのまま化石したもののように動かなくなり、怯《おび》え切った眼を、ただ気ぜわしくまたたくばかりだった。

私は、あのブカラの谷間での経験から、彼らが、次の瞬間には、莢からはじかれる豆のように飛散してしまうのを惧《おそ》れ、前後の見境いもなく猟銃の引金に指をかけたとたん、

『待って！』

いきなり妻の掌が銃口を覆った。

『ごらんなさい。こちらへやってくるものがいるわ』

見れば、彼らの中では、比較的体格もすぐれ、姿もととのったひとりが、まっすぐに立ったまま、静かに歩みを進めてくるではないか。

私は目をみはった。

近づくにつれ、私は、それが女であり、頭上に、土焼きのゆがんだ壺をのせているの

を見て、おもわず、うっと呼吸をのんだ。

——よかった、発砲しなくて！——

オラン・ペンデクの女は、白銀色の月光を全身に浴びたまま、ピタリと私のまえに立ち止まると、アレキサンドリア葡萄そっくりの眼で、しんしんと私を見つめながら、その素焼の壺を、うやうやしく捧げた。

疑いもなく、私らへの、危害を加えられないための貢物というつもりであろう。後になって、私は、その壺の内容が、まことにほほえましい宝物であることを知って、じいんと胸にしみるものを覚えた。それは、数個の紫と紅の斑点のある見知らぬ野鳥の卵であった。

私は、あらためて、オラン・ペンデクの女を、仔細に観察した。だが、その仔細を、ここにペンを以て再現する術を知らない。私に記すことの出来るただ一つの言葉は、——神はなぜ、いままで、このような美しい存在をわれらの眼からおかくしになっておられたか——という抗議だけである。

女は、野鳥の卵入りの壺を静かに私の足元に置くと、妻とラリとを交互に見ながら、時には劇《はげ》しく、時には微かに、その端正な形の唇をふるわせはじめた。

それは、蜂雀の翔のうなり、風にはためく木の葉のそよぎにも似た、不思議な音律の言葉だった。

ふと、後方に眼をやると、残されたオラン・ペンデクたちは、彼らの代表者——私は仮りに女王と表現しておこう——の、異形の闖入者《ちんにゆうしや》らと交渉結果如何にと、不安と期待との綯《な》いまじった眼で、身じろぎもせず見守りつづけている。それが、どういうつもりであるか知る由もないが、彼らは手に手に小さな松明《たいまつ》をかざしていた。

私は銃を捨てた。私の意を察して、ラリも山刀を、うしろに投げた。

妻は、羞《はじ》らいもなく、オラン・ペンデクの女にならって、乳房をあらわに胸をかきひろげて見せた。

オラン・ペンデクの女の唇が、はじめて、安堵と理解とを表わすもののように、美しくほころびた。

火を用い、壺を作り、言葉を持ち、笑うことを知る！　これを、どうして、人類と認めずに済まされよう。

『悲しいことですけれど、あなたの敗けでしたわね』

妻は、しっかと私から眼を離さずに唇を嚙みこらえた。

『そうとも、アンニ。きみが、敗北者のぼくから眼を逸らさないように、ぼくも、現実から眼を逸らすような真似はせん！』

私らは、その女にみちびかれて、静かに部落の中へ歩み入った。

私は、彼らすべてのオラン・ペンデク族の眼に、あふれるばかりの好意と親愛の眼眸《まなざし》を見た。彼らの美しい女王が同行してくる人々を、彼らは、もう、敵とは見ていなかった。彼らの同族のひとりを、何の理由もなく、むごたらしく射殺しているこの私を！

月は益々明るさを増し、あたりの空気は、私らには知られぬ花粉の芳香に匂い、私らを夢心地に誘い込んでくれるようだった。

美しいオラン・ペンデク族の女王は、たえず優しい微笑で、私を包むように見守り、あの、世界の人々が誰ひとり聴いたこともなく理解することも出来ない不思議な音律の言葉で話しかけてきた。

さて、結論を急ぐことにしよう。

オラン・ペンデク族と起居をともにしているうち、私は、とうとう、女王の飽くことのない繰返しの音律の中から、彼らが私らへの願いの言葉を知ることが出来た。

——わたくしたちを、あなたがたの手でお守りください。わたくしたち残り少い種族をあなたがた以外の誰ひとりの眼にも触れさせず、わたくしたちの最後の安住の地を、あなたがた以外の誰ひとりの足にも踏ませない、とお誓い下さいますのなら、わたくしたちは、王者にひざまずく奴隷よりも従順に、あなたがたにお仕え申しあげることでしよう——

すでに私の人生は百八十度の転換を見た。

欺瞞《ぎまん》と謀略と汚辱とに満ちあふれた世界から逃避し、この、文化果つる秘境に新しい生活の一歩を踏み出そうとする私の決意に、妻も快く同意してくれた。

貴下は、おそらくそれを、私の、オラン・ペンデク射殺に対する甘っちょろい贖罪《しょくざい》だ、とお考えでしょうが、もちろん、それを否定はしますまい。

だが、そうした感傷の中に、ちょっぴり、辛いものが含まれていることを、私は、ここで、あけすけに申しあげよう。

それは、貴下らへの復讐だ！

私ら夫妻は、二度と再び、文明社会へは戻るまい。

私らが戻らないかぎり、オラン・ペンデク族の部落——この、第四人類の住家である〝シャングリ・ラ〟は、永遠に、貴下らの眼に汚されることなく、秘められた地球の片隅で彼ら種属の繁栄を確保しつづけることが出来るのだ。新人類オラン・ペンデクを求めて、いかに大規模な探検がもくろまれ、いかに果敢な行動が遂行されようとも、私と私の妻とが、この〝シャングリ・ラ〟への道を語らない限り、貴下らは、いたずらに無用の歳月と莫大なエネルギーを浪費するばかりか、私の貴下へのこの書翰《しよかん》に記されてある以外の何ひとつプラスすることは不可能であろう。

私は、いま、女王モアのかかげてくれる灯火の下で、女王への誓いに代えて、この一文を草し、われらの忠実な従者ラリに託して、貴下に贈ろうとペンを走らせつづけている。

ラリは、不幸にも、不治のプラナリア病に罹り、おそらく、この手紙を貴下の手にお渡し出来る頃には、その、木乃伊《ミイラ》よりも固くなった舌のまま、世を去ってゆくであろう。

もはやインクは数滴を余すのみとなった。

オラン・ペンデクは現存する。

貴下らが、賢明にも、それが〝人類〟であると折紙をつけられたオラン・ペンデクは、厳として実在する。
その唯一の証拠を、私は、貴下らの国に残してあげた。それを眼にする人々に、求め得べくして求め得られぬ、新人類発見の夢への果てしない焦慮をこめて」

その夜、暁を期して蜂起したアチエ土民に追いたてられ、命からがら帰国したファン・ヘンドリックの報告に、オランダ本国——いな全世界の人類学会は、嘗《かつ》て夢想さえもしなかった、新しいホモ・サピエンス存在の事実に、あらためて驚異の眼をみはった。
前ジャンビイ州地方監督官ローク・マーカー氏の書翰の全文が、ワールヘイト紙に発表された夕刻、アムステルダム国立大学教授ヒルデブラント博士が、狂喜と野望とに乱心し、マイデン古城の尖塔から投身自殺を遂げたとの報道は、今に忘れ得られぬ悲劇のひとつである。
第二次欧州大戦勃発の前年——一九三八年の五月、オランダ政府は、総勢三百人にあまる大規模な探検隊を組織してスマトラ島に派遣した。皮肉にも、その総指揮官に任命されたのは、ほかでもない、すでに頭髪霜を交えたファン・デュボアス博士その人だった。
超えて一九三九年八月——年余にわたる探検隊必死の捜査もむなしく、オラン・ペンデク族の姿は、ローク・マーカー夫妻と共に、ついにその足跡すら発見されずに終った、という。

海鰻荘《かいまんそう》奇談

第一話（解説）

「あなたが五美雄《ごびお》さんの受持の福山清先生ですか？　私富川孝一です。初めまして、いや私こそどうぞよろしく。で、私に何か、そうですか――明日の五美雄さんの誕生祝賀晩餐会《ばんさんかい》に先生をお招きしてあるということは五美雄さんからも聞いていましたが、それで初めて訪ねる『海鰻荘《かいまんそう》』に就いて何か予備知識を得て置きたいので、私に話せと仰言《おっしゃ》るのですか、どうも弱りましたな。それは、まあ私はここの、博士《せんせい》の私立臨海実験所の主任に坐ってもいますし、博士の御家庭にも始終出入りして、もうかれこれ十年にも成るのですから、或《あ》る程度いろいろの事を知ってはいますが――さて改まって予備知識をなどと求められると、さあ、何から御話してよいやら。勿論《もちろん》あの宏壮な『海鰻荘』については、知っている限りのことは御話し致しますが――あなたにもそれが一番の興味の焦点だと思いますが、それには矢張《やは》り或る程度、博士の性格なり、御家庭の内幕のことなどにも触れなければ、ほんとうの興味は湧いて来ないのです、どうも私の口から博士の御家庭のことまで喋舌《しゃべ》るのは……いや、それは御尤《ごもっと》もです、あなたが五美雄さんの受持の先生として、殊《こと》に五美雄さんが中華の混血児でもあり、御承知のように陰気な一寸《ちょっと》不可解な児でもありますから、先生が受持教師の立場として、そうした面にも或る心構えを持っていたい、と仰言るのは御尤もなことです――よろしゅうございます。話が下手で、ごたごたと順序もなく申上げますから、そこは先生の頭の中で御整理を願うこととして、私の知っているだけのことは申上げましょう。ま、ひどい暑さです。上衣《うわぎ》をお脱《と》り下さい、私も失礼します。さいわいモカの珈琲《コーヒー》がありますから淹《い》れさせましょう。私も丁度、或る統計が仕上ったので、今夜はひさしぶりに暇です、どうぞ御ゆっくりしていって下さい。

古めかしい言い方ですが、まず『海鰻荘縁起』とでもいうところから初めましょうか。世間では、あの岬ちかくの高台にある宏壮な本宅と、游泳池《プール》のある別館とをひっくるめて『海鰻荘』という名で称《よ》んでいますが、本来『海鰻荘』というのは、正確に言えば、あとから出来た、あのプールのある別館――それ自体が大温室なのですが――を指すものなのです。最初は、何々荘などという名前はなかったのですが、博士がそのプールに『うつぼ』、御存じでしょうか、この辺ではキダコと言っていますが、鰻《うなぎ》に似て、美しい黄褐色の肌に茶褐色の斑紋のある、そう鰻というよりもむしろ海蛇ですね、顔の獰猛《どうもう》な、歯のするどい、いやらしい生物《いきもの》ですが、それを飼い初めてから、ここの郵便局長が、そいつを海の鰻に見たてて、海鰻《かいまん》を飼う館《やかた》、という意味から『海鰻荘』と名付けたのです。博士は、面白いな、カイマンはいい、だが独逸語《ドイツ》でKaiman《カイマン》というのは『わに』のことだぜ、わしは『わに』は好かん。東京に平瀬巨界という知人がおるが、こいつは鰐《わに》ばかり飼っておる、むしろそいつの屋敷にこの名前を進呈すべしだ、だがまあいい、『海の鰻』が気に入った――博士は大笑して、それから自分でも『海鰻荘』という名前を大っぴらに使い初めたのです。その郵便局長ですか？　もう故人になられましたが、博士の無二の飲み相手で、今居られれば、私などよりも寧《むし》ろその人にお話を聞かれた方が、ずっと材料も豊富にあるのですが。兎《と》に角《かく》その局長は『海鰻荘』名付けの親として、お礼に見事な局舎を博士に建てて貰ったのですよ――そう、あれです、三等郵便局のくせに、どこかの領事館とでもいった風な立派なものですね――言い忘れましたが博士はたいへんな金持です。さあ、とても想像がつきません、何でもその莫大な財産は曾祖父あたりから受けついだものらしい――これはその郵便局長から私が聞いたところですが、何でも博士の曾祖父とかいう人は加賀侯《さま》のお川漁師《かわし》――つまり殿様の御抱え漁師で、潜水《もぐり》の名人だったそうです。その人がふとした機会に、途方もない金塊の埋蔵された川底の洞窟をさぐりあてたのだそうです。お伽噺《とぎばなし》ですよ、まったく、いずれは、昔のことですから山賊とか海賊とかの隠匿物か、あるいは何かの謀叛《むほん》のための軍用金とか――兎に角、それが代々無事に引きつがれて、そっくり博士の所有になったのだそうです。その金で博士はあの宏大な邸宅も、ここの臨海実験所も建てられたのですが――どれ程の財力やら、いまお話したように一寸したお礼心にも何百万円という家を建ててやって、けろりとしていられるのですから、生やさしいものではないのです。大分話が脱線したようですね。

博士は、たいへん晩《おそ》く、三十三の時に結婚されました。今年博士は丁度五十になられますから、そう十八年前になります。恵美《えみ》夫人は実に美しい女《ひと》だったそうです。これも、その局長の話の受け売りになりますが、当時の博士も、今でもそうですが、中々堂々たる体軀の持ち主で、機智縦横の局長の言葉を借りて言えば、ツェッペリンのエッケナー博士だというのです。明日お会いしたら成る程と感心なさるでしょう。ただ、今では博士は、頤鬚《あごひげ》、口髭《くちひげ》で埋まっていますから、あの顔から毛を取り除いてみるとそっくりですよ。勿論ロマンスがありますが、その辺は一寸私の口から申上げにくいところなのですが、言わなければ、あとあとの関聯《かんれん》が曖昧《あいまい》になりますから、博士には非礼の限りですが、ま、局長に話をしてもらっていることに逃げを打って、ぶちまけましょう。

博士はその頃、もはや日本の水産学界、特に応用漁業方面では押しも押されもせぬ権威として認められていました。トロール船遠洋漁業、飛行機による鰹《かつお》の廻游発見法、集魚灯の応用、鮎《あゆ》の人工増殖等々の輝かしい幾多の業績を遂げられており、世界の学界から贈られた学位だけでも十指にあまる秀物であり、殊に三千噸《トン》級の蟹工船《かにこうせん》を何百隻もカムチャツカに出漁させている日華合弁の水産商会の社長でもあったのです。その博士に選ばれた好運の花嫁、恵美夫人は、その水産商会の監査役の娘なのですが、博士は彼女が十六の頃から思いをかけて二年越し、彼女が十八のとき妻として迎えることが出来たのでした。ここで恵美夫人のことを少し申上げて置かねばなりません。勿論彼女は素晴らしい美人でした。博士はいのちをかけて恋されたのです。彼女を得るためには、それこそ、地位も財産も一擲《いってき》して省みなかったことでしょう。しかし当の彼女には相思の男《ひと》があったのです。同じ商会の社員某で、何の取柄もない平凡人でしたが、彼女を愛する熱情にかけては、博士に劣らぬものがあったかと思われます。博士はそれを知っておりました。そしてあらゆる術策を弄して二人の仲を割いたのです。が、結婚式を挙げた時、彼女がすでに某の胤《たね》を宿していたことは流石《さすが》の博士も知る由もありません。

それは兎も角、博士が、十六の彼女を見染めた時、彼女を迎えるべく起工し、結婚の年出来上ったのが、あの別館、プールのある大温室、後にいうところの『海鰻荘』なのです。ですから初めはいわば、花嫁を迎えるための地上の天国として企劃《きかく》されたものなのです。プールの深さは一番深いところで十米《メートル》、周囲の浅いところは一米にも及びませんが、幅五百米、奥行百米ですから面積にすると約一万坪、之に要する水量は六十万ガロン、あの円筒を圧潰《おしつぶ》した型のガソリン運搬車で運ぶとすると約一千五百台を要するのです。勿論温室ですから、周囲天井全部硝子《ガラス》張りで、その中に一万坪のプールがすっぽり収まり、尚周囲にほぼ同坪数のテラリウムが作られているのですから、その構想の雄大さは驚く外ありません。しかも外界との境は広大な庭を距ててコンクリートの壁をめぐらしてあるのですから、中世紀の都市の城壁と何等変りはありません。給水用の大タンク——恐らく容量五万ガロンは下りますまい、とそれに附属する直径四米の大鉄管が給水用五本、海中に開口する排水用五本、諸種の電気装置、炭素浄化装備、金にあかせて各国から集めた珍獣、花卉《かき》を含めた総経費一億二千万円！　これが愛する恵美夫人への新婚のお祝いものだったのです。博士という人は、そういう途方もないことをやってのける人です。後に謂《い》う『海鰻荘』もこの時は全く地上天国ともいうべきものだったそうです。財力の限り、人智の限りを尽して出現させたこの楽園《パラダイス》は明らかに神への反逆とも言えましょうか。まあ、ちょっと目をつぶって、その情景を想像して見て下さい。プールとはいえ一万坪の対岸はぼうと霞《かす》んで見えるくらいです。殊に紫外線を滲透させる特殊硝子総張りの水晶宮の内部に水蒸気が立ちこめた時などは湖水のごとくおもわれたことでしょう。プールには新婚の夫婦になぞらえて金王魚《ゴールデン・モナーク》（Symphysodon discus）、天使魚《シルヴァー・エンゼル》（Pterophyllum scalare）各三万組を放ったということです。これは博士が、独逸《ドイツ》ハンブルグの熱帯魚商に発注し、その魚商は特別仕立の汽船三隻を南米アマゾンに派遣したそうです。大鬼蓮（Victoria regia）は四時《しじ》巨大な花を浮べ、マンゴー（Garcinia mangostina）は求むるままに実を絶やさず、おおるりあげは（Papillio Malayana）と極楽鳥（Paradisea apoda）とは、この大温室内に孵化《ふか》するとさえいわれたものです。温室内の空気は、数千種の蘭《らん》から放たれる芳香に醞醸《うんじょう》され、初めて歩を入れたものは呼吸困難に陥るとさえ云われていました、

さすがに、恵美夫人も、一時は黄金の魔力の前に、涙もかわいて、この地上天国に博

士の抱擁を受ける気持ちにもなったことでしょう。ですが、それはとうてい永続きのするものではなかったのです。バビロンの王妃も、シバの女王も、これ程の豪奢な生活をしたとは思われぬ生活の中にいても、夫人の胸中は涙で一杯だったに違いありません。しかも腹の某の子は間もなく生れ出る運命にあったのです。その春、博士はシベリア経由で、伯林《ベルリン》に催される万国水産学協会聯合《れんごう》大会に出席する為、二ケ月の旅程で出掛けられました。その留守に夫人は分娩しました。女の子です。それが今の真耶《まや》さんです。夫人は博士の滞在しているホテルに電報で、あなたの女児が生れた、と報じました。博士からは折返し祝電が来て、自分はきょう、大会の席で『くもがに』の新種発表の論文を読んだ、その記念に、『くもがに』の拉典《ラテン》名Maja《マヤ》をとって真耶と名付けよ、そして、早く我が子の顔が見たいから、旅程を繰上げて旅客機で帰る、と言って寄越しました。しかも、その電報を受け取った日に、ひょっこり訪れて来たのが、真耶さんの真実の父親、某だったのです。ここに悲劇が起らない筈はないでしょう。恵美夫人は、ついに博士から去る決心を固めました。天国も、宝石も、衣裳も、はや彼女には塵芥にひとしかったのです。彼女は着のみ着のままで、真耶さんを抱いて、某氏と邸を出奔したのです。

運命は苛酷でした。あなたは聞いて知っておられましょうが、富士川鉄橋が崩れて、東海道線下り列車が墜落し、乗客の大半が惨死した未曾有《みぞう》の事故のあったことを。某氏の郷里に一時身をひそめるため、その列車に乗合わせた二人は、不幸にもその犠牲となり、赤ん坊だけは奇蹟的に怪我《けが》もなく助かったのです。結局真耶さんは博士の手許《てもと》に残されたのでした。その時の博士の心情は、もはや私などの伺い知るをゆるしません。ただ、私はこれだけのことを申上げて置きましょう。博士は、限り無く恵美夫人を憎みました。これはむしろ当然なことでしょう。ただその憎しみの度合いが、常人には想像出来ぬ程強かったことです。その表現《あらわれ》のひとつとして、嘗《か》つて博士は、熱帯魚の群れを放って、最愛の夫人を祝福したあのプールに、この世で最も醜怪な魚『うつぼ』を放って、天国と地獄とを置き代えたのでした。しかし、こんな間接的な仕方で、博士の怨情は癒やさるべくもありません。それかと言って、報いるべき当の相手が死んでしまったのですから、どうすることも出来るものではありません、あなたは、ここで何か思いあたることがありませんか？　そうです、恐ろしいことですが、そうなのです。博士の呪の眼は、裏切者の遺児、可憐な真耶さんに向けられたのです。おもてむき、戸籍も当然博士の長女でありながら、そうした訳で、真耶さんが博士の真実の子でないことは御諒解がいったことと思われます。ただ不可解なことは、その後の博士の態度です。真耶さんを特別憎みもしない代りに、特別可愛がりもせず、淡々とした生活が続けられて来ていることです。それだけに、そのこと自体に何かゾッとする冷たさを感じられてならないのです。ああ、私だけの杞憂に終ってしまって呉《く》れればよいのですが、真耶さんも今年十八、美しく成長されました。明日お会いすることでしょうが、洋画家、藤島光太郎氏と許婚の仲になっております。ここまでお話して来ると、当然、真耶さんについても、少し説明すべきですね。――さあ、珈琲が来ました、冷めない内にどうぞ。これは博士から戴いたモカですが、一寸変なものが入っているのです、ははは、恐がらないでもよろしいですよ、内しょですが、ちょっぴり阿片が混じっているだけです、おいやでなかったらどうぞ――

真耶さんは、お母さんにそっくりだそうです。漁師の石部辰五郎、もう七十近い老人ですが、元気な人です。あの人がよく私に言い言いします。真耶さんを見ると博士の奥さんと間違える。笑うと出来る右頬のえくぼまで似てなさる、博士だって、きっとそう思っているに違いない、無理もない、真耶さんは十八になられた。奥さんが博士のところにお輿入《こしい》れになったのが十八――似て居られるに不思議はなかろう――この辰爺は、博士に仕えて、もう三十年にもなるのです。いまでもここの実験所や附属水族館に始終資料を提供していますし『海鰻荘』の方にも『うつぼ』の餌料《えさ》を運んでいます。辰爺は、いっぺん、私に変なことを言いました、博士はちかごろ、目立って真耶さんと話をなさらぬし、どうも様子が、面とむかいあうのを避けていられるようだ、わしはそれも無理ないと思うよ、何しろ博士にとっちゃ、ここだけの話だが、真耶さんが憎かろうし、それに奥さんに瓜《うり》二つときていなさるんだから、なおさらなあ――や、どうもまた脱線の気味ですね。真耶さんはお会いになればおわかりになることですが、とても明るい感じの、ひとなつこい、どちらかといえばいくぶん浮気っぽく見えるかも知れませんが、近代的な肉体の、美しい人です。金持の令嬢によくある、驕《おご》りたかぶった態度はみじんもない代り、自分の趣味とか、性向には、勇敢に自我を押しとおしてゆける強靭さにあふれています。ひょっとしたら、あの人は自分のしたいと思いつめたことのためには死んでも悔いないかも知れません。こんな話があります——洋画家の藤島氏から、秋の出品のモデルになって呉れと申出られたとき、画題が気に入ったらなると約束したそうです。藤島氏も許婚の女とはいえ、まさか裸体のモデルにもさせられず、いろいろ画題を錬ったあげく、『月光を浴びる女』ということに決めて、それを話したところが——丁度月明の美しい夜でしたが、露台《バルコニー》に、藤島氏だけでなく、居合わせた友人の画家二人とも一緒に連れていって、月光をまともに受け、胸を押しひらいて、美しい乳房を露《あら》わし、みんなを仰ぎ乍《なが》ら『どう？』といって、にっこり笑ったそうです。

あまり長くなりますから、この辺で五美雄さんのことにうつりましょう。五美雄さんが三才の時、私がここの実験所に入って十年ですから今年十二、三ですか——五年生でしたね、その頃は五美雄さんのお母さん、李娥《りいが》さんも存命されて居って、私も時々晩御飯などに招《よ》ばれて存じて居りますが、二十を一寸出たくらいの方ではなかったでしょうか、したたるような中華美人でした。五美雄さんが出来て間もなく、急病で亡くなられたのですが、博士もよくよく奥様運のない御気の毒な方だと思います。李娥さんについては、私は博士から直《じか》にうかがって居ります、くわしいことは勿論知りません、ですが五美雄さんのお母さんという女《ひと》の印象は或る程度おわかりになることと存じます。

博士はよく伯林《ベルリン》へ行かれます。前にも申しましたとおり、そこでは毎年一回、水産学界の例会がありますし、その年たしか大正十四年度の例会が開催された年だったでしょう、博士が三十八才の時ですから。帰路、博士は、アフガニスタンから西蔵《チベット》に出て、揚子江に沿って下るコースの水生物分布状況の視察を外務省対支文化事業部から依嘱され、約一ケ年の予定で踏破された探険旅行中で李娥さんを得られたのだそうです。それは、ゆうに一篇の映画物語にでもなりそうなロマンスですが、簡単にはしょって申上げますと――博士の一行が、西蔵の山嶮を越えて重慶に入り、そこから凡《およ》そ百里、揚子江と嘉陵江との交流点に出て更に東へ百里、有名な三峡――鉄棺峡《てっかんきょう》、風箱峡《ふうかんきょう》、牛肝馬肺峡《ぎゅうかんばはいきょう》という名を言うさえ恐ろしい山間に踏み入ったときのことでした。この辺は前世紀の遺物で、ハシナガチョウザメという嘴が体の半分もある妖魚の現存している生物学的にも面白い土地ですが、それは割愛して、とにかく、そこは、そんなものの棲むにふさわしい急流、急潭《たん》、大渦、大暗礁の連続で、西岸は七、八百尺も直立する壁のような嶮崖にはばまれた、太陽も稀にしかとどかぬ深谿に、四時氷のように冷い水をたたえているという人外境だそうです。その深谿で、博士は大《おお》き二三寸位《くら》いの小魚を発見されました。虹色をした鯊《はぜ》の種類で、本来鯊という魚は泥色をしたものの外には無いのですが、その鯊は七色の彩《あや》うつくしい、童話の国にでもいるような、優しい美しい魚でした。博士はこれと、有明湾の特産むつごろう鯊との類縁関係を研究されて、動物地理学上に劃期的《かっきてき》な業蹟を残されていますが、博士もよほどそれが気に入ったと見えて、後に生れた五美雄さんの名に鯊の拉典《ラテン》名Gobio《ゴビオ》を使われているくらいです。李娥さんとの経緯にも、この美しい小魚が縁をとりもっているのですが、さて、ここで博士の一行は土匪の襲撃を受けたのです。団長は李劉文という命知らずの傑物で、博士の一行を、数百尺の断崖の頂上にある山塞《さんさい》へ幽閉してしまったのです。博士はそこで、李劉文の娘、李娥に救われるという段取りになるのですが、李娥は彼女独特の易占《うらない》で、博士がいっぺんの旅行者ではなく、自分の運命をも左右する男《ひと》であることを知りました。それは彼女の部屋にある大きな硝子鉢に、あの虹色の鯊を飼っているのでしたが、その虹色の明暗で易占《うらな》うのだそうです。彼女は山塞に育った野放しの娘です。粗野で、健康で、野鹿のように弾力のある肢体をもった美しい女です。博士は愛憎にはがむしゃらな性格です。好きとなったらいのちを賭ける方《かた》です。とうとう団長の李劉文を説きふせて、李娥を日本に連れ去ることになったのです。団長がまたさっぱりした男で、もともと博士の一行を軍事秘密調査団と誤認して捕えたことでもあり、話している内、団長の兄、李錫英が、博士の日華合弁水産商会の重役をしていて、博士の噂《うわさ》も聞いていることなどもわかり、娘を博士に委ねることに何の躊躇もなかったということです。盛大な送別の宴が張られた夜のことを、博士は酔うとよく話されるのです――松明《たいまつ》は音を立てて燃え、小熊の焙肉《あぶりにく》、雷鳥の串焼、鯖魚《ちょうざめ》の卵の油漬、竹蓀茸《きぬがさ》と淡水水母《みずくらげ》の羹《あつもの》、生きたまま食べるあの虹鯊――そうした奥地の御馳走の山に、情炎をかき立てずにはおかぬ四川《しせん》の秘酒、それらを囲む魁偉《かいい》な山塞の男達――宴たけなわに華やぐとき、李娥は一糸《いっし》纏《まと》わぬすっぱだかで剣《つるぎ》の舞を乱舞したそうです。ああこの秘境の一幕は、無骨者の私さえ、胸のときめきを覚えずにはいられません。博士がいつまでも、それを忘れ得ないのも尤もなことではないでしょうか。

李娥は東京へ連れられて、ここの本邸に棲むことになり、彼女のために其《そ》の一部は支那風に改造され、煩わしい世間とは完全に隔離され、博士の限りない愛に温められ、ほしいままの生活をつづけることが出来たのです。博士もその頃が人生幸福の絶頂でしたでしょう。翌年、男の子が生れましたが、その代り李娥はぽっくりと昇天してしまいました。従って、博士の狂愛は、その子、五美雄に集中されたのです。ところが、この子は、父にも母にも似ぬ陰鬱な不可解な子です。殆んど口もきかず、児童《こども》らしい遊びもせず、いつもひとりで何かを空想し、何かを凝視しているような少年です。ただ、五美雄さんは、真耶さんと非常に仲がよいのです。いつでも一緒にいたがって、その時だけは、顔にも生気を帯び、いくらか少年らしい無邪気な笑顔を見せることがありますけれど、よんどころないことで離れていなければならないときの、淋しそうな様子は、はたで見る者の心のしんまで冷えびえさせられる程です。ほんとうの姉弟でないことも、もうちゃんと知っているのですから、早熟なこころで、真耶さんを恋して——まあ、はっきりそうした意識は、まだ持つ筈《はず》はありませんが、ごくそれに近い感情が、そうさせているのではないでしょうか？　先生の御意見は如何です、ええ、たしかにそうとしか思えません。真耶さんの方でも、五美雄さんが嫌いではないようです。

大分、博士の御一家の秘事に立ち入って、おしゃべりをし過ぎました。や、もう暗くなりかけましたね、今、電灯《あかり》をつけさせます。——かんじんの『海鰻荘縁起』が、いつのまにか、どこかへ吹っ飛んでしまったようですか、別にもう付け足すほどのことはありませんが、そう一寸お話しして置かないと、腑《ふ》に落ちぬことがありましょうから――あのプールは淡水で、鹹水《しおみず》ではありません。と言うのは、どうして『うつぼ』が淡水で生きていられるかという疑問が起きることです。先刻申上げた、天国と地獄との交換の時は、博士は海水を導入して、一尺から二尺程度の海産『うつぼ』を辰爺に運び込ませたのでしたが、その後、博士は次第に海水の鹹度《かんど》をうすめてゆき『うつぼ』が純淡水に生活出来るまでに馴化させたのです、それにはいろいろ学術的な操作も必要だったのですが、兎も角も成功しました。今では、却って海産の自然種よりも発育がよく、自然種では体長一米もあればレコード破りのものが、あそこの淡水では、ゆうに五米近くあるのはざらです、勿論自然状態では、食物、気温、大敵と、いろいろの制約を受けますが、あの人工温室内では、不変のやや高目の温度と、一定の給餌――あいつの大好物、あかまんじゅうという大型の蟹のみを充分食わされるのですから、自然状態では、とても見られぬほど巨大に生育しているのです。尤も性質は逆に、非常におとなしくなっていま す、さあ五万匹は下らないでしょう。これは余談ですが、李娥さんが、いちど、このプールで、すっぱだかで泳いだことがあるのですが、流石《さすが》、こわいもの知らずの彼女も、その時ばかりは、息の根が止まるようだった、とあとで博士に本音を吐いたそうです。博士にしてみれば、初めから、あそこの『うつぼ』が人間には危害を加えないことを知って、黙って見ていたのだそうです。巨大な海蛇の群をかきわけて、死と隣合わせの蒼白な表情をして泳ぎまわる、一糸纏わぬ女の姿態の美しさに見惚れている博士の姿を想像して見て下さい――それは生きた人間としてよりも、むしろ芸術的な塑像を見るような、造形美をお感じにはなりませんか？　序《つい》でだから申上げますが、その時博士は、地獄の再現に使用した『うつぼ』の池が、この時程美しいものに映じたことは無かったそうです。李娥の純白な肌と、『うつぼ』の黄褐色の肌との対照が何とも言えぬ、悪魔的な調和を見せたのです、不協和音の持つ美しさとでも言うのでしょうか。博士はその時まで、李娥のために、再びあの地上楽園を再現させてもよいと思われて居たそうですが、ふっつり断念したそうです――そうです、彼女には絶対に、あの楽園では釣合わないでしょう。

ずい分長話をしました。そうですか、では、お忙しいからだのようですから、無理にはお引止めいたしません、それに明晩また、博士のお邸でお目にかかれるのですから――大変失礼いたしました。あ、おかえりがけにちょっと、附属水族館にお立寄り下さい。あの虹鯊を御覧になって行って下さい。博士が商会の李錫英氏を通じて、三峡から卵を取り寄せて、苦心して孵化させたものです。特殊の冷温装置の中で、今では繁殖にも成功しています。夢幻的な美しい小魚です、暗いから白熱光照明をかけて御覧に入れましょう、さあどうぞこちらへ」

第二話（報告）

「いや、とんだ災難だったね。新聞で君の遭難を知って、直ぐにも飛んで来たかったのだが、僕も、とんでもない災難に会っちまってとうとう今日まで監禁さ。天下の藤島光太郎画伯お座敷牢の図なんか、見ちゃあいられない。むろん話すよ。ところで具合はどうなんだ？　そりゃあよかった、臨海実験所主任全治一ケ月の重傷だなんて、あの新聞ときたら全く出鱈目《でたらめ》だからな、そうか、まあ骨折くらいで済んで何よりさ。あの乗合馬車ときたら全く命がけだ、いったい今度の事故は、そう今年になって三度目じゃあないか、よくあんなガラクタを、県庁で許可しておくものだな――それはそうと、五美雄君祝賀晩餐会に君の顔を欠いたのは実に残念だったよ。だがね、今になって見ると、それが却って君には幸福だったかも知れない。若《も》し君が来ていたら、それこそ真先きに嫌疑がかかったろうからなあ……びっくりするなよ、真耶さんと五美雄君が殺《や》られたんだ！　まあ落着いて聞いて呉《く》れ。それが普通の殺され方じゃあないんだ。実に奇妙なんだ。悲惨とも、奇怪とも、無気味とも何とも形容しかねる悪魔的な殺され方だ――君、大丈夫かい？　顔色が悪いが――あまり君を昂奮させてもいけないから平面的に話そう。

あの晩はひどい暴風雨だったね。十時頃から降り出して、多分夜明け真近かまであばれつづけて居た。太陽が照りかがやいて、朝はよいお天気になった。僕は少し飲み過ぎたのだろう、そういうときの癖で、割合はやく眼が覚める、本邸のまだ乾き切らない芝庭を、ひとりでぶらぶら歩き乍《なが》ら、海から吹き送られる冷い潮風を楽しんでいた。と、後から、殆《ほと》んど音もなく誰かがのしかかったと思うと僕にしがみついて、へたへたと足下にくずれてしまった。女中の咲だよ、音がしなかったのは裸足《はだし》のせいだ。非常に恐い目に会ったか、見たかして一時的に脳貧血を起したらしい。放っとけもしないから、抱きかかえて女中部屋へ連れていってやった。程なく正気には返ったが、余ほどのショックを受けたものと見えてまだ口がきけない。朋輩が冷水に薄荷を垂らして、口うつしにふくませてやるとやっと片言のように、タンクがどうとかこうとか言う。タンクというのは大温室の外の北隅にある給水タンクのことらしい。あの辺は朝鮮の薊《あざみ》の茂みで、よく赤棟蛇《やまかがし》のでかい奴が出没する、ははあ奴《やっこ》さん、蛇におどかされたな——と思ったから、蛇か？　と言うと首をふる。途切れ途切れの話を綜合して見ると、——咲が、ごみを捨てにタンクの辺りまでゆくと妙なものを見た。くしゃくしゃになった灰色の油絹《オイルシルク》のレインコートみたいなものが薊の茂みの中に見える。それが、まるめて捨ててあるのなら格別の注意を惹くわけでもなかろうが、丁度人間が横になった上にかぶせてあるような盛り上り方を見せている。こわごわ近づいて見て、濡れた油絹のレインコートみたいなものの下に透《す》けて見えたのが、人間の全形の骸骨だったと言う、咲は血の気が一時に五体から脱けた気がした。履物もほっぽり投げて馳《か》け出してしまった。一番先に目についた僕にしがみついて気を失ってしまったという訳だ。——おばかさんだな、きっと死出虫《しでむし》に食い荒された野良犬の死骸かなにかを寝呆けまなこに見あやまったのだろう——そう言って腰を上げようとした途端——第二番目の失神氏があらわれた。こんどは漁師の辰だよ——あの頑丈な爺さんが、電気ブランで足をすくわれたみたいに、女中部屋の入口から馳け込んで、ぱくぱく口を動かしていたかと思うと、つんのめって気を失ってしまったのだ。明らかにその怪異を見て来たものらしい。流石《さすが》の僕もいくらか緊張したね、ゆうべの雨で一泊している富川先生を叩き起して一緒に現場へ馳けつけたんだ。こんどは危うく僕が第三番目の失神氏になるところだった！　むごたらしい！　濡れたオイル・シルクと見えたのは人間の皮膚だ。つまり全裸体の人間の中味をすっかり抜き取ってしまったから、あとに骨が皮を着ている、とこう言えば一番わかりが早い。その皮膚は、雨に濡れてレバ・ソセージ色をしているが、まだごく新しい。その内側には骨格以外には何もない、内臓はおろか、一滴の血も、肉片もない。猫の舌で舐《な》めあげられたように、いくぶんの光沢さえ帯びている。うつ伏せになって四肢を延ばし切っている様子は年恰好十七、八の女か――そう、乱れた頭髪がそのままついている。それのみではない、うつ伏せになっている女体の下に更にもう一つ、これはもっと年下の男の子の、これも同様な袋にされた姿でくっついている。君には言ってしまったから、これが真耶さんと五美雄君の変り果てた姿だということはかくすすべもない。どう、信じられる？

定石のごとく、駐在所の巡査、村医、現場検証の検事局の一行、新聞記者の群れが次々に集って来たころには、このむごたらしい屍体の正体も塚本剛造博士の二児であることが確認されてしまった。まず女の方の屍体が、姉の真耶さんであることは、その指に残されたイニシアル入りの、誕生石《ダイヤ》をはめた指輪で確証されたし、男の子の方は、骨だけになった掌《て》に、これも愛用のジャックナイフが残っていたので、五美雄君であることは慥《たし》かだ。二人の隣合せの、別々の寝室には、それぞれ夜着その他が脱ぎ捨てられてあった。寝室には双方共、きちんとして、少しも乱れたところがなく、ただ、真耶さんの方が、きちんと夜着類をひとまとめに置いてあるのに反して、五美雄君の方は、パンツが出口扉の近くの床に投げ出されている点だけが異っている。勿論外部から他人の出入した形跡は何もない――ここの院長の計らいで、君には今まで秘密にして貰ったから、新聞も見ていないだろうが、M新聞の夕刊には、あの社独特のやり方で、これを『昭和の怪談』としてセンセーショナルな記事を書いているが、これはたしかに『事件』というより『怪談』といった方が当っている。こんな馬鹿げた自然死もあるものではなく、勿論自殺ではさらにないとすれば、やはり他殺である。他殺である以上、犯人があり、犯行がなければならぬ。何と解釈することが出来る？　もはや常識は役に立たないのだ！　常識論で推理をでっちあげるとこういう事件が成立する――これは剽軽《ひょうきん》なM社の記者が組立てて検事団を笑わせたのだが、――晩餐会が終ったのは九時頃である。招かれた客の内、大部分は帰り、遠い二三の者は、空模様も悪いので泊ることにして、十一時には全家族も客も、それぞれの寝室にひき取ったのである。その頃外は猛烈な暴風雨が荒れ狂っている。真耶と五美雄は、当夜の疲労と昂奮とでなかなか寝つかれない。むし暑い夜でもあった。真耶は夜着を脱いで風に当った、ふと思いついてプールへ泳ぎに出たのである。姉弟仲のいい五美雄がそのけはいを察して、これもあわてて夜着を脱いで姉を追いかけた。プールには例の『うつぼ』が飼ってあることを思い出し、若し姉に危害でも加えるようだったら一撃の下に殺してやろう。そう考えて愛用のナイフを握って行ったのだ。予《かね》てから真耶に懸想《けそう》している村の某がその夜の嵐を奇貨としてプールをうかがう。先ず邪魔な五美雄を麻酔薬かなにかでおとなしくさせ、同じく真耶にも麻酔をきかせてから目的を達する。顔を見られているから生かしては置けない、引張り出してタンクの下まで運んだが――外傷をのこしてはまずい。某はあらかじめ考案して置いた道具を使って、仮死状態の二人のからだから内容物を抜きとってしまう。あるいはそれは道具ではなくして、巨大な蛭《ひる》のような吸血性の生物《いきもの》を使ったのかも知れぬ。兎に角、手がかりの術《すべ》もない前代未聞の屍体につくりあげて逃走した――と、こうだ。ちょっと面白いじゃないか？

博士邸の一室が捜査本部に当てられて、きょうまで額を集めて百論百出、その結果は、この新聞記者の当座の推理を一歩も出やしない。勿論、博士を初め、当日邸に居合せた者は全部尋問されている。強《し》いていなかった者で容疑者をもとめれば、君だ。招待状をもらって当夜欠席したものは君だけだ、がその君はこういう状態で完全なアリバイが成立している。ここで捜査本部の意見なり、捜査方針を綜合して、僕はメモを作って見た。持って来たから読んでみよう。

一、捜査方針、被害者である二個の屍体は前代未聞の謎を持つものであるから、今後新しい手がかりが発見されない限り一応捜査を打切り、犯人の自供に俟《ま》つこととし、犯人の捜査に努力を集中する。

一、犯行の動機、被害者の指には時価数十万円の高価な宝石入指輪を遺存して居り、且《かつ》被害者の寝室から紛失したものが皆無なところから、犯行の動機は物取、強盗とは認められない。従って痴情か怨恨に限定されよう。

一、犯人の推定、いままでのところ外部から人の出入した形跡は全然認められない。どうしても邸の家族及家族に準ずるもの、又は邸と緊密な関係のある者の犯行であると認められる。

一、容疑者、犯行のあった前夜から邸内にあったものの内、最も疑いの濃厚なのは『海鰻荘主人』塚本剛造博士である。被害者真耶に対する博士の感情は、漁師辰五郎も証言しているが、相当に根強い模様であり二人の関係から見ても、犯行の動機は充分うなずける。がそうすると、実子五美雄を同伴せしめている点が難解である。

画家藤島光太郎は真耶と許婚の間柄にあり、之を回避せんとする傍証見当らず。

漁師、石部辰五郎は、当夜はやく酔いつぶれて、女中部屋で寝込んでしまったが、夜中近くの知人の家に落雷あり、馳けつけて、そこに朝まで泊っていた、同宿の非番巡査の証言もあり、アリバイは完全である。

家族に準ずる者の中で、当夜居なかった富川孝一は、犯罪動機を想定すれば、いくらでもあるが、祝賀会に出席途上、乗合馬車の事故で入院、これも現場不在証明完全。

発見者女中咲外《ほか》、本宅に常時起居する使用人男女十名、別館世話役の二十名、何れも厳重に洗って見たが疑わしい挙措のものなし。

来客ではないが、余興に借り出されたA町の芸妓五十名、藤島光太郎が引連れてきたモデル女十六名の内、芸者A、モデル女B、Cは藤島氏と関係あるものの如きも許婚の真耶と張り合う程の仲ではなく不問。

雑駁《ざつぱく》なものだが、ざっと、この通りの状況で、事件はついに迷宮入りだ、いや、初めっから迷宮なのだ——結局、捜査本部は一応解散することになり、明日引き上げる。おさまらないのは僕だよ、真耶さんを取られたんだからね。ところが僕には、こうした仕事は、てんで不向きだ。幸い、福山氏が実に熱心に研究している。当分僕は博士の邸《いえ》で寝起きする。福山氏と連絡をとって、何としてもこの事件は解決さすつもりだ。却って『海鰻荘』の事情に深入りしていない福山氏の方が、適任だ。博士か？　お気の毒に、虚脱状態だ。やつれて、あの中華風の部屋に閉じこもったきり、顔も出されない。無理もないよ、真耶さんは兎も角、五美雄君を失った痛手におしつぶされてしまっている。それに捜査本部からは、一番白い眼でにらまれているんだ。——阿片でも吸わずにはいられまいよ。

話が逆になったが、五美雄君誕生祝賀晩餐会の模様を、ざっと話して置こう、何か気がついたら言って呉れよ、こういう事は当事者以外の者の批判が大事なんだから——。

何しろあんな派手な宴会をやったのは、李娥夫人御披露宴以来、はじめてのことだと、辰爺さんたまげていたよ。僕は僕で当夜の余興係りを仰せつかって眼をまわす急《いそが》しさだ。まあ聞いて呉れ。晩餐会は、正六時からだというのに、二時には、一番乗りのお客がつめかけた。何しろこの連中は、たいくつで困り抜いているんだから、たまらない。あの六十畳敷二間の応接室をぶち抜いた豪華なホールで、連中はおしゃべりの限りをつくした。村長、収入役、現郵便局長、三業組合長、漁業組合書記、院長、新聞記者、それに東京湾汽船の出張所の連中、そいつらが芋蔓《いもづる》式に仲間を狩りあつめたんだからたまらない、二百人は下らなかったろう。万事に派手好きな博士は、こうした息子の誕生祝いをだしに使って大騒ぎをやって見たかったらしい、土地の退屈連中を山のにぎわいに狩り集めたのだ。晩餐の食卓は中庭に用意された。まだ明るい内から松明《たいまつ》が燃やされた。つまり五美雄君のお母さんのふるさとを偲《しの》ぼうという趣向だ。だから御馳走も、よく博士から聞いているあの——小熊の焙肉、雷鳥の串焼以下何々、何々というあいつだ。生きた虹鯊まで、君のところの水族館から動員させた程の凝り方だ。むろん酒は四川《しせん》の秘酒というあれだ、僕ははじめて飲んだが、うまかったよ、あれはたしかに阿片が入っている、普通の酔い方じゃあないよ、現に、あの婆あ芸者の猫吉まで綺麗に見えたからなあ アハハハ。

主賓は、五美雄君の受持、福山清先生だ、あの男は立派な青年だ。小学校の訓導には惜しいもんだよ。『山のにぎわい』連中は問題外、当夜は四川の秘酒の使者、李何とかいう蟹会社の、ありゃあたしか李娥さんの兄だったかな、それから会社の在京重役連、博士の友人の学者連、そうした堂々たるお客達の中に交って、弱冠二十何歳の彼がすこしもひけをとらない——女連中の人気を、あいつひとりで奪ってしまった形だ。

あんまり長くなるから、その晩の主な場面を二つだけ、かいつまんで言おう。主な場面というのは、今度の事件に何か関係があると睨《にら》んだ節《ふし》——僕の第六感が、まあ何ていうかハッとして、何かを印象づけられた場面のことだ。ほんとうは初めから終りまで、何もかも克明に、自然描写でやらないと——そこだけをひっこ抜いて話してみても、果して効果があるか、どうか心配だが、まあ話そう。

その一つは、食事が終って、デザートに入った頃だ。美事な山西《さんしい》の白桃《すいみつ》が山のように運ばれて来た。僕の席か？　真耶さんの許婚の資格においてお隣りさ。博士の右隣が福山先生、左隣が五美雄君、真耶さん、そして僕だ。四川の秘酒に怪しく酔っぱらった『山のにぎわい』連中はサーヴィスの芸者やモデル女達とふざけちらし、わめきあい、てんでフルーツなんかに目もくれない。博士の友人の、何とか博士、どこそこ大学教授連も、こういう席に来ては、あの『にぎわい連中』と大差なしだ。その中で、妙にしいんとして、指で白桃の皮を剝いていたのが真耶さんだ。アイスクリーム色の桃の肌が、だんだんに剝けてゆく皮の下から現れるのが、酒で熱《ほ》てった眼につめたく滲《し》み入るようだ。こころもち下唇をひらいて、無心に皮を剝きつづけている真耶さんを、美しいな！　と思った。むろん僕は、それをじっと見つめていたわけではない。猫吉さまに抱きつかれて酒を強《し》いられていた際だから、ちらと見ただけのことさ。だが、そうしていても、こころのしんでは、それに気を捕われてしまったものらしい。じっと見つめていたのは、むしろ博士だ！　その時の眼か？　それまで観察する余裕なんかありはしない。そのう

ち、真耶さんは、ゆっくり白桃を剝き終ると、うつむいて、大きく口をあいてかぶりつ
いた、と、いきなり博士の方へ顔を向け上げて、白桃の汁で濡れた唇のまま、にっこり
笑って、何か言ったようだ。声帯を使わない囁《ホイスパリング》声だ？　むろん声はきこえやしない、
だが僕には解るんだ——僕の先生のG画伯は唖だ、僕は先生に師事していて或る程度ま
で読唇術を心得ている。僕は、非常に興味を覚えた、まったく真耶さんが博士に話しか
けることなんか見たこともない。僕はわざと猫吉とふざけ合うふりをして、その会話を
盗んだ。

——にくい？——真耶の唇が言う。すると博士の顔が微笑でゆがむ。

——にくい！——

——ころす？——つづいて真耶の唇。

——ころす！——博士の唇。

——いつ？——

——こんや！——

これで終りだ。誰も知らない、誰にも聞えない、知っているのは僕だけだ。ああ笑顔
でカモフラージュされた恐ろしい会話！

もうひとつは——僕のその晩考案した余興場での出来ごとだ。僕は、当夜のメニュー
が先生の趣向で、三峡の奥地の献立であることを知っていたので、それに合わせて、誰
かを李娥に仕立てて剣の舞をやらせようと思いついた。が誰も剣の舞など知ったものは

ありゃあしない。それで『海鰻荘』のプールで泳がせることに変更した。君も知っているだろう？　モデルのB子さ、あいつちょっと支那美人向きだ。いやだと言うのを無理に金で納得させた。どうせ費用は博士持ちだ、外にモデル仲間を十五人かりあつめて和製の海辺水浴美人団《マック・センネット・ビューティーズ》をでっちあげたんだ。黒い、ぴっちりした水着一枚着せて、李娥役のB子だけを、すっぱだかにさせることにした。その晩は真耶さんの友達の娘も大勢いた。裸商売のあいつも、同性の眼の前ではだかになるのは辛いらしいね。そんなことにこっちはおかまいなしさ。大当り、やんやの喝采さ。ところが肝心の博士からは大こごとを喰ったよ、むりもない、折角、四川の秘酒に陶酔して、李娥のおもかげを大事におもい浮かべていたのを、こんな悪趣味で目茶目茶にされたんだからね。——だが、真耶さんは、その泳ぐ人魚達を、とくに偽李娥のはだかの姿に、じっと目を据えていた。額に汗がじっとりと浮いていた。僕はあきらかに真耶さんの目が緑の炎でもえ立っているのを見た。と、側にいる五美雄君の耳に、真耶さんの唇がちかづいた。またしてもあの、囁き声《ホイスパリング》——。

——こんやね！——

五美雄君がうれしそうに姉を見上げて、にっこりした。これも僕だけしか知っていない。僕が特に言おうとする二つの場面とはこれだ。何かある！　そう思うだろう。第一の話では犯人はたしかに博士だ！　これだけのことは、はっきり言えようと思う。だが第二の話から何が引き出せよう？　せいぜい、あの夜、プールへ姉弟《ふたり》が合意の上で泳ぎに出たらしいこと、母ならぬ母李娥に、なにか嫉妬に似た感情を抱いていたらしいことが、ほのめかされるくらいのものだ。どう思う？　あわてずに時機を待とう。僕はもう帰る。大事にして呉れたまえ、早くよくなって、大いに僕等に協力して呉れ。あ、こいつは、さっき話しに出た四川の白桃だ。あとで食って、あんまりうまかったから、博士の蟹会社にたのんで取寄せたんだ。じゃあ失敬する」

第三話（推理）

「君に初めてここで会ってから、早いものだなあ、もう一年になる！　きょうはお別れに来た――これだ、僕はこれでも陸軍歩兵福山清だ。いや、有難《ありがと》う、どうせ征《ゆ》くからには、生きて帰れるとは思っていない。それだけに、きょうは君に、しっかり聞いてもらいたいことがある。例の事件のことでだ。正直にいうと僕は今、応召されるのが実に残念だ――もうひと息で、あの世界にも類例のない、事件の謎が解けようとしている間際なんだから――僕はこの一年間、あらゆる努力を、あの事件の解決に費して来た。何も僕ごときが、そんなに深入りすることは少しもないのだが、これも何かの宿命だろう、ただ、僕はあの事件が稀代の事件であればあるだけ、それを釈明させずには置けなかったのだ。僕はさっき、謎が解けかけていると言った。そう、解けかかってはいる、だが、それはひとつの面は明るく、他の面はまだまっ暗なのだ。僕はその明るい方の面だけを説明して置く。暗い方の面は、残念乍《なが》ら、そのまま、君と藤島君にひき渡してゆくより他はない。

どこから話そうかな？　僕が、この謎を解く手がかりを得たのは、全く偶然からなんだ。あれは何時《いつ》だったかな、そう、学校で出している校友会雑誌の編輯《へんしゅう》を初めた時だから、事件発生後二ケ月目くらいだ。毎年一回出すその雑誌は、どこのでもそうだが、主に各学年の生徒の綴方《つづりかた》の中から、いいものを選んで載せるのだが、其の年度のものには、是非、塚本五美雄君のも一つ欲しかった。ところが生憎《あいにく》手もとにひとつもない。で、僕は博士に、作文帳があったら貸して貰いたい由を申出た。博士はよろこんで、五美雄君の勉強室から二三冊ノートを持って来て呉れた。僕はそれを持って学校へ戻った。その夜は丁度宿直でもあったので、ようやく冷えを覚えはじめた初秋の一夜を、なにかたのしい気持ちで、あれこれとその作文帳の中を物色したんだ。割合いにいいものがある。あの児は、普通の同年輩の児童とちがって、物を書かせても、大人びた書き方をする。これと決めたものを原稿用紙に書き写そうとして、大体の枚数を目算する積りで、パラパラめくっている内、一枚の紙片がはさんであるのが目についた。何か書いてある、綴方の書きかけらしい。標題を見て僕はハッとした。姉さんの秘密――吸い込まれるような気持ちで読んだのが、こうだ〈真耶姉さんは、僕のほんとうの姉さんではありませんけれども、僕は大好きです。お姫様のように綺麗だから。でもおとうさんは姉さんを嫌いですから、僕があんまり仲よくすると機嫌をわるくします。ですから僕はなるべく姉さんと遊ぶのは夜にしています。夜はお父さんのお仕事が忙しいので滅多に、僕達の部屋には来られません。姉さんは僕のいうことなら何でもして呉れます。香水をかけてくれと言うと、からだ中へ、雨のように浴びせてくれますし、蜜柑酒《マンダリン》を欲しいと言えば、あの綺麗な口から口うつしに飲ませて呉れます。姉さんはこの頃、夜中になると、きっとお部屋で着物を脱いでから、長い廊下づたいにプールへ泳ぎにゆきます。姉さんはあそこで、何かを秘密に調べているらしいのですが、僕は黙っていてあげます。だって、姉さんはその用が済んだら、僕を一緒に連れていって、とてもいいことを教えてやると約束して呉れましたから。僕はその日をとても楽しみにしています。若しあの『うつぼ』の奴が邪魔するようだったら、僕は、あのジーグフリードが龍をやっつけたときのように、僕のナイフで〉ここで切れている。君、五美雄君は真耶さんに恋しているね、君の言った通りだ。年は少いが、早熟な混血児だし、母の熱情的《パッシヨネート》な血を享《う》けている。この綴方の断片で見ると、二人の寝室に夜着が残されていたことも、その晩二人ともプールに居たこともたしかめられる。それと君にも話したそうだが、藤島から聞いた話――あの晩、プールの余興の時、真耶さんが五美雄君に、こんやね、と囁いたこと、五美雄君がうれしそうに姉を見たという、あの話とを考え合わせると、真耶さんが五美雄君に約束をこんや果す、という意味にとれる。するとあの夜、プールへ行った二人は合意なのだ。約束のいいこととは？　むろんCoitionだ。或いはその真似事だったかも知れない。あの夜真耶さんは偽李娥の肉体に対して恐ろしいまでに嫉妬の眼を向けている。

入れると、まるで細長いゴム風船のような袋になってしまう、あれだ。もう一つは、真空球を用意して、内臓と直結する開口を注意深く密接して、急激に弁を開ける。真空球は、直結された体内の空気を急激に呼び込む。そのはげしい勢いに、当然内臓その他はひきずり出されて真空球内に移換される。どちらも駄目。ディズニーあたりの漫画ならいざ知らず、よしんば可能だとしても、そんな実験室的な操作が、人目をしのぶ短時間内の操作に応用され得よう筈はない。それに、抜き取られたあと、骨が光るまでに綺麗に舐めとられているじゃないか、そう、甜めとられたように！　それで第二の推論にうつる。犯人は何か動物を使用している。ではどういう動物か、局限される条件の第一は、血液を吸うということだ。蚊《か》、蚤《のみ》、蛭《ひる》――虫はみんな駄目、小さ過ぎる。吸血蝙蝠《こうもり》、吸血守宮《やもり》、ややよろしいが人間二人を吸いつくす程の健啖家ではなし、それに内臓まで食いつくすことは出来ないから落第。血液はもちろん、内臓も筋肉も、ともに強力な消化素《ペプシン》を作用させ、液化して吸いつくすような――ある！　八目鰻《やつめうなぎ》、ぬたうなぎ。どうだ、やや理想的になって来たろう。八目鰻は養魚場の大敵で、尺余の鯉《こい》なら一夜に四五匹は、胴中に首を突込んで食い尽す。だがこれは純淡水性。ぬたうなぎの方は、此の辺でイソメクラともベトとも言うが、漁師が悪魔の如く嫌っている、延縄《はえなわ》や刺網で漁獲した魚類の体内に侵入して、その肉を喰い竭《つく》してあとに骨と皮ばかりの袋をのこして逃げ去るからだ。こいつも頗《すこぶ》る貪食《どんしょく》だ。習性から見れば、こいつを使役したと考えると、何とまあ辻褄《つじつま》が合うことよだ。うまい

私は人知れず手を叩《う》った。僕も仲々生物学者《バイオロジスト》に

なったろう？　いや、白状するが、こいつはみんな、辰爺のうけうりさ。ところがだ、こいつも落第！　なぜって！　奴、食意地は張っているが、一匹の大きさせいぜい三百ミリ、胃袋の大ささだって知れている。そりゃあ百匹も一度にかからせたら、充分人間ひとりくらい料理するだろうが、それじゃあ皮膚の表面が蜂の巣だ。皮膚に傷をのこさず、肛門あるいは之に類似の個所から侵入して、その内容をくいつくし、なめつくすためには、ただの一匹でなければならない。仮りに姉弟《きようだい》各別にかからせたとしても、断じて二匹以上であってはならない。すると、海産種で、ぬたうなぎ類似の食性と形態をもち、肛門等より頭部を侵入させ得る大《おお》きさを限度とし、しかも、人間ひとりの内容物を収容し得る胃袋の所有者——というものを別に探さねばならぬ。僕はわざわざ東京へ出かけて図書館通いをした。今考えると、何故君に相談しなかったか、その迂闊《うかつ》さに自分ながらあきれる。そうか、君にも見当がつかない？　教えようか、メクラウナギという奴だ。学問的にも、ぬたうなぎと同じ科に属する。体色は赤味がかった茶色で、穿口蓋《せんこうがい》に八本の木賊《とくさ》のような鬚舌《ひげした》がある。天然のやすりだ。これで肉をむしり取るようにして舐めあげる。やや深海性の魚だというから、餓えた時には食い溜めをやる。君、深海魚ってやつは、食物がいつでも見つかるという訳じゃないから、数ケ月も食わずに生きていられる代りに、食うとなったら凄いんだそうだね。その時、写真で見たんだが、マクロファリンクスという深海魚の一種が、餌として、自分のからだの十倍もあるやつを丸呑みにして、胃袋も腸も張り切って、呑み込んだ餌が、皮膚を透《とお》して見えているのには魂《たま》消《げ》た。犯行に使用された生物はメクラウナギだ！　これで決定。僕はしかし慎重を期した。漁師の辰は、ああドロボウのことかい、と笑った。深海魚ではあるが、夜間浅瀬へ出て、網にかかった獲物をドロボウするので、この辺でそう言うらしい。僕は辰にたのんで数匹採集して貰った。こいつを使って、小規模な実験をやって見るつもりになったのだ。理論は成功だが、現実は敗北だ！　水から上げて容器へうつす途端に、ドロボウ先生、のびちまった。水圧の急変に応じ切れなかったのだ――これでは実際の役には立たない。生きた人間に襲いかかり、これを短時間に喰いつくす旺盛な活動力はおろか、生きることさえ覚束《おぼつか》ないとは！　ここに於《おい》て僕は遂に断念しなければならないのか、もはや犯行に適合《フイツト》する未知の深海魚でも発見しないかぎり、手段《てだて》は尽きた。未知の？　そうか、ひょっとしたら、未知の!?

いままでのは間接法だ、こんどは直接法でやる。犯行があのプールで行われたと仮定すれば、それに使用された未知の生物も、あのプールの何処かに潜んでいる筈だ、一万坪の広さの何処かにいるに違いない。もちろん犯行直後、犯人がそれを何処かへかくしてしまうということは有り得る、それならそれでお終《しま》いさ、しかし、若しその生物自体が砂にもぐるとか、洞窟にひそむとかする性質があるならば、何を好きこのんで、緊迫した犯行直後の危い時間をそれに割《さ》く必要があろう、あとでゆっくり片付ければ済むことだ。博士はあれから、部屋にこもったきり、阿片びたりで、プールはおろか、庭にも出ない！

プールの底はタンクの導水管の開口個所、つまり本邸の廊下づたいに温室に出る扉口と正反対の一隅は、そこだけが厚さ二十米《メートル》にも及ぶ砂の堆積だ。これは巨大な導水管から落す莫大な水量を、急激に、水深の浅いプールにあふれさせないための緩衝地帯になっている。いればここだ！　そいつは思わぬ御馳走に満ち足りて、砂中深く眠りつづけているだろう、腹が空《へ》って来さえすれば餌となる『うつぼ』はいくらでもいる。待って見るか、阿呆らしい。こちらからそいつを誘い出すに限る。それにはプールの鹹度《こう》を逆にうすめるのだ、いっそ淡水に戻せば、奴はいやおうなしに浮び上って来る。だが広袤《ぼう》五万平方メートル、六十万ガロンの鹹水を淡水と入れ替えるにはどうしたらよいのだ。不可能ではない、何故ならば、その逆を、犯人は少くとも二三時間でやってのけているのだ。その方法さえ解れば、それを逆に用いればよい、理論は成立したが、僕には到底犯人の方法が摑めないのだ。困難な問題にぶつかっては、僕はよくあの悲劇の現場のあたりを彷徨《さまよ》った。もう何十度《たび》、何百度、その辺を歩き廻ったことだろう。今では朝鮮薊の茂みは枯れて、その辺一帯おのずから踏み固められて、さながら石畳《たたき》のようになってしまっている。巨大な給水タンクを見上げる——おもいあぐんでは意味もなく見上げたそのタンク。だがこの時はいささか事情がちがう。僕は目測した。この巨大な給水タンクの給水量は五万ガロンか、せいぜい六万ガロン、ふいにこんなことが頭に浮んだ。誰でも金魚鉢の水を代えてやるとき、全部水をかい出しはしない、底の方で金魚がぴちゃぴちゃ、やれるくらい残して置いて給水する——そうか、そうすれば、このタンク一杯の容量、すなわち全プール所容量の十分の一で間に合わすためには、逆に十倍の濃度のものを注げば足りる。これだ！　排水管から十分の一の淡水を排水して、十倍の濃度に圧縮した鹼水を同量補給する。結果は総水量に増減なしで、通常の海水が、しかも短時間に満たされる。何故こんな簡単なことに気が付かなかったのだ！　待て、それは淡水を鹹水に代える際にのみ可能であるが、その逆には応用出来ない。しかし、これで犯行の足跡のひとつが明らかになったのだ。以て瞑《めい》すべしだ。

しかし、とうとうその怪物が、僕の眼の前に姿を現すときが来た。ああ、その夜のことを思いおこすと、いまでも僕の心臓は早鐘をうつ。あの大温室に夜間入ったのは、その夜が初めてだった。どうして、夜行ってみる気になったのか、今は覚えていない。多分そこで、何ものにも煩わされずに、考えごとでもしたくなったのだろう。僕は何処に電灯のスイッチがあるかも知らない。その時、僕は、よく深夜に駅員が合図に振る信号角型灯《シグナル・カンテラ》――あれによく似た奴をぶら下げていった。

プールの海水は幾分濁りを帯びて、『うつぼ』の密集しているあたりは泡立ってさえ見えた。浄化操作を怠っているものらしい。僕は、角灯を汀に置いて、じっとたたずんだ。灯の光がぼうっと円形に水面を照らしている。しずかだ、その時、僕は何故ともない鬼気を背すじに感じて、ぞっとした。と、いま水面に落している輪形の光影から『うつぼ』の姿が、闇に吸われるように消え去った。なんとなく水面が騒立《さわだ》ちはじめる気配がした。瞳をこらして見ていると、何百という『うつぼ』が、其の円光の圏外に移動してゆくのが見える。それが、普通の泳ぎ方ではなくて、何かにおびえて逃げていくようなのだ。僕は不安になって来た、これはどうしたというのだ。僕は角灯を取りあげて立上った。そしてそのにぶい、だが割合に遠くまできく光芒の先端が、ちょうど導水管の給水口の方向にむけられた時、僕は何かを見たように思う――黒い、一条の紐のようなものだ。それは、たしかに、この角灯に向って近づいて来る様子である。僕の心はにわかに引緊った――疑いもなく、それは一個の蛇形の生物だ！　そいつは、はや明るい光の輪の圏内へ入って来た。おお、何と言って、それを説明したらいいのか？　一口に言えば君は夕立のあと、よく庭先の石などの上を這いずっている笄蛭《こうがいびる》を見たことがあるだろう――あれを何百倍かに拡大したものを想像すれば凡その概念が得られる。身長は凡そ三米、胴廻りは比較的細く、大人の二の腕くらい、頭が鋭三角形、その底辺にあたる部分の両端は耳型に反って、ぴらぴらとふるえている。三角形の頂点に相当する部分は殆ど円錐形で、わずかに吸盤状の褶《ひだ》がみえる。全身暗紫色で、粘液に濡れかがやいている。泳ぎ方が実に奇妙だ。電気にでも触れているように、全皮膚をふるえおののかせて止まない。そいつは、その鋭三角形の頭を左右にうち振り、時おりは海蛇のように鎌首をもたげ、ちりちりと光を目あてに進んでくる。盲目で、尾も鰭《ひれ》もない。ああその無気味さ、それはまさしく幽界の使者だ！　聡明な君には、もう察しがついたことだろうが、そいつは、僕の持っていた角灯の灯を慕って、あの給水口の深い砂底から出てきたのだ。深海魚は、想像以上に、光に敏感だ、むろん盲目だが、光を感受するためには皮膚で事足りる。そいつはしばらく、僕の手許の輪光の中で、何ものかをまさぐるような表情をからだに見せていたが、不幸にも逃げおくれて、いすくんでいる一匹の『うつぼ』が近くにいるのを感知したものらしい。とその瞬間、巨大な『うつぼ』が棒のように延びてしまった。感電したものらしい。とそいつは静かにその犠牲者に近づくや、あのいやらしい鋭三角の先端を『うつぼ』の肛門、腹の下にある生殖腺の開口――に突込むや、まるで赤子が乳汁《ちち》でも吸うように、ごくんごくんと、からだを波うたせて吸い初めたものだ。ものの二十分とはかからない。そいつの数倍もある巨大な『うつぼ』は皮を着た骨と化して浮び上った――僕は見栄もなにもない腰が抜けていた。これは深海性の電気鰻《うなぎ》の一種だ――現今世界には南米アマゾンに産するGymnotus electicus《ギムノタスエレクトリクス》以外には知られていない、して見れば、これは明らかに未知の新種だ。何という強力な発電力！　何という強力な吸引力！　化物といって足りなければ悪魔、それでも足りなければ妖鬼だ！　ああ真耶よ、五美雄よ、君達は深夜のプールで、その若い美しい肉体にしびれ《しびれ》をかけられ血も肉も何もかも、この妖鬼に吸い取られてしまったのだ。それにしても、犯人の何という奸智、何という残忍！　断じてゆるさるべきではない！

ついに、僕は、犯行の手口を、しかも幸運なことには、眼の前で、実演されるのまで見た。これ以上何を望もう、その怪物が何であるか、何処の何というものであるか、そんな穿鑿《せんさく》はこの際いさぎよく抛《なげう》つ。どうせ、僕の貧弱な脳味噌をしぼりあげたって無駄だ。それよりも、しなければならない仕事が山積している。僕はここで一転して、漁師辰五郎氏を訪れた。そして精密に、克明に、彼が『海鰻荘』に運びこんだ、所謂《いわゆる》研究資料なるものを究明した。果して、怪物に関しては零《ゼロ》。これはあたりまえな話だ、犯人が、そんな特異性のある犯行助手を、他人に知らせるようなヘマはやらない。話がくどくなるから、得られた結果だけを羅列的に話そう。第一は、この十年間、一ケ月置きに一回宛《ずつ》、海水を『海鰻荘』専用のタンク型自動車で運搬して、あの給水タンクに供給している。このことは電気蒸発によってタンク内で圧縮され、徐々に濃度を加えつつ累蔵されていたことを意味する。第二は、その運搬に際して、最後の一回を除いて、直接指導にあたらなかった。これは博士が指導した際に、運搬海水中に、ひそかにあの悪魔魚を入れて運び込んだものと推定される。その第三は、最近、たぶん二年程前か、大量の海産『うつぼ』採集を、辰五郎は博士から依頼されている。これはプールの『うつぼ』が或る伝染病で斃死したのを補充するのだと言われたそうだが、海産種を淡水に馴らすには少くとも五年を要するから、その理由は擬装に過ぎず、淡鹹入替用に前以て用意されたものと見られる。第四、給餌について二つの疑問がある。そのひとつは、二年前から『うつぼ』の餌――主としてあかまんじゅうだが、供給量が倍になっている、これは前述の斃死云々が、完全に偽りであることを裏書しているし、ひそかに入替用の『うつぼ』を、何処か他の場所で、飼育していたものとの推定が固められる。いまひとつは、毎月一回、イシナギという深海性の大魚――一尾約百貫程度のものを、成るべく生きたものを規則正しく提供している、しかもそれは、事件発生一ケ月前でストップされている。つまり怪物は最後の月は給餌を断たれたまま、完全に饑餓に陥らされている。最後に、いままでの材料を綜合して結論を作って見よう。犯行当夜、貯蔵タンク内に用意された濃縮鹹水と共に、海産『うつぼ』はプールに導かれた。先住の淡水『うつぼ』は次第に鹹度の高まってゆくにつれ、淡水と共に排水管から海中に追い捨てられた。怪物は、淡鹹の入替が済んでから放たれた。奴は深海性のものだから、成るべく深いところに潜りこむのを好む——恐らく、そいつの生活環境がそうであったと思われる、給水口の砂の深みに潜り込んだのだ、餓えてはいるが、タンク内で永い間『うつぼ』と同居させられて、規則的にイシナギのみの給餌に馴らされているのだから、遽《にわ》かに『うつぼ』をねらうことはしない。万一を慮《おも》って、奴の活動力を刺戟させぬよう、光のすこしもない暗闇で行われている。

犯人は博士だ！　犯行の手段は未知の電気鰻《しびれうなぎ》だ！　犯行の動機は、不義の妻への遂ぐべくもない復讐の、その遺児に対する転嫁だ！　もちろん、まだまだ不可解な点は多々ある。冒頭にも言ったように、暗い面は依然としてまっくらだ。例えば、何故愛児まで伴侶にしたか？　綴方の中の姉の秘密は？　かくも用意周到な完全犯罪を企図しながら、何故その死体を故意に遺棄したか？　晩餐会の席上の恐ろしい会話は？　怪物の正体は？　僕にはもうそれらの謎を解く暇はない。一切を君と藤島君にまかせて征《ゆ》く。

君の心事は察するよ。君にとっては、博士は恩師だ、限りなく尊敬していることも知っている。博士は世紀の傑物だ、だからといって、この憎むべき犯罪を看過《かんか》してよいという訳はない、断じて。何故、僕がこの事件に、こんなに身を入れるのか、君は不審に思うだろう。言おうか、僕は初めて真耶さんに会って、僕の生涯に初めての、そして最後の恋をしたのだ！ では、あとを頼む、そう、誰にも知らさず、暁方《あけがた》に辰爺の持船を借りて、B村の渡船場にあがって、廻りみちだが軽便鉄道で行くことにした。誰にも送ってもらいたくない。ひとりで真耶さんのおもかげを胸に抱いて征きたいのだ！ では、さようなら」

第四話（告白）

「まあお掛け、きょう、君が何の為《た》めに俺《わし》に面会を求めて来たか、俺は察しとる。塚本剛造逃げもかくれもせん。俺は、君にすべてを告白する。君富川孝一をおいて、俺の心情を理解して呉れる者は他には無いのだ。

　俺は恵美を憎んだ、むしろ呪った。俺は復讐の対象をのこして呉れた、運命の悪魔に、泣いて感謝した。俺は、その児が女になって恵美の面影を生きうつしにあらわすときを待った。復讐の効果をいやが上にも大きくして味《あじわ》うためにのみ。計画の過程、その方法、すべてはもう、あの福山清君から聞いて知っているだろう、あの通りだ。あの男が、俺の秘密を露《あば》こうとして行動していたことも、それがどの程度に進捗《しんちょく》しつつあるかということも、俺にはその都度わかっていたのだ。俺はそれを、知って知らぬふりをしていたまでのことだ。どうして？　十八年もかかって計画した完全犯罪も、五美雄を犠牲にしなければならない程の大きな誤算をやってしまった今日《こんにち》、よし秘密が、永遠に埋れおおせたとしても、何の価値があろう。

俺は、真耶に何も知らせずに復讐することが味気ないことに思われた。本人にだけは充分事情を明らかにしておいて、堂々たる殺人を仕遂げたかった。むろん幼い頃の真耶は何も知らなかった。少くとも真耶が十六になるまでは。それは、ある蒸しあつい夏の夜だった。俺は真耶をプールに連れていった。プールは、あの地上天国ではない。醜怪な『うつぼ』の群がもつれあい、巨大な水生羊歯《しだ》が触手のような渦芽《うずめ》をふりあげ、死頭蛾《スフィンクス》が赤い鱗粉をまき散らし、毒蕈《どくたけ》が悪臭のある粘液を滴《したた》り流す地獄だ。俺は、真耶に服を脱げと命じた。そう、命令したのだ。俺はそうして、この真耶の肉体によって再現される、十六のときの恵美の肉体を、なめずるように凝視したいのだ。憎しみを新鮮にかきたてるために。真耶は何の躊躇もなく、裸形になって、俺の前に立ちはだかった、俺は、そういう風に、真耶を扱いつけていたのだ、真耶の方でも、それを何の奇とも思っていない。恐怖も羞恥も抱かないのだ。俺は、西蔵《チベット》で会得した催眠術をほどこすのだ。頤から胸へかけての肉づき、肩のふくらみ、乳房のかたち、下腹の脂肪のつき方、腰の線、肢の曲げ具合、悪魔も見よ、これは真耶ではなくて、恵美だ！　俺は耳元に口を寄せる。真耶は眼前の空間をみつめたまま、姿勢をくずさぬ。ここに、世にも稀な会話が交される。囁《ホイスパリング》き声のみで。

——おまえはわしのほんとうのこではない——

——では、だれのこなの——

——あくまのこだ——

——おかあさまはあくまとけっこんしたの——

——そうだ、わしはおまえをにくむ——

——どのくらい——

——ころしたいほど——

——あたしはころされやしない——

——どうして——

——だって、あたしはあくまのこだもの——

——わしはころすよ——

——なら、わたしもあなたをころすわ——

——わしを——

——ええ——

——それはじゆうだ、おぼえておこう——

——では、いまからてきとてき——

——そして、あくまとあくま——

——あたしがじゅうはちになったら——

――わしもそのときこそ――

――それまではひみつに――

――やくそくする――

――あたしはまけたくない――

――ちかいをたてよ――

――はい――

真耶は仏像のように右手をあげた。かくして俺は真耶に殺人を通告し、同時に俺も真耶から復讐を宣告されたのだ。爾来《じらい》、俺と真耶は、父と子の愛情の仮面の下で、憎み合い、戦い合った。俺は俺の準備をすすめ、真耶は真耶の計画をすすめていった。真耶がどんな企みをすすめているのか、俺には全然わからなかった。真耶は、或《あるい》は全然なにもたくらんでいないのかも知れない、それとも完璧な計画に安んじているのかも知れない。真耶の眼は冷く光り澄んでいる。その眼で微笑みながら俺を凝視するのだった。真耶をふたたび、催眠術にかけて、その秘密をあばくことは容易《たやす》い。しかし、それはあまりにも卑劣だ。俺は負けたくはない。しかし堂々と残虐な復讐を遂げたいのだ。それは或る、流星のたえまなく落ちる秋の夜だった。俺は、中間報告の意味で、その間の挿話をひとつ話そう。

俺は、書斎に居て、窓から水平線の彼方をうっとりとながめている。しずかな夜だ。星は次から次へ尾を曳《ひ》いてはセピア色の海に落ちつづける。ドアをノックする音、真耶が入って来る。何も身につけていない悪魔の娘、手に一個の白桃を持っているだけ。例の囁き声だ。

――なんのようか――

――すいみつをもってきたわ、めしあがる――

――ほしくはないよ――

――こわいの――

――いましにたくはないのだ――

――どくははいっていません――

――なぜそういうことをする――

――あたしたべるからいきをかいで――

――ああ、えみのくちのにおいだ――

――にくい？――

――にくい！――

――ころす？――

――ころす！――

――いつ？――

――もうじき！――

真耶は白桃の汁に濡れた唇を拭いもせず、部屋を立ち去った。挑戦だ。俺はもう荏苒《じんぜん》時をむなしくしているわけにはゆかなくなった。

気がかりなことがひとつある。憎悪に狂える悪魔は、同時に愛情にも狂える悪魔だ。俺は五美雄を、ほとんど狂的に愛している。だがこの児は、俺になんとしても親しみを持って呉れぬ。どういうものか、俺の側から離れたがるのだ。しかも真耶とあまりにも仲がよすぎる。最近とみにその度が強くなった様子だ。俺には、それが何か不吉な結果をもたらすように思えて、ひそかに恐れた。俺はややあせって来た。準備は完結している、いまはその機会を摑むのみ。そしてついにこの悲劇の大団円《キャタストロフィー》は来たのだ。

福山君が、君に話したことは事実だ、ただ君は、あの電気鰻については何も知らない。知らなくともよいことだが、ざっと説明して置こう——あれは勿論世界に誰ひとり知らない新種だ、たまたま、俺はシーボルトの手沢《しゆたく》本を一冊手に入れた。一八二四年に、長崎の出島で印刷された日本博物誌（De Historiae Naturalis in Japonia）の初版だ。それにシーボルト自筆の書入れがある。その十六頁《ページ》上段、爬虫類目録《カタログレプテイリア》の内Wumi hebi《ウミヘビ》という文字を朱線で抹消して　？《インターゲーション・マーク》　を附してあるのが目についた。と、次頁の魚類目録《カタログ・ピスセス》の初めの方、円口類の項に、Vの表示がしてあるのを同時に見たのだ。つまり爬虫類に入れられたWumi hebiはこのVのところ、即ち円口類に挿入さるべきものであるが、それはまだ明らかではない、目下研究中のものであることを示しているのだ。シーボルトは最初ウミヘビと見あやまったが、円口類に属する何ものかを、日本に於て発見しているのである。ちょっと煩わしくなるが、現今日本には、円口類に属する魚は、ヤツメウナギ一科二種、メクラウナギ二科四種、それだけだ。勿論それらは洩れなく同書にも記載されている。ではシーボルトは、それに加えるべき一種をたしかに発見しているのだ。しかもこの手沢本は辰五郎の家の古い葛籠《つづら》の底から発見されたのを見ると、シーボルトは、この三崎の近海で、それを採集若《も》しくは目撃していると見てよい。俺は、その時はまさか、この未知の生物を犯罪に用いようなどとは思ってもいなかったのだ。純粋な学問的欲求に駆られて、これの究明に当ったのだ。俺は、酸素自給装置のある潜水服を着けて、一五〇〇呎《フィート》内外の深海を殆んど二旬に亘《わた》って連続渉猟した、それはウミヘビ型の魚体が、水圧に抵抗して生存し得る深さの限度だ。結果は無、ありふれた海底の放浪者、緑色のモレー鰻が、青光りのする海百合《うみゆり》の触手のあいだを蠢《うごめ》いているのみだ。それよりも更に深海にひそむものとすれば、形はウミヘビであっても、もはや爬虫類ではない、特殊の体構造をもつものでなくてはならない——明らかに深海性魚類であろう。俺は二〇〇〇呎まで降下した。これが人体が耐え得る水圧の限度だ、十四万四千ポントの二乗の水圧だ。俺は、いくたびか、口からも鼻からも血を噴いた。あきらめようとした最後の夜、俺は、水圧に耐える石英硝子の角灯《カンテラ》を持って降下した。その光に誘われて、奴が姿をあらわしたのだ。たった一匹、そしてそれが世界に於ける最後の一匹である電気鰻だ。恐らく、シーボルトが、姿を目撃したのも同じこの個体であろう。俺は、その地点を正確に覚えて置いて、次の日に之を捕獲した。そいつは、その姿の怪異さにも似ず、実にスローモーションである。ただ恐ろしいのは、その発電力だ、そのためには、俺は潜水服に完全な絶縁装備をほどこした。

いつの世、いかにして、この幻のごとき生物は発生したか、いつの世かは、この電気鰻は、あたかも恐龍が侏羅《ジュラ》の世紀に跳梁したごとく、海底の暴君として君臨し栄えたことではあろう。今はその滅び行く最後のものとして、この日本の深海の一隅にひそみつづけて来たのだ。俺は、こいつを臨海実験所の水槽に移して研究した。勿論、深海魚を水槽に飼育するについては並々ならぬ苦心を要したのだが、幸いに、カール・シュミット博士によって発明された、強力な電圧水素溶解の巨大な水槽設備を持っていた——君がここへ入所した前のことだ。

何という怪異な姿、その恐るべき発電力、貪婪《どんらん》な食慾——それにも増して、その残虐な食物摂取法！　俺は、ひそかに手をうった。

その後、俺は、俺の畢生《ひっせい》の目的のために、こやつを使役する計画を樹てた。こやつを低水圧に馴らすべく訓練し、同時に、一定のイシナギ以外の給餌を用いず、海水『うつぼ』と同棲し得るように馴育した。しかも餓えたときは餌にえりごのみをせず、兇猛な攻撃力を失わぬように——そして、ついにこやつは悪魔の弟子入りをゆるされたのだ！　俺はこやつを発見するまでは、三峡の毒蕈《どくたけ》コリオペリウム・オリガの抽出液を用いようと考えていた。この毒物は、最後まで生命の火をたやさず、生体を徐々に腐蝕溶解させてゆくのだ——残忍ではある、が、それは毒物学上に知られている。未知で、限りなく残忍で、しかも悪魔的な仕上げを俺は欲したのだ。俺は、その残骸を故意に隠匿しなかった。照り輝く太陽の下に投げ出した、悪魔の犯行を、世に誇りたかったからだ。隠匿するつもりなら、何も好きこのんで、こんな手のこんだ方法をとることはない。餓えた海産『うつぼ』の群《むらが》るプールに投げ込むだけで充分ではないか。あの、五美雄誕生晩餐会の夜のことにうつろう。嘗《かつ》て、あのプールに於て、真耶から宣告を受けたごとく、俺が真耶を殺害するとき、それは俺も、真耶の手によって殺害されるかも知れない。父子《おやこ》死の饗宴だ。俺は、その最後となるかも知れぬ饗宴を飾るために、愛する李娥をしのぶことにした。あの忘れることの出来ぬ日の記念として、料理も酒も、三峡から取り寄せ、松明《たいまつ》をすら燃えたたせたのだ。感傷だと笑いたければ笑って呉れ。

　神々も、俺に味方してくれた。その夜は稀にみる豪雨であった。俺はその嵐の中で、あの大プールの入替をやった。スイッチをひとつ入れるだけで足りる。五本の大排水管は、五万匹の『うつぼ』と共に十分の一量の淡水を海中に放出し、給水管は之を追って、海水『うつぼ』の群と、悪魔の弟子とを落下させて、これと入替らせた。地軸をもゆるがす大豪雨は、その巨大な音響をさえ打消してあまりありだ。プールは今、六十万ガロンの海水を満々とたたえて、まもなく展開される戦慄《せんりつ》すべき一幕の舞台装置を終ったのだ。俺は、真耶に最後の通告をした。こんやだ！　さすがに俺の面は蒼ざめ、真耶も額にべっとり汗をかいた。しかも、お互いにほほえみ交しながら、瞳と瞳とが火花を搏《う》つ、あの凄壮な囁きの会話！

　深夜——目ざめるものは俺と真耶と二人だけ。いま、真耶がプールに立ってゆく。俺は書斎から、直《じ》かの通路を下りて、プールにあらわれる。俺はなにもしないでよいのだ、事は自働的に運ぶのだ。真耶はプールの扉をひらいて、手近かの電灯を点《つ》けるであろう。それで万事終れりだ、真耶がプールに裸身をひたした時には、悪魔の弟子は、その灯をめあてに、もう砂層から這い出でて、あの暗紫色の体をちりちり顫《ふる》わせ、飢えた三角形の頭をうちふりうちふり、這いすすんでいるであろう。俺はそれを、パイプをくゆらして見物しておればよい。この瞬間を持つためにのみ、生きて来た十八年の歳月の、ああどんなにか長かったことぞ！　歓喜にうちふるえる手に扉を押しあけて、俺がプールの一角に立った時、ああ俺は何を見たか！　俺の全身は硬直し、俺の網膜には五彩の星が飛び散った、眼球が砕けて、こなごなに飛散するかとさえ思われた。プールの浅処《あさど》に、電灯の光をあかあかと浴びて、うずくまるように真耶と五美雄が抱き合っている、五美雄の顔は、真耶の乳房に埋められ、四肢はEcstaceにおののいてさえいる！　時すでにおそい、悪魔の弟子はその強力な発電力を作用させ得る圏内にあと一呎！　突如、真耶は立ち上り、傲然と胸を反らせ、俺を見て高らかに笑った、次の瞬間、がっくりとのけぞって、五美雄を抱いたまま、水しぶきをあげてぶったおれた。二人とも感電したのだ。俺は、石像のように動けなかった、木乃伊《ミイラ》のように無表情な面を、汗で濡れしたたらせたまま棒立になった。その間にも、悪魔の弟子の頭は、はや真耶の腹腔の中で、肉を臓腑を消化しつつ、ごくんごくん吸いふくらんでいるのだ。

ああ、真耶は、俺に死を与えるよりも、更に更に残虐な方法をもって復讐したのだ。

しかも、真耶は俺に殺されたのではない、俺の計画したすべての手段を利用して自殺したのだ。真耶は、俺から復讐され、殺される意識にあきたらず、そのお膳立てをひそかに調べあげ、それを利用して自殺したに過ぎない。しかも五美雄を伴侶とすることによって、俺を殺害する以上の効果を高めたのだ。あの最後の勝ち誇った笑い！　死の勝利！　俺は完全に敗北した！

富川君、これ以上俺は何も言うことはない、ああ喉がかわく、そうそう、この葡萄は三峡から取寄せたのだ、美事なものだろう。李娥のいた山塞の庭に実ったものだ。まあ君も相伴《しょうばん》したまえ。俺も一つやるよ、たった一つだけ。ただ俺がいまたべた一粒だけに、コリオペリウムの毒汁が注射されてある！」

海鰻荘《かいまんそう》後日譚

1

その館《やかた》を、人々は『海鰻荘《かいまんそう》』と呼ぶ。

かつては、その豪壮華麗を誇り、巨大な温室づくりのプールに数千匹の海鰻――うつぼ――を放ち飼いにして訪れる人々の眼をおどろかせた『海鰻荘』も、主《あるじ》、稀代《きたい》の富豪塚本剛造博士亡きあとは、見るかげもなく荒れすさび、朽ちるがままに放置されてゆくかにおもわれた。

それは、二度目の荒廃であった。

博士が、愛する妻恵美に裏切られて、ただ生きてゆくだけの気力をさえ失った時、それは故意に博士の手で、水生羊歯《しだ》が触手のような渦芽《うずめ》をふりあげ、死頭蛾が赤い鱗粉をまき散らし、毒蕈《どくたけ》が悪臭のある粘液を滴り流す、地獄の沼さながらの様相に変えられた。

しかし、それは一時的の現象に過ぎなかった。

四川の奥地に〝美しい妖女〟李娥を得てからの博士は心の傷も次第に癒え、この新しい妻のために『海鰻荘』はふたたび、以前にも増した光彩と生気の輝きあふれる中に復活させられた。

だが、今度はそうしたわけにはいかなかった。

地上に於《お》いて、人間が、考え得られ行い得られる脳力の極致、愛憎と復讐との競技の果てに、主《あるじ》博士をはじめ、恵美の不義の遺児真耶《マヤ》が李娥の遺児五美雄《ゴビオ》をみちづれに、みずからを亡ぼし去ったあと、荒廃は、もはや何人の手をもってしても、その進行を阻止することは不可能であるかにおもわれた。それはあたかも、春昼《しゅんちゅう》の風のさ中に、音もなく崩れ散ってゆこうとおののく、去年の枝に残された山繭の殻さながらの宿命のようにおもわれた。

誰ひとり顧みるもののない大プールは、一滴の水の潤いをとどめず、罅割《ひびわ》れるがままに尺余の亀裂を縦横に交え、老醜じみた地衣《こけ》の汚点が、知らぬ遊星の地表さながらにこびり拡がった。いたるところの、欠け崩れたコンクリートの空洞から、時折り灰色の頭を突き出して気ぜわしくあたりを物色する小獣は、干乾《ひから》び斃《たお》れたうつぼの饗宴に参加してその味を忘れ兼ねた貝喰海鼠《シエル・イーター》のたぐいであろうか。いまはその骨ひとかけらさえ残ってはいない。

真耶の唇とその香ぐわしさを競った数千種の蘭は枯れ朽ちて腐土と化し、真耶が水浴の憩いの座となった大鬼蓮は木乃伊《ミイラ》の屍さながらの根茎をそここに横たえているだけだった。

この荒涼とした廃墟の一隅に立って、なにものにか祈るかのように、指を組み、眼を閉じ、深く頸《うなじ》を垂れた男がある。

在りし日の真耶をおもい、真耶の死の秘密を解いた小学校教師福山清だった。

清は、しずかに面《おもて》をあげた。その眼は深く眼窩《がんか》の奥に落ちくぼみ、瞳は力なく涙の底に沈んでみえた。

「真耶！」

いくたび清は、同じ名を空しく呼んだことであろう。空しく？　いな、それは他人目《よそめ》には空しくおもわれたであろうが、清にとって、その呼びかけは、虚事《あだごと》には終らなかった。

黄昏の薄光が見る見る明るさを増し、百千の蘭が相競うかに咲きかえり、プールは音を立てて清らかな水をみなぎりあふらせた。

「およびになったのね、キヨシ――いますぐそちらへいってよ、おまちになって……」

さざなみ立つ水底《みなぞこ》から、濡れた声が、いつものように湧きあがってくる。

清の瞳が、歓喜の炎に、はじめて青年らしく、かがやいた。

裸身の真耶を守護するかのように、うつぼの群れがもつれひしめくあいだをかきひろげ、真耶は、その姿を惜しげもなくあらわした。

触れることも、抱き寄せることもゆるされぬ影像ながら真耶は、なまなましく、あでやかに、髪から水を滴らせ、まつわりつこうとするうつぼの一尾を、優しく指で払いのけた。

「あたしにきこえるこえは、あなたのだけ。どうしてでしょう？　やっぱりあたしは、あなたをおしたいしていましたのね」

下半身を水に浸したまま、真耶は、縁《へり》のめくれあがった大鬼蓮の葉に、両肘をかけ、うっとりとした眼を向けあげた。

「それだのに、あなたは、どうしてぼくを捨てて、ぼくのことなど考えずに死んでいった？　義父へのろくでもない復讐のために」

「あたしは、そうするよりほかにしかたがなかったの。じぶんでもわからないわ、ただそうせずにはいられなかっただけよ」

「ぼくにはわからない。あなた以上にわからない。しかしあなたが自分のいのちをおろそかにあつかったことだけは断じてゆるせない罪悪だ」

「あたしをおせめにならないで……」

真耶の、水面に浮んだ乳房がかすかに揺らいで見えた。

「いのちをたもつのも、いのちをほろぼすのも、どちらもたのしいあそびだったら、ほろぼすほうをえらんだからって、どうしてそれがざいあくかしら？」

真耶は、濡れた髪を大きく揺すぶって、吐息に型のいい鼻孔をふくらませた。

「わかっていただけなければ、そのままそっとしておいて！　それよりもきょうは、もっとあなたのおそばへよってあたしをもっともっとみつめていただきたいわ。よろしかったら、あなたのほうから、ここへきていただけて？」

誘《いざな》いの言葉は、清の胸をせつなく波だたせた。だが、清は、どうしてか用心深く、すぐにはプールに降り立とうとしなかった。

「すぐにも行きたい。行って、真耶、きみの影像に、ぼくのからだをぶっつけたい。だが、だが、きょうもまた、あれが、ぼくを邪魔して近寄せないんじゃない？」

「ああ、ゴビオのことね？」

真耶の眼が、悲しく細められた。

「ああ、あなたには、じゃまなあのこ。でもしかたのないことよ。あたしは、あのこにかりがあるもの。そのかりをかえすまでは、あたしは、あなたのまえに、あたしだけのあたしひとりのすがたでおあいできないこと、あなただって、よくごぞんじじゃありません？」

改めて思い返すまでもなく、清は、その事情を、つぶさに承知し尽していた。

義父への復讐の手段《てだて》として、その最愛の子五美雄をみちづれとし、恐ろしい悪魔の魚『電気鰻《しびれうなぎ》』の腹中に相共に葬り去ったその瞬間から、真耶と五美雄は、その肉を血を、悪魔の魚の体内で混ぜ合わせてしまった。

それからの真耶の影像には、つねに、五美雄の影像がつきまとって離れない。いまのいまも、空気中の何処かで、水中の何処かで、五美雄の影像は、真耶を監視して離れない。真耶が清に近づこうとするとき、清が真耶に近づこうとするとき、その間に忽如として姿をあらわして立ちはだかるものは、嘗《かつ》ての清の教え子、塚本剛造博士と李娥のあいだに生れ出た宿命の子五美雄だった。

「あたしはあのこを、はたしえないやくそくごとで、さそいころした。いまもあのこは、そのやくそくごとをはたしてもらおうと、あたしにつきまとい、あたしをみはってはなれないわ。あたしがじゆうに、たったひとりで、あいするあなたにおあいできるには、あのことのやくそくごとをはたしてからでなければだめ」

真耶の長い睫毛《まつげ》が涙に濡れて、ついぞ見せたことのない弱気におののくかに思われたが、それは、恋する清の思いなしだけであったかも知れない。真耶は、涙を知らない女だったから。

その約束事——五美雄を死のプールに誘い寄せるために真耶が五美雄の耳に囁いたもの——姉と呼ぶ美しい女とのいとなみの約束は、しかし、死のまぎわに果しかけようとして果し得なかった。

真耶の乳房に面《おもて》を埋ずめ、四肢をエクスターセにおののかしかけた瞬間、五美雄の十三歳の肉体は『悪魔の魚』の電撃を受けてのけぞった。その瞬間の、相遂げずには措けない妄執が、いまも尚、五美雄の影像を支配して、真耶を求めてつきまとう。

嘗ては、教え児のひとりとして、しかも特殊の愛情をさえ注いでいた五美雄だけに、清にとって、それは限りなくあわれでいとおしくさえあったが、真耶への愛がいのちとなった今、それは逆に堪え難い苦痛となった。清は、五美雄にはげしい嫉妬を感じ、いまでは、それが憎悪にまで成長していることを、清自身知り過ぎるほど知っていた。

或《あ》る距離を置いて、真耶の影像と相対しているもどかしさに堪えてこられたのも、五美雄の出現を恐れてのことであった。五美雄の影像の現出を予期するだけでも、清のからだは、いつも冷めたく、圧しひしゃげられ、そのうち、次第に、真耶そのものの影像をさえぼやけさせ、失い、やがて自分を孤独の現実に押し戻す結果を招くに過ぎなかった。

「いいのよ、おきがすすまなければ。あなたにつらいおもいをおさせするなんて、あたしかなしいもの」

その言葉のあいだにも、真耶の影像は、はやくも薄れかけ、あたりは、にわかに荒廃の色の中に褪《あ》せうすらぐ。

「待って、真耶！」

劇情が、清をプールにおどり込ませた。

真耶の手が差しのべられ、その指先に、清の手が触れようとした瞬間、

「は、は、は」

甲高い、冥府の昆虫の歯ぎしりかと疑われる金属性の笑い声が、すぐまうえの空間にひびきひろがった。

おもわず手を退き、清は、きっと睨みあげた。

整った、美しい顔立ちの、それゆえに更に心の芯を冷え凍らせずにはおかない、五美雄の青ざめた面貌が、勝《かち》ほこるかに揺らめいている。

「うっ」

咽喉元めがけて、締めあげる形に両手をせばめ、清はようやくからだを踏みこらえたが、その甲斐もなくからだは前のめりに伏し倒れた。

「は、は、は、は」

五美雄の高笑いが、次第に薄れ、遠ざかるのを耳に意識しながら、清は、黴《かび》くさい地《こ》衣《け》だらけのプールのコンクリートに伏したまま、もはや、いとしい真耶の影像を覓《もと》めようとはしなかった。

清は知っていた――一切がふたたび、元の現実にもどって、荒廃だけが『海鰻荘』のすべてを支配し、ほこりまみれに白ちゃけかえっているであろうおぞましい景観を！

2

「福山君、きみが、健康も職業もなげうって、ひたすら、真耶さんのおもかげを慕いつづけている気持は、よくわかる。しかし、それにも限界がある、と、ぼくは言いたいんだ」

塚本臨海実験所の一室に、まるで彼自身まぼろしであるかのような精気の失せた姿を運びこんできた福山清を、ソファにかけさせて真向い、富川孝一は、つとめて優しく口を切った。

博士亡きあと、遺産の処理に当った高弟富川孝一は、博士の手文庫から、生前用意されてあった遺書を発見した。

莫大な遺産のすべては、一部を海外に在る甥に与える外そのすべては、塚本臨海実験所に帰属させ、その経営一切が、富川孝一に委ねられてあった。その大プールを含む邸宅『海鰻荘』も、公共の目的に役立つことであれば、富川孝一の企画に一任するとあった外、何ら指図がましい附帯条件は一言半句も見出されなかった。

まことに奇怪なことではあるが、あれほど熱愛していた実子五美雄に対する遺産贈与については、何ひとつ触れるところがなかった。

憎しみに終始した真耶に対してのことなら理解できる。しかし、なぜ実子の五美雄に、己れのなきあとの備えを考慮してやらなかったか？　博士は、滅びの家に於ける五美雄の運命を、その存命中に、予知していたのではないだろうか？　今となっては博士の胸中、知るに由もない。

「福山君、きみには冷めたい言葉だが……」

富川孝一は、最近すっかり貫禄の乗った、いくらか高びしゃな語調を意識して和らげ、清の蒼ざめた面に眼を注いだ。

「古くさい言い方だが、きみと真耶さんとは、すでに幽明境を異《こと》にしている。きみが、追い求めて止《や》まない真耶さんの幻影と、きみが、どうあがいてみたところで、一緒になれるものではない……」

「きみは、じゃあ、真耶さんの幻の存在を認めているんだね？」

「…………」

まさか、否《いな》、とは、孝一も言い切れなかった。

「真耶さんが、次元の異なる世界に、生きているというだけで、ぼくは満足なんだ」

清の瞳が、はじめて生々と耀いた。

「その世界――ぼくが呼びかければ、いつでも姿をあらわし、話し、ほほえみ合える世界を、ぼくが持っているだけで、それ以上の望みをぼくは抱いてはいない」

「解る気がする、科学者のぼくにだって……しかし……」

孝一は、ぐっと唾をのんで、滅多に清の方から訪ねてはこない此の機会を摑んで、或る重要な、現実的な目的を一気に片付けてしまおうと焦った。

「きみの心の問題に口をはさむようで心苦しいが、きみの真耶さんへの愛が失われない限り、真耶さんの幻は、いつでもきみの心の中にあらわれてくる。決して、あの『海鰻荘』という舞台があるからでは……」

「その話だったら、止めてくれっ！」

清は、額に垂れかぶる髪をはねあげて、昂然と言い放った。カチッと、胸にひびくものを、孝一は感じたが、しかし、今日の孝一はひるまなかった。

「きみは、『海鰻荘』がなくなったら、それと同時に、真耶さんの幻も失われると、かたくなに思いつめている。そればかりではなく……」

ここで、富川孝一は、いったん言葉を切り、声を低めてつづけた。

「あの、プールのコンクリートの下、その何処かにひそんで、冬眠をつづけている『悪魔の魚』——真耶さんと五美雄君の血肉を享《う》けた電気鰻が他所へ運び去られたら、二度と真耶さんの幻の出現を見られないものと、きみは信じ込んでいる。まあ、それもよかろう、きみは、ぼくと違って詩人だしロマンチストだから……」

清の拳が、内心の恚《いか》りにちりちりとおののいているのを孝一は、冷めたく黙殺した。

「それだからといって、ぼくは、いつまでも、きみの妄想遊戯のお相手ばかりはしていられないんだ。いいか、聞き辛いだろうが、今日はどうしても、懸案の問題を一気に解決するために、おさらいをするから聞いていてくれたまえ」

やや手荒く、葉巻の口をきって、富川孝一は廻転椅子に背をもたせた。

「第一に、ぼくは、『海鰻荘』を取り毀《こわ》して、その敷地に臨海実験所附属水族館を移す計画を樹てた。シカゴのシェッド・アクアリウムを遥かに凌ぐ構想だ。ぼくはそれを天命とも考え、亡き博士の遺志にも副《そ》うものと信じている。だがきみはそれを拒んだ!」

孝一の瞳が、隕石の破片のような光を見せた。

「第二に、ぼくは、『海鰻荘』のプールの下に眠る『電気鰻』——ぼくはその地球上に現存する唯一尾の貴重な種《スペシー》に〝ハイドラーナ・エレクトリクス〟なる学名を与えているが、これを学界に発表し、亡き博士の霊に捧げようと考えた。きみも承知のことだろうが、新しい種を発表し、これを正式に学界に認めさせるためには、研究論文に副えて実物標本を、リンネ学会に提出しなければならん。そのためにもハイドラーナは、是非、プールの下から掘り出さねばならん。だがきみは、それをも拒んだ！」

うちにたぎるものを押さえ兼ね、孝一は、拳をぶるぶるおののかせた。

「何の権利があって、きみは、それを拒む？　ぼくは、しかし、待った。三年に亘《わた》る永い年月を――。きみは嘗ての『海鰻荘』の秘密を解くために身を粉に砕いた協力者だ。そして、真耶さんとの悲恋に傷つき悩む純情の徒だ。それを知ればこそ、今日まで、ただ勧告の程度にとどめ、きみの翻心を静かに俟《ま》った。だが、いまはちがう！　これを見たまえ」

大テーブルの抽出しから、孝一は、二通の手紙を取出して、清のまえに押しすべらせた。

「一通は、第一の問題に関する手紙――ぼくがシェッド・アクアリウムに、設計技師の派遣を要請したのに対し、喜んで来週匆々《そうそう》、顧問技師を飛来させる、という返事だ。

もう一通は、リンネ学会の勧告で、ものがものだけに、異例の取扱いではあるが、万国動物命名規約委員会に報告だけはしておいたから、遅くとも十五日以内に、実物を伴って来航せよ、というスエーデンからの招待状だ。これだけ説明すれば、もう充分だ。

解ってくれたろうね、福山くん」

「ぼくが、それでも拒んだら？」

必死の抵抗を眉宇にあつめて、清はすっくと、立ち上った。

「命令する！　ぼくは、塚本剛造博士の遺志の承継者だ！　『海鰻荘』に関する限り、今後一切、きみの干渉をゆるさん」

「ぼくには、ぼくなりの言い分があるさ」

やや捨鉢な語気にふくめて、清は、薄笑いの唇をゆがめた。

「だが、争いはやめよう。たしかにきみの立場は有利だ。これ以上拒んだら、きみはぼくを司直の手に渡すか、精神病院にぶちこむか、そのどちらかを選ぶだろうからね」

「解ってくれさえしたら、ぼくはなにも、そんな挑戦的な真似はせん。もともと、きみとぼくとは、博士の愛顧を分け合った仲だ。さあ、ぼくの手を握ってくれたまえ」

差し出された孝一の手を、清は、しかし冷ややかに一瞥しただけで、のがれるように部屋を立ち去った。

『海鰻荘』が、荒廃の極に達して自然に崩壊したというなら我慢出来る。ハイドラーナ・エレクトリクスが、老いさらばえて死に果てたというなら話がわかる。

だが、その二つながら、いまは、人為的に、あの思いあがった似非《えせ》学者、名利《みょうり》以外には追うことを知らぬ俗物と化した富川孝一の手にかかって滅ぼされようとしかかっている！

「そうはさせんぞ。断じて、そうはさせんぞ！」

福山清は、渚の砂を蹴散らしながら、月に向って怒号した。

「その二つが、この世に存存すればこそ、ぼくは、いとしい真耶の影像を呼び寄せることが出来るんだ。若《も》しそれがなくなったら、たとえばここでのように……」

清は、夜光虫の仄かな光がゆらぐ沖に目を向けて、憑かれたもののように叫んだ。

「真耶！　真耶！」

叫びは、いたずらに潮騒の中にしみこんで消えてゆくばかりだった。

「見ろ！　ぼくがいくら、いのちをこめて呼びかけたって真耶はあらわれてくれようとはしない。そのはずさ、ここは真耶の家『海鰻荘』ではない！　真耶の血肉を享《う》けたハイドラーナもいやしない！　その二つを失うことは、真耶を失うことだ。真耶を失う？このぼくが、もう一度真耶を失う？　真耶の肉体を失った次には、その霊魂までも失う？　真耶の肉体を奪ったものは、塚本剛造だ。真耶の霊魂を奪うものは誰だ、誰だ、誰だ？　は、は、きさまだな富川孝一！」

拳大の貝殻をつかみあげるや、清は、月に向って投げつけた。

「真耶の霊魂はおれのものだ！　誰にもやらんぞ、もう誰にだって奪わせんぞ！」

3

その夜、福山清は、ついぞ足を踏み入れたこともない漁師町の曖昧屋でしたたかに酔い、よろめく足で下宿への街角を曲りかけた出会頭にひとりの男とぶつかった。

「おう、福山くんじゃないか」

意外なところで名を呼ばれ、清は、両脚をふんばりながら、酔眼を見ひらいた。

真耶の許婚だった藤島光太郎画伯である。

「きみに会いたいとおもって、いままで部屋で待っていたんだ。めずらしいな、きみが酒を飲んでいるなんて」

藤島光太郎は、真耶を愛していた。だが、それは、生きている間の真耶を愛していただけで、真耶の死後にまでこだわるほどの執着は持っていなかった。それが正常であり、健康である、と、藤島光太郎が考えていたからって、誰も彼を責めるわけには、いかなかった。清自身、そうした彼を軽蔑はしなかった。

「なにか用で……?」

「いや、きみに貰ってもらいたいものがあってね、わざわざ持ちこんだんだが。留守だし、いっこうに御帰還の気配もないから、そのまま置いてきた」

さらっとした顔付きで、藤島光太郎は、ずれかかるベレーを直した。

「なんだろう？　ぼくに貰ってもらいたいものって……？」

「真耶さんの肖像画《ポートレート》さ」

「…………」

「まんざらでもなかろう？　ほんとう言うと、ぼくだって手離すのは一寸惜《ちよつと》しかったよ。なにしろ、ぼくなりの傑作なんだからね。しかし、富川くんの強《た》っての頼みでね……是が非でも、きみに譲ってやれって、きかないんだ」

「どういう意味だ？」

「怒るなよ……富川の言うにはだ。福山の奴、真耶さんの死霊《しりよう》にとっ憑かれて半気狂いだ。せめて、真耶さんの肖像画でも部屋に飾らせたら、頭の調子が元へもどるだろうってさ……おれも実は、あの絵はちょっと持てあまし気味だったんだ。なにしろ、近く、恋女房があらわれるんでね、あっは」

　あけすけなお喋舌《しやべ》りに、福山清は腹も立たなかった。

「ありがとう、お礼をいうよ。きみにだけね」

「まあそう富川を恨むな。奴だって、根っからの悪じゃない」

　寄って行けとすすめたが、晩《おそ》いからと、藤島光太郎は手を振って歩き去った。

　その後姿に、清は、ふっとした羨望を感じた。自分とは全然べつの世界の男のようで、うらやましかった。

　部屋へかけ込んだ清は、さすがに、うっと、真耶の肖像画の前に呼吸をつめた。

あの日の『月光を浴びる女』——露台に、真耶がみずから胸を押しひらいてモデルに立った、切ないまでの想い出を誘い出す額縁である。いっとき、清は、われを忘れて凝視した。土を持ち上げたばかりの羊歯《しだ》のこぶしをおもわせる渦髪《うずがみ》、いまにも微笑み割れるかとおもわれる白桃の果汁に濡れた唇、その乳首は紅く、ふくらみはその弾みを指先に伝えてくる。

だが、その恍惚も、永くはつづかなかった。

真耶の霊魂が生きている次元に、身を措いていない悲しさは、清に、なにひとつ話しかけ、訴えてはこなかった。

いらだたしさが、胸元に嘔吐《はきけ》となって衝きあがってくる苦しさを、清は、必死に押し付けようと努力したが、それにかぶさって、べつの苦悩が、新たにむくむくと湧きあがってきた。

此のような画像を持ち込ませて、それによって、自分を懐柔しようとたくらんだ富川孝一の意図は、もはや疑う余地はなかった。

「卑怯者！」

清は、声に立てて喚き立てた。

「負けはせんぞ、誰が、きさまの子供騙しの手に乗るものかっ！」

清は、指に触れたペーパーナイフを逆手《さかて》に握りしめ、じりじりとカンバスににじり寄った。

「見ていろ、いまのいま、おれは此の女を切り裂いて見せる！　話しかけることも、訴えることも知らぬ、たかが絵だ。平面の布地に絵具《オイル》を塗りたくった、ただの絵だ。こんなものが、真耶であってたまるかっ、真耶じゃない、真耶じゃない、真耶じゃないっ！」

ペーパーナイフが、真耶の心臓を一突きにえぐり、真赤な血潮がサッとあたりに迸り散ったかにおもわれたが、それは清の、血走りふくらんだ眼が捉えた幻覚であったろうか？

塚本臨海実験所長、富川孝一の惨死体が発見されたのはその翌日の午前九時を少しまわった頃だった。

求めがあれば一般にも公開される附属水族館の、第八号水槽に、富川孝一は、ほとんど現形をとどめぬまでに、血肉を失った皮膚の袋さながらの、奇怪な姿を呈して浮いていた。

発見者の掃除夫Mの言葉に従えば、その巨大な水槽には百数十尾のイソメクラが飼育されていた。イソメクラは別名をベトとも言い、延縄や刺網で漁獲した魚類の皮膚をくいやぶって、その肉、臓腑をくいつくし、あとに骨と皮ばかりの袋をのこして逃げ去るという悪鬼に近い海産ウナギの親類筋である、

Mが発見したときには、事実、啖《くら》い肥った蛭《ひる》のように膨らんだイソメクラどもが、死

体の方々からボロボロ底の沙《すな》にこぼれ落ちていたという。

Mは、所長が、見廻りの際、過《あやま》って水槽上部に渡された鉄板から転落したものに違いない、と言い張ったが、その僅かに残された背中の皮膚、ちょうど心臓のまうらに当る箇所に鈍刃《にぶは》の痕跡を検出した以上、他殺と推定しないわけにはいかなかった。

手がかりは、何ひとつ摑めなかった。

よほど用意周到に仕組まれた完全犯罪か、それとも野放図な大胆さが却って犯行を盲目にさせてしまったか、そのどちらかであった。

犯人の目星は、しかし、まことにあっさりと附けられることになってしまった。

富川孝一の、自室の大テーブルに投げ出されてあった黄色い角封筒――あのスエーデンのリンネ学会から寄越された手紙の中から、孝一自筆の遺書――といっては当らないが、走り書きのメモが発見されたのは、その日の夕方のことだった。

それは、意外な文面であったと同時に、犯人にとってはのっぴきならぬ逮捕状の役目とさえなる代物であった。

『ぼくは殺されるかも知れない。近く、不慮の死を遂げるであろう予感を、このメモに托して、死人の口の代弁とする。若し、ぼくが、多少とも疑わしい死因をのこして他界したとき、それは、ぼくに恨みを抱いている男の犯行と看做《みな》して誤りはない。その男の名は、福山清。』

時を移さず逮捕に向った当局は、しかし、下宿の部屋に福山清を見出すことは出来なかった。

そこに見出されたものは、カンバスに描かれた美女の肖像の心臓部が突き破られており、その下に転がされている血痕の跡もあざやかなペーパーナイフだけだった。

肖像の心臓を突き刺したナイフが血ぬられている！

この飛躍も、老練な刑事部長の眼には、まるで映画を目に見ているよりもはっきりと理解された。と思われた。

殺人の動機は、この肖像の女が一役買っている。福山は女の変心を怒ってその肖像を刺し、そのとき受けた暗示どおりに行動して、富川を斃《たお》し、一旦下宿にかえってから何《いず》れへか逃亡したに違いはない。

若しその刑事部長が、画像の女を幽界の女と知ったならもっと適切な別の判断を下したにちがいないが、それはもとより期すべくもなかったのであろう。

参考人として呼ばれた肖像画を搬入した藤島光太郎画伯の口から、福山清の、おおよその、潜伏場所の推定はついた。

『海鰻荘』！

そこ以外の何処へ、霊魂真耶との悲恋に狂った福山清がもぐり込もう。

藤島光太郎画伯を案内に立て、刑事部長、刑事、警官合わせて七名の一団が、宿命の館『海鰻荘』に乗りつけたのは、深夜も十二時に近く、月は厚い雲に閉ざされ、あたりは模糊として濃霧の中に沈もり更けていた。

4

『海鰻荘』の正門――女身鳥足のセイレヌスを象取《かたど》った浮彫りのある大鉄門は固く閉ざされ、高いガス灯の青の光が在りし日の栄華の名残り、金環のノッカーを冷めたく照らし出している。

鉄門を押しひらくまでもなく、すぐ傍らの石垣の崩れから、一行がもぐり込むのにたいして苦労はいらなかった。

中は、さながら、果てを知らぬ暗黒の空洞だった。

「だいたいの見当はつく。一応ぼくが、福山に会って自首を慫慂《しょうよう》して見よう。あなた方は、それとなく目立たぬように散らばって見張っていて下さい」

万一の用意に、と、手渡《てわ》たされた拳銃を押しもどし、カンテラ一つをさげて、藤島光太郎は大プールに向って歩みを進めた。

カンテラの赤い光暈《こううん》が移動するにつれ、その限られた範囲だけが、次々に光太郎の眼に映し出されては消えていったが、それは常に、同じ何の変化もない場所の拡がりだけだった。マスクメロンの表皮さながらに亀裂だらけのコンクリートの限りもない拡がりと、レプラに冒された皮膚を思わせる地衣の群落と、それだけの世界だった。ときたま蠢《うごめ》くものの動きが眼に触れたが、それが果して、生命を持ったものの姿かどうか、たしかではなかった。

光太郎は、乾いた大プールの中央めがけて、対角線上を、まっすぐに歩いていった。そうしているあいだ、彼は、何処か見知らぬ遊星に路を失いかけているようで、故知らぬ恐怖が惻々《そくそく》と身に応えて足がすくみかけたが、何処かで自分を見護っていてくれる人々に、現実とのつながりを意識することで、わずかに自分を保《も》ちこたえようと努力した。そうでも試みなかったら、光太郎は、『海鰻荘』の滲み放つこの世ならぬ妖気に圧倒され、数歩ならずして崩れ伏してしまったかも知れなかった。

光太郎の歩みが、フッと止まった。

そこは、嘗て、真耶と五美雄が相抱いたまま、迫りくる電気鰻《しびれうなぎ》の電撃を浴びてのけぞった、その場所である！

光太郎は、そこの他のどこよりも幅の広い亀裂にカンテラを差しかざしかけようとかがみこんだ。

「あっ！」

鋭い叫びが光太郎の咽喉から突きあがったのと、足元のコンクリートが崩れ落ちたのとほとんど同時だった。

叫びをききつけて、刑事部長をはじめ、警官の一行がかけつけたときには、光太郎の姿はなく、そこには不規則な割れ目を見せた巨大な空洞が、ぽっかりと底知れぬ暗黒の口をあけているだけだった。

「真耶！　ぼくはもう、あなたを永遠に失わずに済む。あなたを誰の手にも渡さずに済む。そうだ、いま、あなたが寄りかかっているそのハイドラーナと共に、『海鰻荘』ぐるみ、ぼくのものになってしまったからだ！」

横坐りのまえをややひらき気味に、真耶が背をもたせている巨大な燻製《くんせい》じみた鰻型のものは、あの夜以来、飽食に満ち足りて眠りつづけているハイドラーナ・エレクトリクスの胴体だった。

「どうしてあなたが、『かいまんそう』のもちぬしになられたの？　おかしいわね」

「富川孝一が死んだのさ……ぼくが殺してきた！」

「…………」

べつだんの、驚きも感動も真耶の面には浮ばなかった。

「おんなじころすのだったら、このかいぶつをころしてくだされればよかったのに」

真耶は、うしろ手に、ハイドラーナの骨張った背筋を軽くたたいた。

「どうして？　そいつを殺したら、ぼくはあなたを逆に失ってしまう……」

「そうばかりとはかぎらないわ。あなたはじぶんでそうおもいこんでいらっしゃるだけよ。あたしはいつだって、ここの、ちのしたのほらあなにすんでいますもの。ほかではだめ、でも、こうして、あなたのほうからきていただけたら、あたしはいつだって、おめにかかれてよ」

「では、『海鰻荘』を、むりにぼくのものにしなくても？」

「あなたのおもいすごし……たとえたてものはひとでにわたったって、この、ふかいふかい、ちのしたのどうくつがあるかぎり……」

「では、ハイドラーナがいなくても？」

「むろんだわ。あたしは、あいつのなかにいるあたしでないもうひとつのものを、はやくあたしからふりはなしてしまいたいの」

「あなたでないもうひとつのもの……？」

「きっとあなたもそうおおもいになるわ、ほら、そこにいる！」

真耶は、人差指を挙げて頭上をゆびさした。

そこの空間に、漂うごとく、二人をみおろしうごめいているひとつの影像――

「五美雄！」

清の声が、うわずった。

「そうよ、あたしは、あのこをあいしてはいない。あたしはあのこを、ただふくしゅうのどうぐにつかっただけ。それだのに、いつまでもいつまでもあのこはあたしにつきまとう。このかいぶつが、しなないかぎり、あたしとあのこが、からだのまじわりをとげないかぎり……つらくてよ、あなたをおあいししているあたしだのに……」

「しかし、あなたもそれと同時に……」

「うたがいぶかいかた」

真耶の眼がチカッとした光を帯びたようにおもわれたが確かではなかった。

「あたしがほろびるか、ほろびないかは、そのあとで、あなたがためしてみてくだされ
ばわかるわ。いつものしかたでよんでいただいたら、あたしはきっと、いつものように
すがたをあらわすわ」

いっとき眼《まなこ》を閉じ、清は、心をさだめた。

「どうしたら、あいつを殺せる？」

黙って、真耶は、青白い五美雄の影像の漂うもうひときわ上の、岩壁に目を向けた。

説明されるまでもない。そこに、ひとゆるぎの指の力を加えただけで、岩崩《なだ》れ落ちる
にちがいない、あやうくもちこらえている大岩塊があった。

もろにその下敷となっては、さすがのハイドラーナもひとたまりもなかろう。

「どう？　やっていただける？」

「それとわかっていたら、なぜあなた自身でやらないんです？」

「そんなことおっしゃったってむりよ。めのまえにみえていながら、あたしのゆびはと
どかないもの。あたしのすんでいるせかいのものじゃないもの……」

「よし、やる！」

「うれしいわ！」

はじめて、真耶の表情にうごきが見え、濡れた歯が妖蠱《うつく》しく笑み割れた。

暗黒が、煮つめたような濃さで、地下洞窟を満たしていた。

福山清は、立ちあがった。

手さぐりでも、あの岩塊の位置はわかる。

呼吸をととのえ、いざという瞬間に飛び退けられる姿勢を取ると、一気に腕をのばしてゆすぶり押した。

ぐおーっ……地底にくぐもりひびく大音響の中に、バリバリバリッ、という、生物のつぶれひしゃげる骨の音が混ったと同時に、清は、背にすさまじい電撃を感じたまでは覚えている。

断末魔のあがきに狂うハイドラーナの、いのちのきわの放電が、清の、焦げふくらんだからだからブスブスと黄色い煙をふきあがらせた。

かりそめの眠りから、一瞬にしてその生命を永遠に奪われた悪魔の魚ハイドラーナは、なおも崩れ熄《や》まぬ土砂の底ふかく埋ずもれてゆく。その土砂の堆積をかきわけるかのように湧きあがり、洞窟いっぱいにエコーをかえす女の高笑い――

「は、は、は、は、は」

真耶の、苦痛をこらえた狂笑だった。

「これでやっとあんしんできたわ。これがあたしのにどめのふくしゅう！　あたしはツカモトに、もういちどふくしゅうしてやった！　こんどはキヨシ、あなたをどうぐにつかって……あたしはゴビオのれいこんをいかしておきたくなかった。あたしはツカモトから、ゴビオのれいこんまでうばいとってやろうとけいかくした。そうして、いまこそそれをやりとげた！」

おろされた救命索にすがりついて、土砂まみれのまま這いあがった藤島光太郎は、いっとき、囁きも洩らせぬほどのショックに、喪心の眼を、あけひろげているだけだった。気付けのブランデーに、ようやく正気を取戻した光太郎が、当局の人々に語った言葉は次ぎのただひとことだった。

「福山清は自殺した。じぶんで岩盤をくずして、その下敷になって死んでいた」

光太郎は、しかし、はっきりと聞いていた。真耶の霊魂の死にぎわの、すさまじい告白を！　死しても尚あきたらず、霊魂をさえ滅ぼし竭《つく》し奪わずには止《や》まぬ美しい復讐鬼真耶の、満ち足りた独白を！

処女水

1

清子の屍体が学校の博物教室附属標本室から発見されたということは、只さえ怯《おび》え切っている県立D女学校千二百の生徒達を恐怖のどん底にたたき込んでしまった。誰もが、もう犯人はあの博物の教師オッタマであると信じて疑わない。

オッタマというのは勿論本名ではなくて綽名《あだな》である。Mが、このG市のD女学校に赴任して来た最初の日に、清子がつけた、その某国の怪僧に似た綽名は、語呂もいいし、何よりMの特異な相貌を完全に表現しているので、忽ち全校に普及してしまったのである。オッタマは『オタマジャクシ』のオタマに一つ吃音《きつおん》を挿んでオッタマとなり、初めてMを見た者は誰でも其《そ》の顔面の怪奇さにオッタマゲルという駄洒落をも含ませている。

事実Mは、これがいったい地球上に生存している『人』であろうかと疑われる程の怪奇な容貌の持主であった。首全体が一個の球であり、初毛《うぶげ》いっぽん無くてらてら光り、勿論丸禿だ。眼と眼の間がとんでもなく離れており、殆んど耳に接近している。その耳がまた耳殻《じかく》を全然欠除して穴だけであり、穴だけなのは鼻も同様だ。唇は極度にすぼまって小さく大抵の時は唾液で濡れている——まるで巨大な蝌蚪《おたまじゃくし》である。その顔をじいっと見つめていると、次第に寒けをおぼえ、しまいには胸にむっとこみ上げるものをさえ覚えて来そうになる。よくもまあこんな怪人を教師に、しかも美人揃いを以て県下に鳴るD女学校に迎えたものだ、と誰もが非難し嫌悪しているのだが、講義は流石《さすが》に校長が象牙の塔から引張り出しただけあって、実に素晴らしかった。が、それがいったい女学生達にとってどれだけ必要なことであったろうか。美しい女学生達には、矢張り美しく男らしい教師達を与えるべきだ。処女楽園の夢はこわすべきではない。Mはこの美しき処女達の中に投ぜられたひとつの汚点であり、腫物であった。彼女達は彼に見られることを恐れ、彼を見ることを厭い、欠席者の数を増し、ついには家事の都合に事寄せて退校する者さえ出て来たのである。

　そういう矢先に今度の事件である。彼奴《あいつ》だ！　という囁きが全校中に囁き交されたのも無理のない話である。

　清子は美しい娘であった。が、その美しさは人形ではなくて踊子である。気性もはげしく、殊に自分の慾望を制御することも、感情を押匿《おしかく》すことも出来ない生の美しさに満ちあふれた野薊《のあざみ》の花のような娘だった。そしてMを嫌悪し、憎悪することにかけては全校中で彼女ほど強烈な娘は他に無かったのである。

清子についてもう少し述べてみると、これは慥《たし》かにパラドックスではあるが、この限りない憎悪の反面、Mに非常な関心を持っていたのである。そう、関心というよりは寧ろ猟奇である。万人が万人、憎み嫌っている男、殊にその中でも極端に其の情の強い彼女は、一面に於《おい》てそうした特異な人物の本然の姿に触れてみたい、そうすることによって彼女の嫌悪や恐怖を一層掻き立ててみたい、という一種のマゾヒズムが、何時《いつ》とはなく彼女の胸をわくわくさせるようになって来たのである。危機はこうして彼女の心の中に胚胎していたのであった。

彼女がMを見る眼は、だから非常に複雑であった。醜悪に対する嫌悪の冷酷な眸《ひとみ》に隣合わせて、好奇に燃えさかる炎がひそんでいた。その二つは、時に重なり、時に一方が一方を乗り越え、或《あ》る瞬間には両方ともふっと消え去って夢見るような甘美な瞳にさえなる。そんなときには他からはまるで白痴のようにしか見えなかった。彼女はこうして火のように肉体を燃焼し、精神を酷使してそれから来る疲労の中で恍惚とするのだった。

Mは、この美しい小獣を、赴任第一番目に強烈に印象づけられていた。彼が初めて教室に臨んだのが清子のいる五年A組である。新任の教師を案内するために副級長の清子が教員室へ迎えに出た途中の廊下の曲り角で二人はばったり出会《でくわ》した。まさに、美人と怪人との額が触れ合わんばかりだ。清子は思わずあっと叫んで拳を嚙んだ。いきなり巨大な蝌蚪《おたまじやくし》の頭が彼女の顔に覆いかぶさって来たような無気味な恐怖感にめくらむおもいだったのである。Mは清子の息の匂いにさえ触れるほどの近間で、彼女の美しさを自分の皮膚全体で感じ取った。以来、彼は清子に特殊な感情を持つようになったのである。自らの妖貌を熟知し肉体で女を恋することに絶望している彼は、精神で清子を愛した。これを外面的に見ると、清子はMを憎悪し、Mは清子を付狙っていたとしか見えない。そしてついに彼の室で清子は屍体となって発見された。情況はMにとって完全に不利であった。

2

清子の屍体は標本室の床に作られた、可成《かなり》大きなコンクリートの水槽の中に、全裸のまま仰向けになって浮んでいた。鵜《う》の毛で突いた程の外傷もなく、剖検の結果も、毒物とか強姦の痕跡とか他殺と看做《みな》され得べき疑点はひとつとして存在しない。死因は恐怖衝撃による心臓麻痺と断定された。

不可解なことは、彼女は全裸であり、左手にしっかりタオルを握り、水槽の縁には石《せっ》鹸《けん》箱が置かれてあり、しかも使用されたことは明らかに未だ濡れていることが証明している。すると彼女は此の水槽へ浴《ゆあ》みの目的で自ら脱衣の上で入ったと見られることだ。ところでもう一つ奇怪なことは、側《かたわ》らの椅子に彼女が脱いで掛けたと見られる着衣――緑の地に紅い薔薇を大きく染めた銘仙の単衣《ひとえ》と、鴇色《ときいろ》の絞りメリンスの兵児帯《へこおび》の二点以外には何ひとつ遺留されていないということである。彼女の家と学校との間は徒歩で凡《およ》その二十分はあり、此の道中を彼女はたった一枚単衣をひっかけただけ、しかも裸足でこの水槽へ浴みの目的でやって来たことになる。奇行と言ってしまえばそれまでだが、彼女の死の推定時刻が午後七時乃至《ないし》八時であるから、それまで学校に残留していたので無い限り、そう解決するより外はない。事実彼女は其の日の授業を終えると午後二時には帰宅しており、夕刻、姿こそ見なかったが、銭湯へ行って来ると家人に声をかけて出掛けたことに間違いはなかった。

水槽は絶対に浴用のためのものではない。標本室内に水槽を設置してあるのは、孰《いず》れ、何かの生物の生態観察用か飼育用に違いないのである。ただそれが縦横五間に十間、此の教室の大半を占めているという大きなもので、そういえばこの標本室自体がG市のような小都市の女学校にしては立派過ぎるということも腑に落ちないのだが、これに就いては後に校長から納得のゆく説明があるので此処では述べないで置く。

清子が何故ひとりで標本室に入り込んだのか。彼女は、すべての学友の陳述が一致しているように、絶対に自己の意志で入室したのではない筈だ。博物教師Mは彼女にとって恐るべき怪人であり。顔を見るのさえ厭わしい存在である。標本室には大方彼が授業時間以外は其処で何かをやっており、弁当もつかえば午睡もとる。下宿はあっても、此処に寝泊りする日の方が多いという以上、誰が自らこんな悪魔の部屋に好んで入る者がある！　級友のBはちょっと穿《うが》った観測をした——清子は銭湯へ行く途中、自分も知っているが、一寸《ちよつと》した森がある、あの辺にMが待伏せていて清子を攫《さら》い、ここに背負い込んだのではないか、――成程そう看ると、その際履物を遺失したであろうし、自己の意志以外の力が加わっているので、都合よく解決出来そうだ。だが、それにしても、娘がたとえ、近所の銭湯へ行くにしろ、素肌に単衣だけはいいとして腰のものひとつはかずに出掛けるのもおかしいし、自己の意志でなく此処へ連れ込まれていながら、自己の意志で水浴したとなると話が食い違う。Mがそうした行動に出たであろうという仮定は合点がゆくが、では何故最も人目に触れ易い学校を選んだかということになると、てんで訳が解らなくなる。

その点をしばらく曖昧にして置くとして、Bの推理を敷衍《ふえん》してみると、Mはついに心の愛のみに耐え切れず、清子を攫って、兎に角どうにか門衛や宿直の眼をうまく逃れて常住の標本室に連れ込み、日頃の想いを遂げようとしたが、清子は恐怖のあまり心臓麻痺を起して頓死した。途方に暮れたMは彼女の所持の湯道具から突嗟《とっさ》に思い付いて、あたかも彼女が水槽で水浴中急死したかの如く装わせて、自らは急遽下宿に帰ってしまっていた。これならいくらか犯行の動機、経路、方法が、順序よく組立てられるように思える。ところが、この切角《せっかく》の名推理も、Mの完全無欠な現場不在証明によって根底から崩れてしまったのである。

当日は博物の時間は各組を通じて一時間もない。彼は珍らしく朝から登校しなかったのである。そして、間もなく訪れた昆虫採集狂の校長に同伴してN川沿岸を遡《さかのぼ》って、ギフチョウの採集に出掛けたのである。午後四時頃までかかって二人は此の珍蝶数匹を捕獲し、へとへとになって、川沿いの某川魚割烹《かっぽう》店にあがり、鮎《あゆ》を下物《かぶつ》に相当飲んだ。丁度隣室で、市長の、何かの宴席があって、顔見知りの校長は自分の席へも市長を招いて酒はついに深更にまで及び、Mは其の席で、随行の市の吏員某、某と、その間ずっと囲碁に熱中して用便の外は一歩も外室しなかった。特異な容貌の持主であったから、女中達も常に監視していたことである。十時を廻って、校長は車を呼んで自宅にMを連れて一泊させたのである。

これではMは容疑者にも擬せられないのであった。

3

この事件は非常に犯罪的色彩が濃厚ではあるが、それは単に第三者がそうであると推測する以外に何等の物的証拠がある訳ではないので、間もなく司直の手を離れてしまったのである。

たとえMに何等の関わりはないとはいえ、輿論《よろん》はMをそのままD女学校に留めては置かなかった。殊に父兄会は、かかる怪人を子女の師として認め得ずとして、此の機会を利用して彼を追放してしまおうと起《た》ったのである。

狼狽《あわ》てたのは校長である。Mを無理矢理にD校に引込んだ校長の責任が最先に難詰されたのであった。元来Mは己れの妖貌を恥じて専心専門の地質学に没頭して他を顧みず、ひとり郷里L町の象牙の塔に閉籠っていた純学者肌の男であり、化石学に関する浩瀚《こうかん》な著書は欧米学界にもその権威を認められている。のみならず、彼の学識は凡《およ》そ博物学に関する限り可ならざるはなく、殊に動植物の採集にかけては超人的な手腕を持っている。

素人生物学者を以て自ら任じ、昆虫採集狂であるD校長が惚れ込んだのも無理のない話だった。

　校長とMとは同郷であり、そこの中等学校で教鞭を取っていた頃の教え子でもある。彼は、容貌こそ怪異ではあるが、Mの性格の純粋さは充分に知悉《ちしつ》している。彼はあらゆる努力を惜しまずMを自校に引入れようとして彼をかき口説いて、ついに陥落せしめたのである。ただそれには相当条件が付けられたのであった。Mが申出《もうしい》でた条件は二つあった。標本室を拡張して所用の大きさの水槽を作り、授業以外の時間を自分の現在やっている或る岩石の研究を続行させて欲しいこと。その研究材料に要する費用は、全部校長の負担に於て支出して欲しいこと。この二つの条件が容れられるなら、奉職してもよい、と言うのである。校長は無条件でその願いを受容れた。資力に不足は無い。校長は私財を投じて標本室を改造し、彼の望む通りの水槽を設備し、研究資料の購入費は惜しみなく供与しつづけて来たのである。これに就いては視学から一応の注意も受けたが、私財を投じての営造ではあり、Mの学識の程は熟知のことであるから、其の後は何処からも故障は出なかったのである。

　校長は得意であり、満足であった。ただひとつ、彼はMの研究主題《テーマ》を知りたがったが、

Mはついに口を緘《とざ》してそれについては一言も洩らさなかったのである。

校長はMのためにも、自分のためにも何とかして彼を引止めねばならなかった。彼はMの無実を信じている。輿論を和らげるには、まず清子の死の真相を公開することが第一だ。彼はついに私立探偵U氏に調査を依頼したのであった。

U氏も一応はこの事件を聞いていた。そしてMという世にも稀な妖貌について一種の好奇心に駆られていた矢先であったから、自ら進んで事件の真相解明に乗出したのである。

先ず彼は校長の案内で、定石通り、標本室を丹念に調べ、あれから一度も掃除も取片づけもされていないMの研究机の上に、散乱している琥珀《こはく》の細片を発見して、奇妙な顔をし乍《なが》らいじくり廻していた。机は水槽のすぐ傍にあり、その細片のいくつかは、透明な水をとおして底に沈んでいるのをも、彼の眼は見逃がさなかった。琥珀は書類押えの文鎮の上で鉄鎚で打ち砕かれ、その際の破片が水槽に飛び込んだものと想像される。そんなものが清子の死と何の関係がある？　校長はU氏の背後に立って心の中でそう呟やかざるを得なかった。

――ここにひとつの秘密がある！――

U氏は脳裡のメモに『琥珀の細片』と書込んだ。

次に彼は水槽の縁に立ってじいっと中を覗き込んだ。水を見ているのである。非常に透明ではあるが、何かその透明さに普通でないものが感じられる。それはどう言って説明のしようもない、ただ『異《ち》う』と感じられるだけのものではあったが、流石《さすが》にU氏はその感じを大事に取扱った。

U氏の脳裡のメモに『普通でない水』と書加《かきくわ》えられた。

此《こ》の一見、何でもないような二つの発見を脳裡に記録して、U氏は茶を招ばれに校長室に引揚げた。渋茶を啜り乍ら私立探偵U氏はMと清子について詳細な、しかし事件とは全然かかわりのない二人の性格について聴取した後、

「校長さん、甚だ遺憾乍ら、清子さんの死の真相はMと重大な関係がありますね。ただこれだけのことは慥かに言えると思います。これはMの犯罪ではない、過失であり、しかもその過失が、驚ろくべき偶然の組合せから成立っているということです、では、それが何だ？　と問われても、いまの私には何ひとつ解っていないのです。私はこれからMに会って、Mと共同で清子さんの死の秘密を解決しましょう。之はもはや探偵ではなくて研究でゆくより解明の道はありませんね」

4

「さぞ、お話にくいことでしたろう。それでもよく話して下さった。感謝しますよ、Mさん――私はあなたの清子さんに対する愛情の悲しさにはしみじみ心を打たれました」

再び郷里L町の彼の象牙の塔に閉じ籠るべく決心して荷造りをしていたMを下宿に訪

問して、暮れるまで語り合ったU氏はMの偽らざる恋心の美しさに思わず涙をさえ催させられた。Mは化石したかのように身じろぎもせず、面を伏せたまま尚も語りつづけて行った。

「私は清子をそれほどまでに愛していながら、自分のこの、此の世のものならぬ怪奇な容貌を顧みるとき、何度絶望の叫びを挙げ、研究室の床にからだを投げ出して苦悶しつづけたことでしょう。世には随分奇形の人間もあるでしょうが、それにも自《おの》ずから限度がありますが。私のはその限度を超えて悲惨です。私ははじめから清子の肉体を欲することも、清子と語らおうとすることさえも、諦めていたのでした。さき程も申上げましたように、私はただ人知れず清子の顔を、姿を、動作を見、その声を聞くことに無上の歓びを感じ、慰めを得て来たのでした。清子のような美の前に、私のような醜が向かい合うということだけでさえ、彼女に対する限りない冒瀆であり、罪悪であると信じていたからです。それが、どうしたということでしょう——ちかごろになって……」

「清子さんの方からあなたに近づこう、近づこうとする不思議な態度を示し出したのでしょう。清子さんの気持ちは私に解らないでもありません。清子さんという女は、普通の感性を遥かに越えた異常心理の強烈な持主です。あなたのその妖貌を限りなく恐れ、憎み乍《なが》らも、その上にも、もっともっとその憎悪を強烈に味わい、恐怖を反射させられたかったのですよ」

「それを、私は愚かにも、ああ何と愚かにも私は勘違いしたのでした。笑って下さい！

学者なんて、まるで海鼠《なまこ》より馬鹿だ！　むろん、それだからって、清子が私に――それほどまで思いあがってはいませんでしたが、芥子粒《けしつぶ》ほどは希望を持ち、私は清子に少しでも、たった一歩でも二歩でも近くにいて貰いたい、一言でも二言でも多く物を言いかけて貰いたいと、胸をわくわくさせるようになりました。ところが清子が私に近よろうとする気配を見せるときの、あの表情は、まるで死神に抱かれにゆく時のような決死の色を漲《みなぎ》らせて、汗をかき垂れ、息喘いでさえいるのです。そうした清子が、死んだ前日、おもいも寄らず、ひとりで標本室に姿をあらわしたのでした」

「その時、あなたは琥珀を調べていられたのですね」

「そうです。私は、清子の姿を間近に見て気も転倒せんばかりでした。歓喜ではありません、羞恥です。私はおもわず反射的に両手で顔を覆いました……可哀想な私！　清子はいつでも逃げ出せるように身構えて扉口に突立ち、それ以上は何としても中へ這入《はい》ろうとしません。その顔は真蒼でした。でも何というその冷厳な美しさ！　私は何とかして、此の、おそらくは此の先二度と再びは廻《めぐ》り合えぬこの機会に、私の愛する女に心いっぱい力いっぱいの愛情を示して置きたかったのです。私はふと思い付いて、手にしていた琥珀を指し示し――清子さん、あなたは処女水《ジユヴエニール》というものを知っている？　此の地球が宇宙の中に誕生したとき初めて出来た何の汚れもない純粋な水、それが此の琥珀の中に封じ込められてある！　琥珀はね、太古の、今は滅びてしまった巨大な松柏類の樹脂が湖沼に落ちて出来た化石ですよ、その中に閉じ込められた其の処女水！　ここへ来て御覧なさい、いま、いまあなたの眼の前で砕いて見せてあげよう！――私は卓上にあった文鎮を台にして鉄鎚で見事にその琥珀を打《うち》くだいた。さっと銀色に光って幾C・Cかの処女水が何億年目かで空気の中に飛び散ったのです。ああ、それからね――私はよろめき乍ら立上り、水槽の縁に歩み寄って、――この水も、みんな処女水ですよ、清子さん、処女水は大きな水成岩の中にも封じ込められていることがある。私は集めた、何年もかかって、ほとんど私の半生を費して集めた含水水成岩を此処へ運んで、その中の処女水を此の水槽に流し溜めた。私には命よりも大事な処女水。でも、清子さん、あなたの美しい処女の肉体が永遠にその色艶を失わない為に浸りたかったら、いつでも使って下さい――これが私にしてやれる清子に対する唯ひとつの、心をこめた贈物だったのです。清子は流石に、その満々と湛えられた初めて見る処女水というものには心を惹かれたものとみえ、つつつつと走り寄って及び腰になって其の処女水の池を覗き込んだのでした。ああ其の時の清子の、驚きに半開にされた柘榴《ざくろ》の花弁のような唇、そこから出入りするであろう匂やかな息を感じ取ると、私は自制心も忘れて顔を近付けたその瞬間、清子は蹴られた鞠《まり》のような速さで身を翻して、室外に逃げ去ってしまったのでした」

5

「そこにひとつの問題がありますね、Mさん、清子さんはたしかに其の日あなたが説明した処女水——処女の肉体の色艶を永遠に失わせないという——の誘惑にひかれて、翌日再び其処に来たのじゃないでしょうか。翌日を選んだのは、その日があなたの授業の無い日で、しかもあなたの欠勤を知っており、ひょっとしたら校長に連れられて遠出したことさえ確《たしか》めていたのかも知れません。家を出るとき家人に銭湯へ行くと声をかけたことにしたって、下心には、その処女水に浴《ゆあ》みする意識が働いていたのだと見られやしませんか」

「そうかも知れません。清子は自分の慾望を制御する自制力の弱い女です。処女水に浸りたいと思い込んだら、是非にもその慾望を遂げずにいられなかったことでしょう。ただ私は、いまあなたの言われたように、湯に行くと声をかけて家を出たという風には考えていません。そうだとしたら、その服装があまりにも突飛ですし、第一裸足では外を歩くわけにも行かなかったでしょう……清子はその日初めから家に帰らなかったのです。学校が退けると直ぐ標本室に——足音を忍ばせる必要から靴を脱いで入り込んでいたのです。肌着、湯巻の類を残していないという点は一寸諒解に苦しむところかも知れませんが、私には清子の心理がはっきり判るような気がします。清子は直接自分の肌につけていた、体臭の移り香のする着衣をあの部屋で脱ぎたくなかったのです。と言うことは、部屋の主人公がいないと判ってい乍らもそうまでせずにはいられない程私を恐れ憎んでいた証拠とも思えます。恐らく清子は靴や袴や下着類を予《あらかじ》め学校内の何処かに匿《かく》してから、行動を開始したことでしょう。下着類にそうした繊細《デリケート》な神経を働かせて置き乍ら、一方大胆にも肉体それ自身を全裸にしている矛盾は、清子の極端な自虐性《マゾヒズム》に由来すると私は看ています。清子はその自らを苛《さ》いなめ苦しめる中に無上の恍惚《エクスターゼ》を味わっていたのではないでしょうか――声をかけて家を出たことですか、あれは本人でなくって、清子にはいくらも年の違わない妹が二人もいますし、それに声は聞いているが、家人は誰も清子の姿を見ていないのですから」

「段々色々のことが鮮明《はっきり》して来ましたね。そこで話が一寸飛躍しますが、あなたの宿望の研究主題《テーマ》、大体さき程のお話で地質学でいう処女水《ジユヴエニール》であることを知ったのですが、では何のためにあの水槽へ処女水を集め、しかもあれ丈けの規模が必要なのか、お差支えなかったら話して戴けませんでしょうか？」

「それが清子の死と何か関係があるのでしょうか？」

「有ると思います。清子の死因は警察医も指摘しているように恐怖衝撃による心臓麻痺です。他にそれらしい原因が見当らぬとすれば、あの処女水乃至は水槽が、清子を恐怖の極点に追いやったと見られるじゃありませんか。ということはあなたの研究主題に恐怖を孕《はら》んでいたということになるのです」

流石にMは言い渋った。絶対に自分を信頼して呉れている校長にもこれだけは明かさなかった。だが今は事態が異《ちが》う、愛する清子の生命を奪ったものは自分の研究主題の抱く怪奇だと、この私立探偵は自信を以て言切っている。それはMにとっては耐えられぬ苦痛に違いなかった。

「信じて頂けるかどうか、一応お話してみましょう。私は処女水、言いかえれば化石水が必ず何かの細菌若《も》しくは微生物を包含していることを信じて疑わないのです。それは現世のものではなく、幾億年前の地質時代に生きて居ったもの、生ける化石的細菌《リヴィング・フォシリアル・バクテリア》なのです。私は見た！　顕微鏡が私にそれを見せて呉れた！　その実証を土台として、私はひょっとして、化石水の中に、細菌ではなく、魚類なり、両棲類なりの卵が生命を持ったまま保存されていてもよい筈だ、という期待を持ち初めたのです。稀有ではあろうけれど、絶無ではないと信じたのです。幸運にも、たったひとつでもそれを探し当てられたら、私は地質時代に絶滅した生物を生き乍ら現世に再現し得ることになるのです。――そうです夢です。夢には違いありません。然《しか》し誰にこの夢を否定出来ます？　私はその夢と取組んで私の半生を棒に振って来た！」Mは話してゆくうちに次第に昂奮してくるのだった。彼の怪異な相貌に熱と力が満ちあふれて、さまで醜い印象をすら起させない迄に純学者らしさに輝き初めてくるのだった。UはMに敬愛の念をすら抱いて、彼の手を取ってしっかり握りしめた。

「よく解りました。考えて見ましょう、今夜ひと晩。どうやら清子さんの死因が解明しかけたように思えます。では明日、今頃校長さんと一緒に拙宅へお越し願えませんでしょうか。それまでに、お話出来るように私の頭を整理して置きますから」

6

人ひとりの生命を破壊するに足る恐怖衝撃は、そう生易しいものではない。それは被害者にとっては常に恐れているもの、間断なく怯《おび》やかされ続けているもの、または一度経験させられた忘れることの出来ない最大級の恐怖等の潜在意識が、突発的に刺戟された時にのみ最悪の状態が発生して悲劇に終らせるのである。清子の場合そうした事件は何か？　U氏はここで、Mに付けられたオッタマという綽名《あだな》の由来を考えて見た。清子は初めてMと廊下で出会い頭にMの妖面が彼女の顔に覆いかぶさる程の近くに彼の顔を見て、その瞬間恐怖に拳を嚙み乍らも巨大な蝌蚪《おたまじやくし》の印象を強く焼付けられて、かくはオッタマなるニックネームを作ったのだ。と彼女の級友は語って呉れた。その状態とよく似た場合は第二回目として、あの時Mが、じっと水槽に見入っている清子の半ば開かれた美しい唇から吐かれる息に、せめても触れてみたいという儚ない欲念に駆り立てられて、己れの妖面をも打忘れて、ぬっと顔を彼女に近寄せた、その時も清子は飛鳥の如く身を翻して逃げ去ったという事実によって示された。第一回も第二回も、共に彼女は近々とMの怪奇な顔——彼女の謂《い》う巨大な蝌蚪が襲ったものと看ているのである。と考えて来ると、第三回目、それがついに最終の悲しむべき機会となって現れたのである。だが、それがM本人でないとしたら、巨大な蝌蚪が彼女の眼の前に忽然出現したのを、彼女はMと誤認し、その恐怖衝撃に負けて、ついに心臓麻痺に殪《たお》れたものとの仮定に導《みちび》かれるのである。これは無理な推理であろうか？

巨大な蝌蚪、少くとも人頭大の蝌蚪――そんなものが此の世の中にいるだろうか？童話の世界を除いては絶対に存在し得ないのである。

ここまでがU氏の推理であり、その後をMが受け継いだ。あの室内水槽に蝌蚪が発生するためには、どうしても外部からその原因子が齎《もた》らされなければならない。M氏も想定したように、蝌蚪は現世のものではない、とすると――おお、処女水の中で孵化した失われた世界のものではなかったか？　若しそうであると仮定するとしても、自分は毎日あの処女水を検査し、分析し、観察していた。絶対に自分の眼に触れずにそんな巨大な蝌蚪が発生していたとは信じらるべくもない。ところで、U氏は水槽の底に琥珀の細片を発見している、あれは自分がその琥珀中の処女水を清子に見せてやる為《た》めに鉄鎚で打砕いた時に、中の水と一緒に飛び込んだのだ。水と一緒に――その水、その処女水の中に、蝌蚪を発生させる因子が含まれてはいなかったろうか？

現在、古生物として知られている蛙はパレオバトラクス唯一種だ。それは小熊程の大きさはある。従って其の蝌蚪もそれに応じて巨大であっていい筈だ。勿論その卵も少くとも拳ほどはあったろう。ところで、若し琥珀中に封じ込められて其の生命力を保存していたパレオバトラクスの卵というものを仮想して見るとき、それは極微の粒塊でなくてはならない。自分の推理はここでひとつの飛躍を試みる。恐るべき外敵を無数に持たねばならなかった遠い地質学時代に於て、パレオバトラクスは種族保存のため、その卵を極微のものとし、その成長は最も短い時間をしか要求せしめなかった。当時の水は、その条件を許容して呉れたのである。あの水槽に湛えられている処女水がそれだった。

偶然琥珀中に存在していたパレオバトラクスのたったひとつの卵は豊富な処女水中に放出されて孵化し、清子が浴みのために水槽に入ったときには既に巨大な蝌蚪に生長し終っていたのであろう。自分はかく思惟し、かく推理する、清子の死は、こうして私の半生の研究の夢を実現させて呉れたのだ。ただ残念なことは、その蝌蚪が、おそらくその日の内に完全な蛙に変態し終って何処《いずこ》へか姿を消してしまったことである。

かくして、清子の死に対する、U氏とM氏との共同研究は、世にも稀れな、怪奇な結論に到達したのである。だが、この結論には幾多の、であろう、であらねばならぬ、が含まれている。その決定は、Mの今後の研究の成果に俟《ま》たなくてはならないのである。D校長は強《し》いてMを学校に止めようとはしなかった。今後標本室に於けるMの生活がどんなに切ないものであるかを充分察していたからである。

Mを送って停車場に別れるとき、彼はD校長とU氏の手を固く握りしめて、その怪異な面を伏せたまま、私に代ってせめて命日には清子の墓に花のひとつも手向《たむ》けてやって下さい、と囁くごとく懇願した。彼が面を上げなかったのは、人々にその妖貌を見られたくない為ばかりではなかった。彼は泣いていたのである。

蜥蜴《とかげ》の島

1

アルフォンゾ・ロス・パニオス老侯はたった今ホールから帰った許《ばか》りで、トスカニーニ指揮のベートーヴェン第五交響曲「運命」の感激から醒《さ》め切れず、燃えさかる暖炉の火を前に、深々と安楽椅子に身を埋ずめて、あの、運命が扉を叩くという象徴的なモチーフを追っていた。彼は数回それを脳裡に繰返していたが、ついに憑《つ》かれたもののように立上ると、トスカニーニに倣《なら》って右腕を高くかざし指揮棒《タクト》を振るかたちに動かし乍《なが》ら、口に出して其《そ》のモチーフを発唱した。この時である！　あたかもそれに呼応するかのように、部屋の扉が叩かれたのであった。何故か老侯ははっとしたものを感じ取って、その扉の方へ振向いたのである。

家僕のひとりが、手に一通の封書を持って静かに老侯の前へ歩み寄り、慇懃《いんぎん》に頭を下げた。髪がひどく濡れている。

「旦那さまに直々にお手渡しして欲しい、と使いの者だという男が只今《ただいまこ》此の手紙を持参しまして御座います」

「直々に？　私に？」老侯は不思議な胸騒ぎを覚え乍ら受取った。手紙はずしりと掌《て》に重い。裏を返す、女の筆跡で、"Florence Lorton, I. E. A."

「フローレンス・ロートン？　はて、心当りはないが。で、使いの男というのは？」

「私も全然見知らぬ方で御座います。ひどく急いでいられた様子で、私にこれを托しますと、逃げるようにしてお邸を出てゆかれました。不審でもありましたので私、雨の中を数歩追いまして御座いますが間に合いませんでした。悪い男とも思われません、温順《おとな》しやかな風で、多分フィリッピノ＝スパニオラの混血児《メスチザ》ででも御座いましょうか――」

家僕を引退《さが》らせて、アルフォンゾ・ロス・パニオス老侯は再び暖炉の前の安楽椅子に身を埋ずめた。

封書が開かれた。と、その中から彼の掌に、ころっと転げ出たものがある。石が取れて台ばかりの黄金の指輪であった。どうしたというのであろう、老侯の面は悲愁に蒼《あお》ざめ、指輪を乗せた掌は細かく顫《ふる》えおののいた。

彼はしばらく暖炉の火をみつめ、内心の動揺を押し静めてから、妻の部屋に通ずる呼鈴《ベル》を押そうとしたが、止めて其の手紙を取上げた。ああ、此の未知の女《ひと》から送られた手紙の内容こそ、アルフォンゾ・ロス・パニオス老侯の前に、世にも妖異なる運命劇を展示し、彼をして頭髪を掻《か》き挘《むし》らせずには置かぬ苦悩の世界に突き落してしまったのであった。

《一九三二年八月六日。万国探検家協会（I. E. A.）会員フローレンス・ロートンより。妾《わたくし》の未知の、西班牙《スペイン》貴族アルフォンゾ・ロス・パニオス侯爵様へ。

妾が何のために、見も知らぬ貴方様に突然こうした長文の御手紙を差上げなければならなくなったか、悉《くわ》しい事情は後程お話申上げて、御無礼をお詫びすることと致しますけれど、同封の指輪を御覧になって、既におおよその御想像はついていられることと存じ上げます。

その前に、妾という女について少し許《ばか》りお話致しますことをおゆるし下さいまし。政治家であり、法律学者であられる貴方様には、フローレンス・ロートンという女の名を、さだめしお聞き及びのないことと存じます。妾は濠洲メルボルンの産れで、本年二十六歳、冒頭にも申上げましたように、万国探検家協会の会員《メンバー》で、いまだに独身で暮して居ります。幼い頃から、同地の世界的生物学者A・S・ステュアート博士に師事して、博士の専攻されていられる爬虫類の採集や、標本作製のお手伝いをしていた関係で、二十歳になる頃には既に妾自身ひとかどの——と申しましては大変誇りがましく聞こえますけれど、其の方面では、漸《ようや》く学界からも認めて戴ける程度の仕事をやれる自信がついて参ったので御座います。師に従って、コモド島に世界最大の蜥蜴《とかげ》ブアヤ・ダラット（Varanus）捕獲の旅に出掛けたり、名も無い島に未知の爬虫類を探索したりしている間に、妾はついにそうした生活から離れられない愛着をさえ覚えて、師の紹介でI.E.A.のメンバーに加えて戴き、爾来《じらい》独立して東半球の熱帯圏を渡り歩いて爬虫類研究に精進している変り者なので御座います。

いかに世間は広いとは言い乍ら、女だてらに、しかも好きこのんで蛇や蜥蜴の類を相手に飛び廻るほどですから、定めし醜い顔の、厳《いか》つい身体の持主としての妾を御想像下さいますでしょうけれど、自分の口からはまことに言い辛いことですけれど、或《あ》る年のメルボルン市の美人投票に、選ばれたひとりだと言うことを、お話を進めてゆく上の必要から、臆面もなく申上げる図々しさをお笑い下さいませ。

容姿の点は兎《と》も角《かく》としまして、女としての肉体《からだ》には欠けたところの無い妾が、どういうものか、男性に少しも興味を惹かれなかったので御座います。それどころか、逆に男性の体臭とか、音声とか、極端なことを申せば、髭《ひげ》を見ることさえが厭《いと》わしく、段々そうした奇癖が昂じて、しまいには申し訳けない言いぐさですけれど師の側にいること自体さえ、我慢がならなくなり、I.E.A.のメンバーになった年、ステュアート博士の許《もと》を飛び出してしまいました。

こうした、自分でもどうにもならない特異な性格が、妾の、美しく健康な女としての性生活をどう処置させたかに就いては恥を忍んで告白致さなければなりませんが、自から同性愛に其の捌《は》け口を見出していったので御座います。

丁度そうした頃に、妾はおもいがけなく伯母という人の遺産を受けることになり、結婚という、女としての義務から解放された妾はいよいよ女流探検家として生涯を終わる決心を固めることが出来たので御座いました。そして其の時関係していました美しいオペラの唄姫とも手を切って、嘗《かつ》て行ったことのあるコモド島に、妾の単独探検の第一歩を踏み出したので御座いました。滞在五年、此の蜥蜴のみしか棲まぬ、海図にも無い無人島に、どうして若い女ひとりが五年もの長い間生活しつづけられるものか、と御不審にもお思いでしょうけれど、勿論《もちろん》、生活に必要な物資は随時、妾の愛機コンソリデーテッド飛行艇に依って供給させなければなりませんでしたけれど、島には男というものがひとりも居ないことが妾を心身ともに自由にさわやかに解放して呉れたので御座いました。妾は、美しいジャワの土人の女を連れて来て情痴の生活に耽溺《たんでき》し乍らも、ブアヤ・ダラットの研究を怠りなく進め、其の長い島生活の終りには、浩瀚《こうかん》な論文を学界に発表して博士《ドクター》の呼称を受けるに到りましたが、同時に妾の恥しい性生活はついに妾の頭を常軌を逸した不具者に仕上げてしまったので御座います。

お蔑《さげす》みを受けるのを覚悟で告白いたしますが、妾はもうジャワの土人女には慊《あきた》らなくなり、便を求めては愛機で容姿《みめかたち》麗わしい女を次々と此の島に運び、邪悪の遊戯に耽って居ったので御座います。ああ、どのような悪魔に魅入られたのでしょうか、妾は冷徹な智的生活と、淫靡《いんび》な愛慾生活とを同時に生活する女怪となり果てたので御座いました。

そうした頃の或る日、恐るべき颱風が此の島を襲いました。小屋は跡形もなく吹き飛ばされ、愛機は漂流して行衛《ゆくえ》知れず、妾は群がり逃げまどうブアヤ・ダラットに交って僅かに風を避けることの出来るコモド島唯一つの岩窟に夜を過すため妾のその時の情婦を抱いてひた走りに走りました。どうしたということでしょう、眼を瞑《つむ》っていても岩窟への道を間違える筈のない妾が、どう誤ったものか走っても走っても其の岩窟へは到達することが出来ず、その内に台風は遽《にわ》かに向きを変えたものと見えて、風速は収まり、うちさわぐブアヤ・ダラットの群も静かになったと思った時には、妾とその女とは不思議な岩壁の上に出てしまっていたので御座いました。

コモド島は隅から隅まで、知らぬ箇所とてはない程地理には明るい筈の妾が、どうして今まで此の岩壁を知らずに過していたのでしょう。岩壁は驚くべき高さとは言えなくとも、少くとも千二三百呎《フイート》はありました。妾が目をみはったのは、その真下が、島の他のすべての海岸の磊々《らいらい》たる岩塊層と違って、海水浴場にでもしたい程の、美しい砂地だったことです。しかも其の砂地に半ば浮艇《はしけ》を乗り上げて吹き寄せられた妾の愛機が、損傷を受けた様子もなく無事な姿を見せているのを発見した時は、妾は滅多に見せたことのない涙をさえ流して、連れの女に抱きついて泣きました。

住むべき小屋を失ってしまった妾は、ともかくも其の飛行艇でメルボルンに飛び、善後策を講じなければなりません。先程の颱風で着衣を剝《は》ぎ取られ、殆《ほと》んど真裸にも等しい姿となった妾達は、抱き合い扶《たす》け合い、ようやくに其の岩壁を降りて砂浜に下り立った時には、身心綿のように疲れ果てて口もきけない有様で、二人とも仰向けにぶっ倒れて蛹《さなぎ》のように眠りこけてしまいました。

どれ程眠ったのでしょうか、眼が覚めた時は真紅の雲の色を海一面に染めひろがらせている熱帯海《トロピカル・シー》特有の壮麗な夕暮でした。妾はそのとき、ゴソリという砂の崩れるのに似た音を耳元に聞きとめて、はっとして振向きました。殆んど妾の顔に接近して、兇悪な相がじっと妾を見据えています。妾は自衛の本能で弾《は》ね起きました。頭から尾の先まで、たっぷり五米《メートル》はある巨大な蜥蜴《とかげ》です。ブアヤ・ダラットなら少しも驚くことはありません。ですが、それは此の島で、いな、嘗て妾が見たこともも聞いたこともない不可解な大蜥蜴でした。全体暗緑色に輝き、尾は偏平な櫂状の鰭《ひれ》を呈し、脚さえ無ければ寧《むし》ろそれは海蛇と呼んだ方が適切だったかも知れません。

2

凡《およ》そ此《こ》の地上に、これほど兇悪怪異な相《そう》を持った生物が他にあるでしょうか。だいたい蜥蜴というものは土台醜怪なものには違いありませんが、それでも蜥蜴は蜥蜴なりに「とかげらしさ」を持っているものなのですけれど、これは全然そうした定型《フォルム》を無視しております。鬣《たてがみ》に似た頭上の鱗片はさながら怒れる悪魔のように逆立ちふるえ、炎《も》えかがやく眼の縁は血の色に焼けただれて柘榴《ざくろ》の割目のような肉塊が露出しているように見えます。

妾はこの、嵐の中から生れ出たような奇怪な大蜥蜴が、この島の産でないことを直ちに推察致しました。それは非常に弱っていて、長時間海上を漂流したものと見え、処々鱗《うろこ》が剝離《はくり》している上に、此の島のではない海藻の一種が、棘《とげ》ばった背にまつわり着いているのです。明らかに先程の颱風によって、他の島からでも漂着したものに違いありません。

妾達に危害を加えたくとも既にそれだけの力さえ喪失してしまっているのに安心して、尚も仔細にこの「悪魔蜥蜴《デモノサウルス》」を観察する内、妾は驚くべき発見をしてしまいました。

通常の二つの眼の外に更に一つの眼を具えています。これは顱頂眼《ろちょうがん》と言って、現今ガラパゴス島に棲息する「昔蜥蜴《ハッテリア》」以外には絶滅してしまった旧世界の蜥蜴類の特徴でなければなりません。しかも、その鬣《たてがみ》に似た頭上の鱗片と見えたのは正真正銘の毛髪ではありませんか。妾は恐る恐る其の皮膚に触れて見て思わずもあっと声を立ててしまいました。何ということでしょう。此の蜥蜴は体温を持っている！　それは人肌よりも幾分低めのなま温《ぬる》さをしか感じさせませんが、あきらかに冷血であるべき爬虫類の範疇《カテゴリー》から逸脱しています。そうです、冷血では毛髪や羽毛は絶対に生じませんもの。

ああ、万有に存在する秩序《ロゴス》を無視した恐ろしき悪魔蜥蜴！　妾はいっとき呆然として、此の「世に存在すべからざるもの」の前に立ち竦《すく》んでしまいました。

次第に妾は冷静を取戻して参りました。苟《いやし》くも女流探検家としてI. E. A. のメンバーのひとりとして自他共にゆるしている妾ともあろうものが、いつまでも此の驚異を前にして戦慄《せんりつ》してのみいるには、妾の自負心が勝ち過ぎておりました。妾は積極的に此の

「悪魔蜥蜴」を科学のメスの下に征服してしまいたい意欲に燃え立ったので御座います。颱風に漂着させられたからには、悪魔蜥蜴は必ずや近くの島に棲息しているに違いはありません。

妾は、幸いにも助かった愛機に飛び移っていったん妾の情婦をメルボルンに送りとどけ、再会を契って、さて種々の探検用品や食糧品をととのえ、数日の後、妾が名付けた、"Island of Demonosaurus"悪魔蜥蜴の島——へ愛機コンソリデーテッド飛行艇を向わせたので御座いました。ああ、いまにして想えばこれが、貴方様へ此のお手紙を差上げるに至ったそもそもの原因となった初まりだったので御座います。

妾はついに其の島を発見しました。一口に発見したとは申しましても、其の間の苦難は並大抵では御座いませんでした。

「探検とは智的情熱の肉体的表現である」と或る有名な探検家が申しましたように、探検はその人の肉体を無惨以上に酷使させねば置きません。操縦桿を握り、海面を摸索し、超低空飛行を続行し、その間は一片のパンも一杯の水も摂らず、針のように心神を鋭く保っている苦行は生易しいものでは御座いません。妾はそうした四十何時間の耐え難い試錬の果てに、ついにその島を探し当てたので御座います。

それはコモドと殆んど匹敵する小珊瑚礁島で、チモール島の西、東経一二五度南緯一二度に横たわるスンダ海中の無人島で、中央に海抜百七十呎《フイート》の活火山が真紅の熔岩を噴いている、まことに悪魔蜥蜴の棲息地には相応《ふさわ》しい色彩の島で御座いました。今はあらましの素描をお伝えするいとまも御座いませんが、悪魔蜥蜴は海岸の珊瑚礁をうずめて、あたかも氷島に蝟集《いしゅう》する海豹《あざらし》のように群がり蠢《うごめ》いています。其の強大な櫂状の尾をエラブ鰻《うなぎ》のように巧みに駆使して珊瑚海を泳ぐさまは実に観物でした。その兇悪極まりない相から想像すれば、海獣の腹を割《さ》き、猛魚を襲って貪食《どんしょく》するもののようですが、期待に反し其の性格はまことに温良で、海藻のみを常食にしていることを発見したときは些《いさ》さか拍子抜けの形で御座いました。

暖かい血液、顱頂《ろちょう》第三眼、羽毛の鬣《たてがみ》を持つ此の悪魔蜥蜴は、爬虫類が鳥類に進化しようとする過程の、現今知られている其の中間生物である始祖鳥《アルケオプテリクス》に先行する「失われた連鎖《ミッシング・リンクス》」の完全なる、生ける化石であったのです。

ああ、いつの世、いかなる時、此の島は形成され、この驚くべき古生物的爬虫類にその存続の特権を与えたので御座いましょう。貪婪《どんらん》きわまりない探検者の眼をのがれて、少くとも二十世紀の今日、絶海に孤立を保っていられたことはまことに奇蹟といって差支え御座いますまい。妾は探検家として、この島の幸運なる発見者の栄誉ひとつに安んじて生涯を終え得る歓びにひたり乍ら、島の女王ともなった気持ちで、火山麓の洞穴に居を定め、ひたすらに悪魔蜥蜴の研究に精進いたしてまいりました。

其の間にも、妾の病いは妾を息苦しい寂寥《せきりょう》に悩まし始めたので御座います。

女、女、ヒビスカスの花の匂いの息、やまゆの触感を持つ肌、水松《みる》の手ざわりの豊かな毛髪、自分の胸に押しつけられて膨れ上る乳房、呼吸をするたびに伝わる下腹への圧迫――ああ美しい女が欲しい、ああ美しい女が抱きたい。妾は狂おしい愛慾の情火に身を焦し、再び情戯の相手を求めに一応この島を離れようと決心した。丁度その日の明け方で御座いました。運命が私の胸の扉を叩いたので御座います。

明けて行く熱帯の青磁の空には、火の山の噴く煙が夢幻的な影絵《シルウエット》を映し、珊瑚礁を洗うコバルトの水にはアブデフダフという奇妙な名の蝶々魚が針のように細い縞海蛇を追ってひらひらと泳いでいる――此の平和な島の暁に、悪魔蜥蜴の群は重《かさな》り合うように海辺を埋めて眠りつづけているのでした。その間に交って、何と言って表現してよいのでしょう、蒼白い、冷めたい色の、それでいて言いようもなく柔らかな感じのするものが、気の所為《せい》か僅かに蠢《うごめ》いて見えたので御座います。瞳をこらして見れば、それはまぎれもなく人間の肌――おそらくは背の一部であると思われます。しかも静かに静かにそれは呼吸しつづけていると見えて、かすかに規則的な起伏をさえ見せているではありませんか。

ああ、悪魔蜥蜴以外には鳥一羽獣一匹いないこの地上に人が棲んでいようとは！　妾はふっと人魚《マーメイド》というものを想っては見ました。けれども、此の島が童話の中の島でない限り、そうした伝説の女の存在は赦《ゆる》される筈《はず》はないのです。妾は女恋しさに狂って、幻覚に捉われたのではないかとぞっとしました。妾は一刻も早くその正体を発《あば》いて、よかれあしかれ落付きを取戻したく、いくぶんあせり気味にその方に近づきかけた途端、その蒼白い肉塊はむっくと動いて立上りました！

おお、人間の女！　何という美しさ、だが何という無気味さ！　あたかもたった今墓場の中から抜け出たような血の気の微塵もない冷凍された肉体、一切の表情を抹殺された仮面のように動きの無い顔、ただ生きている証拠には呼吸をし、其の眼が妾を凝視している。妾はその凄艶の美に圧倒されて息を呑んでしまいました。その女はやがて恐れ気もなく全裸の肉体を妾の前に立ちはだからせ、訝《いぶか》し気《げ》に、眼で妾を観祭し初めましたが、いきなり腕を延ばして妾の顔に掌を触れて来た時妾は遂に悲鳴を挙げて、悪魔蜥蜴に躓《つま》ずき乍ら、洞穴に逃げ込んでしまったので御座います。

あの女はいったい何だろう？　あの女は冷血動物なのだろうか？　あの女の肉体には爬虫類の血が流れているのだろうか？　自然の摂理を無視した妾の淫楽を懲《こら》しめようとして神がつかわされた魔女なのだろうか。

女は洞穴に妾を追って来ました。何ということでしょう、その同じ女が、いっとき前の、あの死人のような肉体とはうって変って、桜色の肌をし、熱く息づき、表情こそ無けれ、その頬はつやつやとした青春の匂いに満ちあふれている！

妾は此の妖魔のごとき女を持てあまし、限りなく恐れ乍らも限りなく惹かれてゆくので御座いました。

女は妾の側を離れようとせず、妾が洞穴を出れば従《つ》いて来、帰れば同じように洞穴に来て、少しも妾から眼を離しませんでした。それはまるで従順な家畜のように、妾を慕っているもののように思われたので御座います。

其の内に、妾は、一定の時間を置いて彼女の体温が変化することに気付き、しかも、それが、悪魔蜥蜴も同時に体温を変化させることを発見してしまいました。女の体が暖いとき、悪魔蜥蜴も温血となり、悪魔蜥蜴の体が冷いとき、女も冷血となるのでした。そればかりではなく、女は食べる物といっては悪魔蜥蜴が常食とする一種の海藻以外には、妾がいくら食べさせようとしても、妾の持って来た食物は何ひとつ食べようとはしません。言葉を知らず、表情を持たず、悪魔蜥蜴と同じものを食べ、悪魔蜥蜴と一緒に泳ぎ戯れ、悪魔蜥蜴と同じ体質を持つ、美しい、この魔の女！

妾はついに此の女に、怪しくも悩ましい恋情を寄せるようになりました。ひとたび彼女の温血時の肉体を抱いて知った比類のない陶酔は妾を完全に地獄道に突落してしまいました。女は家畜のように従順に、しかも原始的情熱をほとばしらせて妾を息づまらせるのでした。こうして「蜥蜴の島」は妾のために、愚者の楽園《フールス・パラダイス》となったので御座います。

3

アルフォンゾ・ロス・パニオス侯爵様！　其の、世にも怪奇な蜥蜴の島の女が誰であるかを、既にあの指輪を御覧になった貴方様には御気付きのことと存じ上げます。

さき程、火の山の麓の洞穴を妾の住居にしたと申し上げましたが、其の洞穴は横穴式に刳《く》り抜かれたものではなくて、おそらくは火の山の爆発か地震のために巨大な岩盤が倒れかかって天蓋をつくったものに違いありません。妾は其の隅の方に旅客機の残骸を発見致しました。機体は半ば焼けばらばらに解体していましたが、幸いにも旅客名簿が発見されたので、仔細に点検して見ますと、全員二十六名、その中に、生れて間もない女児を連れた婦人客がひとり、その外はすべて年輩の男のみであることが解りました。ところで、奇蹟とでも申しましょうか、その二十六体の白骨が小児の分を除いて完全に見出されたので御座います。その女児の死体は、或《あるい》は焼けてしまったのかも知れません。しかし、遺留されていた衣服や周囲の様子では、どうしても死んだものとは考えられません。恐らくは旅客機の墜落事故のたったひとりの奇蹟的生存者となって此の島に生を享《う》けたものと見てもよい訳でした。其の際発見したのが、同封で御送り申上げました指輪で御座います。指輪の内側には貴方様、つまりその女児のお父様の名が刻まれて御座いました。妾は後に、その航空会社に就いて調べ、更に当時の新聞等を閲覧して、西班牙貴族アルフォンゾ・ロス・パニオス侯爵夫妻が或る旅行の帰途、船中で生れた女児を何者かに盗み去られたこと、其の犯人は女であり、最寄港から旅客機で高飛びする途中遭難したこと、そして其の旅客機の遭難個所は今以て不明であること等を知ることが出来たので御座います。

貴方様はお信じになられましょうか？　生れて間もない脆弱《ひよわ》い嬰児が、熱帯の無人島にたったひとりほうり出されて、いのちを生き、育ち、そして十八年の歳月を無事に経過し、いまは美しい女として其の島に暮していという事実を。若《も》し妾が此の話を他から話されたとしたら、妾は決して信じなかったことでしょう。ですが貴方様の娘さんの場合は、事実が妾の眼前に横たわって居るので御座います。そう信じてはいけないでしょうか。

物語りのターザンは類人猿に哺乳されて生育し、アリスは狼に育てられて荒野に成人しました。では、貴方様の娘、マルガリータさんの場合は、悪魔蜥蜴が卵を以て哺育したとでも解釈付ける以外には仕方もないことではないでしょうか。

妾の想像は、いろいろの場面を妾に見せて呉れます。偶然に傷ついて流れ出る卵黄を啜《すす》る嬰児の姿、やや長じて悪魔蜥蜴に倣って、海藻を食べている姿、次第に悪魔蜥蜴の体質を獲得しつつ、此の島に適応して生育してゆく姿——こうして長い年月の経過の中に、マルガリータさんは爬虫類の肉体と魂とを具えて美しい女となったので御座いましょう。

飢えた飼い犬が野犬にかえり、豚が逃亡して野生の猪に還元されるように、また、金魚の卵が孵化《ふか》する中に其の祖先の鮒《ふな》が忽如《こつじょ》現われ、屢々《しばしば》尾のある人間が発見されるように、人もいつ其の進化の過程を逆行しまいものでもありません。恐らく、マルガリータさんはこうした特殊な環境に置かれなくとも、軽度の冷血体質の特質《キャラクター》を具えていたかも知れません。奇蹟とは、偶然の結合の稀れに見る特例だと妾は信じて居るので御座います。

大へん理窟めいてしまいましたけれど、妾とマルガリータさんとは、どのような星の下に生れ合わせた者でしょうか、此の絶海の孤島にめぐり会い、燃え上る同性愛に結ばれて離れ難《が》たい仲となってしまったので御座います。

　始めてマルガリータさんと相知ってよりはや二年は夢の間に過ぎました。妾はマルガリータさんの身も心も妾のものに為し切るには、まだまだ距離のあることをしみじみ悲しく感じて来ているので御座います。変質者とは申せ妾はまだ肉体的には普通の女と何等変りはありません。それだのに、マルガリータさんは前にも申上げましたように爬虫類の魂と肉体とを具えた「人間ならぬ人間」なので御座います。そこに溝があり、そこに満たされぬ悩みがあるのです。どうすればいい？　たったひとつ、妾がマルガリータさんと同じ爬虫類的人間《ホモ・レプテイリア》になることです。なることとは？　妾の肉体を自ら改造することです。そんなことが出来るでしょうか？

　妾は一切火を用いることを止めました。一切衣服を用いることも止めました。永遠に洞穴を捨てて、悪魔蜥蜴の群に交って起臥し、彼等の唯一の食物である海藻のみを摂取しました。言語を発せず、表情を作らず、思索を捨て、追憶を擲《なげう》ち、ひたすらに精神状態を虚無に保ちつづける一方、自らメスを取って大半の血液を流出させ、之に代えて悪魔蜥蜴の漿血を輸血したので御座います。ああ、神も怒り給うであろう、こうした背信の悪業を敢《あえ》てするのも、ただただマルガリータさん恋しさの一念が妾にさせる悪夢への誘惑だったので御座いました。

　その結果はどうでしたろう。妾は半冷半温の肉体を獲得し、妖しくも冷めたい抱擁の歓喜を経験することが出来るようになり、彼女の、今迄はついに理解の埒外《らちがい》にあった囁きの言葉をさえ耳に聞くことが出来るようになったので御座います。

「わたくしの　こいしいこいしい　マルガリータ！　あなたはとうとうわたくしのものになったのね、いつまでもはなれないでいてよ」

「わたくしとてもうれしいのよ、フローレンス、あなたはいままでわたくしのからだがあたたかいときだけしかあいしてくださらなかった。もうこれからはいつでもね、あなたはわたくしとおなじからだになったのだもの」

　こうして妾の世界は一変したので御座います。

文化よさらば。科学よさらば。そして世界よさらば。妾は此の「蜥蜴の島」に、残る生涯を費消して悔いることを知らないでしょう。

　妾の血が冷える時、私の眼に映ずる世界は灰色の世界です。色彩は全然認められず、火の山から噴き上る熔岩すら、珊瑚礁の浅処《あさど》に戯れる蝶々魚すら、おぞましくもわびしい灰色に見えます。そうしたときに抱くマルガリータの肉体の感触、どう言い現わしようもなく滑らかに粘りこく、もつれあい、まろびあう恍惚は、これこそ人の想像を絶した、爬虫類の世界のみが持つ Ecstace に他なりません。

　妾は次第に温い血を持つ時間が少くなってゆくのを自覚しております。マルガリータも同じでした。こうして妾は、ついには人間から遠ざかって完全に爬虫類に還元してしまうでしょう。そうなる日は一日一日と近づいてゆきます、妾の血が冷え切らぬ間に、まだ物を書く能力の失せぬ間に妾はこの驚くべく恐るべき記録を遺して置くことに決心致しました。

　貴方様を措《お》いて、誰にその記録を伝える必要がありましょう。マルガリータさんは、貴方様の晩年におもうけになった一粒種だと承っております。それ故にこそ、失われた悲しみは十数年を経た今日も尚貴方様のおこころを悲しみに閉させて居られることと信じます。その貴方様に、こうしたお手紙を、しかも証拠の指輪まで添えて差上げるとは、何という妾は残忍な心の持主なので御座いましょう。知らずに済ませれば済んだものを、なまじい、あの娘が生きていて、美しく生長して、ところもあろうに世界の地図にも無い絶海の孤島に、爬虫類の魂と肉体とを持って情痴の生活を続けていると知った以上は、貴方様のこれからの、残された生涯は、このことのみに思い乱されて身も世もあらぬ苦《く》患《げん》に息喘《あえ》がねばならぬのは、どんなにか耐え難いことであろうと御察し申しあげ乍《なが》ら、どうしてもお知らせせずにはいられなかった妾を、存分お恨み下さいまし。

　どのようにして此の「悪魔の手紙」を貴方様のお手許《てもと》におとどけしたらよいか、妾はその方法に苦しみました。妾はその時所持しておりました一切の財産を譲渡するに必要な書類を作製し、之を軽金属製の小筒に同封し、之をカーペンタリア潮流に委ねました。その潮流は西オーストラリアを迂回してメルボルンに、運がよければポート・ダーウィンに漂着させて幸運な人の手に拾わせることでしょう。その人が妾の財産を譲渡される条件として、妾の手紙を貴方様におとどけする義務を負うこととなるのです。若し其の人が善良な市民であれば其の約を果して呉れましょうし、不幸にして其の人が神の子でなかった場合には、むしろそれも貴方様には却って幸いであるかも知れません。妾にとっては其の孰《いず》れであっても同じことで御座います。何故ならば「悪魔蜥蜴の島」の火の山の怒りが、数旬ののちには全島を海中に埋没せしめ、此の罪劫《ざいごう》深い秘史を永遠に此の世から抹消してしまいましょうから――》

アルフォンゾ・ロス・パニオス老侯は両手で顔を覆い、石像の如く動かなかったが、やがて其の肩が細かく顫え、ついに耐え切れなくなったものか、欷歔《ききょ》の声をさえ洩らし初めたのであった。つと立上った彼は再び妻の部屋への呼鈴《ベル》に手を延ばしかけたが、それも再び思い止め、椅子に倒れ伏して頭髪を掻《か》き挘《むし》り、いつまでも悶え続けるのであった。

外は嵐になっていた。風にあおられて窓が開き、その悪魔の手紙は、暖炉に吹き飛ばされ、やがて一握の灰となってしまったのである。雷鳴が、あたかも「運命」のモチーフを再現するものの如く彼の耳に轟《とどろ》きひびいて止まなかった。

月ぞ悪魔

1

「由来、上海《シャンハイ》を魔の都と人はよく言うのですが、それは単に、犯罪と淫蕩の都というだけの形容に過ぎず、ほんとうに魔の都と言われるに相応《ふさ》わしいのは、むしろコンスタンチノープルではないでしょうか」

美しく刈込まれた髭《ひげ》を濡らしたビールの泡を、淡青い縁取りのある純白な手帛《ハンカチ》でぬぐい乍《なが》ら、老紳士Aは、ものしずかにこう口を切ると、じっと私の顔に愛情ふかいまなざしを向けた。この人が、往年欧亜十ケ国を股にかけて荒稼ぎをし、最後にアフガニスタン政府の忌避にふれて追放された、国際秘密見世物協会の総元締、浅倉泰蔵であるとは、私にはどうしても信じられなかった。

浅倉泰蔵氏の経歴については、世間はもちろん、氏の縁辺の人々にもよく知られていない。それは氏が殆《ほと》んど故国を離れていた所為《せい》もあるが、氏自身が口を緘《とざ》して多くを語らなかったことにも依る。その氏が引退後十年、初めて口を開いて、一介の雑誌記者に過ぎない私に、玉手箱を覗かせて呉《く》れようとするに到ったについては並々ならぬ動機がなくてはならない。

氏と私とは、或《あ》る短歌雑誌の同人仲間として知合ったのであるが、氏は七十に近い老人、私は三十にはまだだいぶん間のある若輩、およそ話のあわぬ間柄と初めからきめこんで、数次の月例歌会の席などでも顔は合せても、ついぞ話を交さずに過ぎていたが、その雑誌の百号記念祝賀会の催された夜のことであった。氏から寄贈を受けた酒に、みんな久しぶりに酔いが廻り、座興の即詠を披露し合うことになった。その夜は、あたかも仲秋の名月で、私は酔眼朦朧《すいがんもうろう》として、その月が二重に見えたので、戯れに——月ふたつ空にかかれり今宵われ酔いしれりとは思われなくに——という一首をものして朗詠したのだ。たあいのない座興のうただから、誰も顧みるものはなかったのだが、氏はその「月ふたつ」という上の句に何か異常の感動をおぼえたらしく、いくぶん蒼ざめた面を私に向け乍《なが》ら——月ふたつ——か、と嘆息を洩らし、何事かを回想するような表情に、恐怖とも苦悶ともつかぬ複雑な色を混えるのだった。私は、これは何か秘密があるな、と直感したが、こういう席で、立入った振舞いもならず、会が終った帰りがけに、私は氏に、若《も》しお差支えがなかったらあなたの秘密をお話下さいませんか、私のうたが奇縁になってあなたの回想をみちびき出したとしたら、私にはその話をお伺いする権利があるように思えますが、とぶしつけに申出ると、氏は別段感情を害する様子もなく、いっとき哀愁に満ちたまなざしで私を見つめたのち、近いうちにおいで下さい、お話いたしましょう、私の罪ほろぼしのために、たったひとつ聞いて置いていただきたい話があります。いままで、その相手ときっかけがなかったのですが、あなたの先程のおうたが私にそれを与えて呉れました。そう言って、私に住所入りの名刺を呉れた。いつ用意をしたのか、その名刺の右肩に、先程の私のうた――月ふたつ空にかかれり今宵われ酔いしれりとは思われなくに――が万年筆で書き込まれてあった。明らかに、氏は私のうたを聞いた直後、すでにその話を私に打明ける心用意が出来ていたものと見てよい。

　さて、浅倉泰蔵氏の話の内容であるが、私はこれを世に発表する承諾を氏から受けていない、別段秘密にして欲しいと言われてもいないのだが、氏の存命中は公表することを遠慮していた。何故なれば、それは氏の哀切極《きわま》りない悲恋の思い出であり、同時に恐ろしい罪の記録でもあるからだ。にもかかわらずいま、拙《つたな》い筆を敢《あえ》てとるのには、私にもいくぶんの弁明がある。そのひとつは、氏がすでに世を去られていること、そのひとつは、この話そのものが世にも稀な悲恋の異常型として記録さるべき性格を持っているからだ。――悲恋の果ての殺人――それはあまりにも平凡なテーマだ、がこの話を読まれたら、それがあまりにも異常な形式を持っているため、恐らく信じられないことであろう――そう、信じられない！　それでもよい、私は甘んじて、ただその記録者であることだけに満足しよう。

2

いったい、見世物とひと口に言いますが、見世物にもピンからキリまであります。むかし靖国神社の、その頃招魂社といいましたね、お祭りというと小屋掛けの見世物が何軒も立並びました。身長二間の大イタチだとか、親の因果が子に報いた白子、神田お玉ケ池の河童、生きている人魚等々、おおかたインチキな、入って見れば何のことはない子供だましのつくりものに過ぎないのですが、それでいて欺《だま》されると知り乍ら「世に在《あ》り得べからざるもの」を見たいのが人情です、その人情の弱点を捉えて見世物師は頭をひねり次から次へとさまざまな趣好を凝らすものです。私が生涯飯を食ってきた「国際秘密見世物協会」というのも、名前はたいそうな虚仮威《こけおど》しですが、言って見ればまあ招魂社の見世物と根はたいして違うものではありません。ただそれを大規模にして、公開といっても会員だけに見せるという点が相違している丈《だ》けでしょう。自慢ではありませんが、インチキは絶対にしませんでした。その代り材料を集めるためにはそれこそ血の出るような苦労をしました。世界の秘境魔境に足を踏み入れて、いくたび命を失いかけたか知れません。一つ二つ例を申しましょうか――北ルソン（比島）の山奥にイゴロットという蛮族が棲《す》んで居ります。たしか蜂須賀公爵でしたか、探検されて其《そ》の記録も発表されている筈ですが、その種族の中には尾を持ったものが稀に存在するということです。私は自ら指揮して協会の探検部員を引連れて調査に乗出しました。結果は、成る程尾のある人間を二三発見しましたが、それは僅かに尾骶骨《びていこつ》が並の人よりも発育して尾の形に突出しているという程度でしかなく、到底見世物としての興行価値はありません、しかし更に奥へ行ったヤモという部落に名も知れぬ種族を発見しました。身長平均二米《メートル》の堂々たる体軀で、しかもそのどれもが半米に及ぶ真正の尾をもって居ります。私はその男女一団百名ほどを、劇《はげ》しい戦闘ののちに捕虜として、巴里《パリ》で秘密公開しました。余談になりますが、その時会員の中に某国人類学協会の会長がいて、そいつから横槍が入りました。つまりその男の属している協会の持論では「有尾人」は絶滅している筈なので、若し此の事実が公にされれば協会の名誉が丸潰れになるという訳です、勝手なものじゃあありませんか、その男は富豪で、私の協会の有力なパトロンの一人でもある関係上、こちらは商売人の悲しさ、とうとうこれは原地に送還してしまいました。

それから、これは埃及《エジプト》カイロの郊外、スフィンクスで有名なギゼーから程遠からぬ沙漠の中に「王者の谷」という――これは私の命名ですが、古墳の集落があります。いつの頃か明らかではありませんが非常に大掛りな地震があって、深く陥没していたため今日まで発掘をまぬかれて居たのですが、私の探検隊が一九一二年にそれを発見しました。その中にアムメノン・カメンホーフ第二世の石棺があったのですが、その木乃伊《ミイラ》は何と燻製《くんせい》であったのです。同時に入手したパピルスにはこの異常な埋葬についての哀艶な由来がこまかく認《したた》めてありましたが、それはまたの機会にお話することとして、兎《と》に角《かく》私は女帝アムメノン・カメンホーフ第二世の燻製を秘密クラブの地下室に運び込み、その数片を割《さ》いて会員に味《あじわ》わせました。その時も会員中に、さる有名な考古学者が居って埃及歴代の系図を書き改めなければならぬと苦情を言出し、「王者の谷」は再び女帝の石棺を呑んで秘められてしまいました。二つの例を申上げただけのことですが、こんなことではとても事業として採算のとれるものではありません。その合間合間にもいろいろ猟奇的な見世物を試みたり、いま考えると顔のあかくなるようなショウを演《だ》しものにしたりなどしてどうやら協会の収支を保っていたのですが、私が三十五歳のとき決定的な打撃を受けて、一時協会は破産の悲運に陥りました。序《つい》でですからおしゃべりしてしまいましょう。仏蘭西《フランス》の豪華船エクリップス号がキプロス島の沖合で不慮の沈没をした直後、私は海底に沈んだままの同船を映画に撮影して見世物に出そうと企劃《きかく》しました。御承知でもありましょうが、エクリップス号は欧洲航路の八万噸《トン》の豪華船であり、原因不明の機関部の爆発であっと言う間にその巨体を海底に沈めてしまったのですから殆《ほとん》ど救助のひまもなく、それが深夜の出来事ですから乗客の殆《ほと》んど全部が閉された船室《キャビン》で窒息死してしまいました。そのキャビンを一室一室キャメラが覗いてゆこうという訳なのです。私は秘密裡にカール・ツァイス商会に海中撮影機を注文し、特殊装備をほどこした潜水艇を購入して、作業に協会の全財産を賭しました。そして出来上ったフィルムを十巻に整理して試写を兼ねた秘密公開をやりました。さすがの私も、そのあまりに悲惨な場面の連続におもてを背けずにはいられませんでした。当夜いあわせた某伯爵夫人はその衝動にたえきれず三日後に発狂し、某宝石商は妻の無惨な死様をその映画の中に見て自殺してしまうという騒ぎで、私は意を決してこのネガを焼却し、薄夜ひそかに巴里を抜け出して、コンスタンチノープルに遁走《とんそう》したのでした。

3

まっとうな生き方をして来なかった天罰と言えば言われましょう。私はコンスタンチノープルの裏町の海に面した鳥小屋よりもひどい安宿の天井裏の一室に、一片のパンもなく、破れた外套に身をくるんで、ごろごろと寝て暮さなければなりませんでした。お恥しい話ですか、私は毀《こわ》れた煉瓦《れんが》壁に這っている蝸牛《かたつむり》や溝際に生える蕈《きのこ》を海水で茹でて飢を凌ぎ松樹脂《まつやに》の匂いのする寝板を削ってタバコの代用としました。しかしそんな窮乏のどん底に蠢《うごめ》き乍《なが》らも何とかして起《た》ちあがろうという意欲だけははっきり持ちつづけていました。絶望はしませんでした。しかしコンスタンチノープルというところは、私のような人間を絶対に必要としない都であることに段々気づき初めました。都そのものが公開された猟奇の見世物です――街頭いたるところこれ見世物です。コブラが踊り、縄が棒立ちするアラビア人の手品師、迷路《ラビリンス》に巣食うラテン系の女群、中華料理桃源号の大招牌をかかげた阿片館、冥府の人と対話させてくれる巫女《みこ》、星占い、魔法使い、奴隷市場、賭博場、トルコ風呂等々。私などの到底割り込むことをゆるさぬ魔の都です――

夜はボスポロスの海全体が夜光虫の光でかがやき揺れるばかりです。よほど刺戟のつよい、驚天動地とでもいうようなものでない限り此処《ここ》の人達はびくともしないでしょう。私は栄養不良の脳細胞を動員してさまざまな企劃を練っては見ました。が巴里でやって来た程度の種ではとても駄目です。だって或る日のこと、サルタンが秘愛の豹《ひょう》にうちまたがり、門外不出のハレムの女を全部したがえて国立回教寺院におでましになるというのにさえ見物人はちらほらと集っただけだというではありませんか。いったいコンスタンチノープルの住民はよほどの白痴か、悟りきった僧侶かのどちらでしかないのでしょうか。ところが、その真の姿を私は間もなく発見することが出来ました。なんとこれらの人達は、滑稽なことに有頂天になるという、実に愛すべき天性をもっているのです。滑稽なことに対しては、それこそ私達が思い及ばぬほど夢中になります、てっとりばやく例を申せば、寄席でやる人形芝居《マリオネット》や影絵芝居《シルウエット》、コミック・ダンス、道化役者《ピエロ》の演る曲芸《アクロバット》、掛合い噺、そんなものに血道をあげて商売そっちのけのうつつを抜かすのです。新馬鹿大将だとかアルコール先生だとかいう古い古い映画さえ大流行なのですから驚き入るより外はありません。私は、若しこの都で一旗あげる気ならそうした方面に百八十度の転換をしなければならないことに気がつきました。さてそう気がついたとしても私はどうして起ちあがったらいいのでしょう。洒落ではありません。私は餓死寸前にまで追いつめられて、寝板の上から起き上る最後の力さえ失っていました。天気つづきで空気は乾燥しもう蝸牛も蕈も手に入りません。寝板の松樹脂をくゆらしたくとも削りとる力もありません。私はうつろな眼を天井に向けて、眠るともなく醒めるともなくうつらうつらしつづけていました。寝汗すらかかなくなり、口がかわいて舌の寸がつまったように感じられて来ました。私は死ぬんだなと思いました。

その夜のことです。私はコトリ、コトリ、という幽《かす》かな音を階下にききました。何の音だろう？ それは何か固い木の棒で床板を打つような乾いた音です。コトリ、コトリ三四回同じ高さの音を繰返したあとで、その音は近づいて来るようです。私は本気になってこれは死神が迎えに来たのだな、と思いました。よし、死神ならばひっとらえて見世物に晒《さら》してやる！ 世界の見世物師浅倉泰蔵の名にかけて一世一代の死花を咲かせてやろう――私はいきりたって最後の力をふりしぼり半身を起きあがらせてその音に耳を澄ませていました。扉の前で音はとまりました。私は息を呑んで眼ばかりぎらぎら光らしました。折から雲を破って月がさし入り、灯のない部屋内は昼のようにあかるくなりました。音もなく扉が開きました。老婆です。長いマントを着て松葉杖をついています、杖の足にはゴムがはめられてありますから、あのコトリ、コトリという音は片方の義足――ウニコールの口角のような――の先端が床板に触れる音だったのです。とても高齢だとみえ、顔は殆んど骸骨に皮膚を貼りつけただけのことで、その色は譬《たと》えて言ったらば壁に塗りこめて貯蔵するという支那のあひるの卵《ピータン》の黄味の色とでも言えましょうか、鼻稜《はなばしら》は欠けて穴だけで、唇は肉がそげて歯茎が露出しています。いったいこやつは何者か――出現する世界を間違えたのではあるまいか、私は心の中でそう思いながら、すくなくとも死神でだけはなかったことに吻《ほっ》としました。

4

老婆は、私の寝板の側へ松葉杖を置き義足を投げ出して坐ると、マントの下から、そのかさかさな木乃伊のような手で新聞紙にくるんだものを私に差出しました。何だと思います？　パンです。真白な女の肌のようなふくれ上ったパンです。それと一本の瓶、籐《とう》でぐるぐる巻いたカザノヴァのマラスキーノ酒です。それだけではありません。ああほんもののトルコ煙草！　私はいきなりその一本をうばい取ってあわてふためく歯で吸口をかみきりました。老婆は燐寸《マッチ》をすってくれました。ああ私の生涯中で、これくらい私を恍惚とさせて呉れたものはありません。私はその瞬間、もし其の一服の代償として、この怪しげな老婆が私の生命を要求したとしても、私はよろこんで投げ与えたことでしょう、私は煙にむせび、涙を飛ばし、笑い、汗をかきました。そして真白いパンを口一杯に頬張り、それを咀嚼《そしやく》する時間も待てず、マラスキーノを瓶から注ぎこみました。私の口の中で、パンの細かい組織が海綿のようにその芳烈なリキュール酒を吸いふくらむのでした。私はその天与の塊をいくつもいくつも嚥《の》みこみました。私は力を得て寝板の上へ坐りました。そのときです。部屋の中がいっそう明るくなったような気がしましたので、何げなく窓から空を見て私はぎょっとしました。月が二つ並んで出ているではありませんか?! 酔ったな、私は眼を据え直しました。矢張り、月は二つ並んでこうこうと輝き、ボスポロスの海に映るその光影もちゃんと二つ、さざなみに乗って銀波にさゆらいでいます。

「見るでない!」老婆の声です、しゃがれて、瀬戸物の底をすり合わすようないやな響に私は思わず首をすくめました。老婆はそのあるかなしかの唇をゆがめたとおもうと、

「ヒヒヒヒヒ」笑ったのです――ああ、何というイやあな気味の悪い笑い声。私はいったいどうなるのでしょう、この老婆は見も知らぬ私に王者の贈り物をして私をどうしようというのか。

「東洋《トンヤン》の大人《たいじん》、元気は出たかね」

「誰だか知らんが、婆さん、お蔭でこのとおり生き返ったよ、だがそれで、私はお前さんに何をしたらよいのだ」

「じゃあ、わしの頼みをきいてくれようというんだね」

「どんなことでも、わしの生胆《いきぎも》が欲しいとでもいうなら、いますぐに取らしてやる」

「ヒヒヒ、おまえさんの胆なんざ、猫の風邪だって治りゃしないよ」

「では何が欲しい?」

「おまえさん、呉れるようなものは何も持ってやしないじゃないか、わしはただ預って貰いたいものがあるんだよ」

「何だい?」

「女だよ」

「女？」

「女だよ、おまえさん、いま月を見たね、月を——二つ出ていたね、もうとうぶん出やしないよ、こんど二つ出るときまで、女をひとり預って貰いたいんだ、いやかい」

「いやもおうもない、だが、わしは、その女を餓え死させてしまうかも知れぬ」

「その女はおまえさんのためにいい稼ぎをして呉れるよ」

「女って、婆さんの娘かい？」

「ヒヒヒ、わしが攫《さら》ってきて育てた女だ。わけがあってね、当分一緒にいられなくなっただけだ。では預って呉れるね、月がまた二つ出たら、返して貰いに来るよ、女はそこの扉のかげに来ている、あとで呼んでやってお呉れ」

老婆は立上ると、松葉杖を脇にはさんで、来た時と同じように、コトリ、コトリ、床に義足の先をひびかせて階段を降りて行ったのです。私は窓から空を見ました。月はひとつ、何ごともなかったように紫紺の空にかがやいて居りました。

5

もうどうでもよかったのです。一時は魂でも、生胆でもあの老婆に売渡す決心をしてしまった私でしたから。しかし正直なところ、老婆の贈物ですっかり元気を回復したいまになって見ると、預ると約束はしたものの、女の正体に不安を抱かぬわけにはゆきませんでした。私は充分に酔って、すっかり恐怖心は薄らいでしまったとはいうものの、さてその女に会うという段取りになると、どれだけの間かは知りませんが、一緒に棲まなければならないのですから、これは私の心を平静にとりすまさせている訳にもゆきません。私は不安と好奇の綯《な》い交《まじ》った気持をなおも酒に元気づけて、扉に向って、お入りと声をかけました。

ヴェールで面を包んだ女が、裸足でしずかに部屋に歩み入りました。女は、なんの躊躇もなく私の前の床板に坐ると、ヴェールをとりのぞきました。ああ何という美しい女！ ひと目で私はそれがペルシャ娘であることを知りました。椋《むく》の実《み》のような眼、柘榴《ざくろ》の葩《はなびら》のような唇。女は初対面の挨拶のかわりに、にっこり笑って見せました。そして、ぶえんりょに私の顔をまじまじ眺めながら、深いためいきをつきました。息がくちなしの花のように甘くさわやかでした。

「娘さん、おまえはこれから私と一緒に棲むことになるのだが、承知なのか？」

「妾《わたし》を Suza《スーザ》 とよんで下さいまし、旦那様」

「ではスーザ、おまえは何処から来たの？」

「生れたのは Band-i-Amir《バンディー・アミア》 河の上流の Diz-i-Kurd《ディジ・クルト》 という山の中――でも永いこと Persepolis《ペルセポリス》 の墓の中で暮しましたわ」

「墓の中で？」

「ええ、廃都ペルセポリスの洞穴には、秘密にいろいろの人が住んでいますの、妾はあの婆さんと一緒にDarius《ダリウス》二世とXerxes《クセルクセス》の墓にはさまれたNaksh-i-Rustam《ナクシ・ルスタム》の墓の洞で六年間くらしていました」

「あの婆さんはいったい何者だい？」

「知りませんわ、妾――ただ妾は小さいときディジ・クルトから攫われて来たのですもの、でもあの婆さんはMunc《ムンク》っていう名前のお医者なんですわ」

「医者？」

「はい、その洞穴で、いろいろの病人を治してやっていました――それも外科が専門で、妾は看護婦なんですわ」

「へえ――、意外だね、あんなヨボヨボの婆さんがね――で、どうしてコンスタンチノープルへやって来たんだ」

「ナクシ・ルスタムの墓を追いだされましたの、何処だかの探検隊に荒らされて」

「だが、ここでだって一緒にいて医者をやってもよさそうなものじゃないか」

「でも、駄目なんですわ、異国人にはサルタンのおゆるしが出ないしそれに婆さんには妾にいえない用事があって、その間妾がそばにいては都合がわるいのです、旦那様、これ以上のことは聞かないで下さいまし」

　スーザは手廻品を入れてあるらしい袋から小さな陶製の容器を取り出して、私の呑みのこしのマラスキーノ酒を注いでひといきに呑みほして「おいしいのね」と言って、あの椋の瞳をかがやかせました。私は女を抱きしめて息をつまらせてやりたい程可愛らしくおもいました。

「おまえが聞いて欲しくないと言うなら聞くまい、だが、どうして選りに選って、私のような死にそこないの異国人をたよってやって来たのだい、それ丈《だけ》きかせて置いて呉れないか」

「さあ、妾にはよくわからないの、ムンクは占いもするから、それで決めたんじゃないかしら――」

まことに頼りない会話ですが、これでペルシャ女スーザと私との初対面が終り、その夜は彼女も私の部屋の固い床板の上へ平気でゴロ寝をし、私は私で地獄から一足飛びに天国に昇天した気持で前後不覚に眠り込んでしまいました。

夜が明けました。簡素ですが、スーザの心づくしの食事が用意されてあります。パンとミルク、それに棗《なつめ》の糖漬がたっぷりありました。もう私は蝸牛や蕈をたべなくても済むのでした、婆さんが置いていったトルコ煙草もあります――私はいったい何に感謝したらいいのでしょう。

美しいペルシャ女、スーザは、パンにも棗にも手をつけません。ミルクを飲んだだけで、あとは別に小籠に入っている得体のしれぬ肉の塊のようなものを食べ初めました。私はあっけに取られて見ていると、さすがに恥かしくなったのか、

「見ないで下さいまし、旦那様、妾こういうものだけしか食べつけていないものですか

ら」

そう弁解して彼女は食事を中止してしまうのでした。

6

妖婆ムンクが私に預けて去ったペルシャ娘スーザは、たしかに素晴らしい玉でした。彼女は美しいばかりでなく、腹話術の、それも嘗《かつ》て見たことも聞いたこともない技芸の達人でありました。彼女は口をつぐんで、咽喉の皮膚ひとつ動かさず、腹の底から男の声を発するのです、殊《こと》に口で言う女の声と、腹でする男の声との掛合噺は神技に入るとでも申しましょうか。唄もうたいます。ペルシャ一代の大詩人ホーマー・カイアムの四行詩《ルバイアツト》を、男のソフトヴォイスでうたうときなど、私はこれが女のする腹話術とはどうしても信ずることが出来ません。それは彼女の外にもうひとり、男の唄い手が彼女のスカートの蔭にひそんでいるとしか思えませんでした。

それは兎も角も、私は一片のパンにすらありつけなかった境涯から、一躍してコンスタンチノープル第一流のホテルに移り得る幸運に恵まれました、スーザの芸のおかげです。彼女は、最初は街頭で、それから寄席で、次第にその名声を高め、しまいにはサルタンの王宮にまで招かれるようになりました。彼女の美しさと、コミカルな芸風と腹話術というそれ自体滑稽な演芸は完全にここの人達をとらえてしまったのでした。面白いように金が入りました、おそらく私の永い興行生活の中でもこの時が全盛期といえたのではなかったでしょうか。

こうなってくると、絶えず私の脳裡に去来する問題は、いつ妖婆ムンクが彼女を取返しにくるかということです。月が二つ出る、そのとき迄の約束で預ったものの、いまでは私にとってスーザはなくてはならぬ存在となりました。そうです——私は彼女に恋しました。それですから月の二つ出る夜を限りなく恐れ初めました。私はいくらかあせり気味になり出しました。いくたびか彼女を口説きもしました。しかし其の度に彼女は、あの椋のような眼に悲しそうな色をうかべて、そればかりは思い止まって下さいまし、とむしろ哀願するように訴えて私の抱擁からすり抜けるのでした。——私を嫌いなのか——と言うと彼女はいっそう悲しげな様子で——まあ、何もかも御存じのくせに——とでも言いたげな謎っぽい様子で巧みにかわしてしまいます。その可憐さ純情さが、ますます私の熱情をかきたてずには置きませんでした。ああ今にして思えばスーザは私の何層倍も私を愛していたのでした。どんなに私に抱かれることを望んでいたことか、ただそれを阻《こば》みつづけさせた悪魔的な宿命さえ持って居なかったら、彼女は地中海の磯海鼠《いそなまこ》のように、そのからだを私の前に投げ出したに違いありません。

「スーザ、おまえはムンクが迎えに来たら戻るつもりでいるのか？」

「はい、旦那様」

「私を置いても？」

「でも、それが妾に定められた掟《おきて》ですもの」

「スーザ、後生だ、行かないで呉れ、私はもうおまえなしでは、いっときも生きてはいられない」

「ああ、旦那様、妾もどんなにか辛うございます。でも妾が若しムンクの約束に従わなかったら、あの婆はあなたにどんな恐ろしいことを仕掛けるか解りませんもの、妾の大事な旦那様に……」

「何処へでも行く、逃げよう、たとえムンクが魔法使いでも追いかけられない世界の涯を私は知っている。サハラの沙漠の中で木乃伊《ミイラ》になろうとも、コンゴの沼地の中で屍蠟《しろう》になろうとも、私はお前を手離すのがいやだ。考えただけでも、私はお前を失う生活はたまらないのだ」

「旦那様、うれしゅうございます、そんなにまでおもって戴けるなんて——妾だって——いいえ堪忍して下さいまし、ああ妾はどうしたらいいのやら——」

彼女はいつもこんな風で、結局は私の手からすり抜けてしまうのでした。私はついに決心しました。みすみすスーザをムンクの婆あに取返される位なら、たとえこの身が奴の魔力にかかって沙漠の蛇と化せられようとも、その前にかならずや此の恋のみは遂げて見せる。ひたむきに私はスーザをてごめにしてもと思いつめました。私は自己弁解もなにも致しません。ただそうするよりは他になにもない、切羽つまったところまで追いやられて来てしまって居たのでした。

7

一九一八年八月六日、遠くコンスタンチノープルまで灰を降らせたヴェスヴィオス火山大爆発の前日のことでした。それは忘れもしない、朝から言いようもなく湿気をふくんだ南風が此の都全体をつつんで、人も家畜もぐったりとして元気がなく、人々はパンも酒も摂る元気さえ無く、珈琲《コーヒー》店の前は氷菓子を買う男女が長い行列をつくったほどでした。夜に入っても此の熱風は和らがず、私は何度目かの沐浴《バス》を終えて食慾も無いので、やたらに炭酸水に薄荷酒《ペパーミント》を割って舐めているのみでした。不思議に頭だけは冴えかえって、何とはなしに異変の起る前兆を予感していましたが、まさか何百哩《マイル》も離れた伊国のヴェスヴィオスが大爆発をするその気象的影響だなどとは夢にも考えつくわけはありませんでした、私は、私流にまたしても二つの月の出現をおそれ、それに関聯《かんれん》してスーザに対する恋情をあらためて燃やし初めていたのでした。

そう、スーザはどうしているだろう？　私は彼女の部屋の鍵穴からそっと内部を覗いてみたのです。何故そんなあさましい態度をとったのでしたか、私にもわかりません、多分朝から悩まされつづけた熱風で頭がどうかしていたのだとでもして置いて下さい。

ああ、私はそこに——嘗て見たこともない彼女の美しさを発見して思わず膝をついてしまいました。それは美の唯一無二の形態でした。——どうお話したって、それは再現のしようもありませんが、せめて概念だけでもお伝え出来ればと思います。スーザは栗色のつやつやした髪をときほぐして肩からふりわけに前後に波うたせ、何処をみるともないあの椋の眼をうっとりと潤ませています。彼女は冷水をたたえた巨大な藍色の支那陶器の甕《かめ》にぴったりと両の乳房を押し付け、東洋風のあぐらの間にかかえ込んで、その頤《あご》を甕の中央の把手にのせているのでした。彼女は裸身に白絹の腹帯をゆるやかに巻いて居りますが、その肌は全体汗にぬれてでもいるのか、脂をうすくひいたように、ぬめらかにひかり輝いています——ああ、これはスーザではない、魔女だ！　オッタヴィオ・サルヴァトールの名画だ！

ところが、この芸術的エクスターセを破って奇態なことが起りました。と申してもこれが彼女の芸なのですから、別段怪しむにも足りないのですが、彼女の腹話術が初まったのです。

……甕の水、汲み代えたばかりだから冷めたくていいでしょう……これは女の声。

……まったく生きかえるようだ、もっと近く寄せてもいい……これは男の声。

彼女は甕をぐっと抱き寄せて、白絹を巻いた腹にあてがいました。私はびっくりしました、ここは寄席でも劇場でもない、では彼女は退屈しのぎに腹話術をつかって遊んでいるのか、それとも声の出どころを腹にあると仮定して、この暑さからいたわってやっている積りなのか、咄嗟《とっさ》には何の解釈もつきませんでした。しかしそんな穿鑿《せんさく》は正直にいうと、どうでもよかったのです。情火が、私のなにもかもを征服しつくしてしまいました。私は立ち上り、いきなり扉を押して、彼女の前に立ちはだかりました。

「まあ、旦那様！」彼女は驚きの叫びをあげ、しかし立ち上りもせずに、大甕のかげに裸身をかくすもののようにからだを動かしただけで、唇を半開にしたまま、灼《や》きつくような眼を私に見据えました。私はその眸《まなざし》にすこしも、敵意とか、恐怖を感じませんでした、ただ狼狽に怯《おび》えていたことは慥《たし》かです。

「スーザ、いまこそ私の言うことをきいておくれ、私はもうこれ以上待つことも、耐《こら》えることも出来ない。私は今朝から感じている。いまの、この瞬間を取り逃がしたら、私は永遠におまえを失ってしまわなければならないのだ」

彼女はすっくと立上りました。そして私に有無を言わさず、両手で私を扉の方へ押し返すのでした。いかに情火に狂っているとは言え、裸身の彼女にまともに立向われては、たじたじとならざるを得ません。そして彼女の豹のようなぶりぶりする腕の力に、たあいもなく気押されて後退《あとずさ》りすると見るまに扉の外へ押出されて、私の部屋に追いこまれてしまいました。ばたんという扉の閉る音に、私はむしろ、その時初めて兇暴なほど女を征服する意欲の力がみなぎるのを覚えました。

「スーザ、スーザ」

私は喘《あえ》ぎ叫び乍《なが》ら、扉を押しました。扉の後ではスーザが必死になって押さえている息のみだれが聞えます。

「スーザ、開けないか、開けなければ、ぶちこわしてでも入るぞ！」

「堪忍して、日那様！　これだけはスーザ一生の御願いでございます——決して、決して妾、旦那様がきらいなのではありません、それどころか——でも——ああ——」

彼女の涙にびっしょり濡れたような声です。

「よし、もう何も言うまい、スーザ、おまえの……でも……はもう百万遍も聞いている、はっきり私を拒絶する理由をきこうじゃないか」

「はい、申し上げます。妾には夫が、夫があります」

「夫が？」

「はい、私には、ずっと前から夫があるのでございます」

スーザは身悶え、喘ぎ、汗をかき流して、それでも扉を内側から、からだぐるみ支えています。

「ふむ、ディジ・クルトの山の奥に、おまえの帰りを待ってでもか」

「いいえ、妾のすぐそばに、妾といっしょに」

「ばかなことを！　ここには私とおまえの外誰もいはしない」

「でも、旦那様——あなたはたった今、夫の声を聞かれた筈です」

「え!?」

「さっきの短い会話——たしかにお聞きになってしまわれた筈ですのに」

私は大声をあげて笑ってしまいました。何て可愛いことを言うスーザ！　あの腹話術の声の主が彼女のいう夫なのか、いやこれはむしろ笑うべきではあるまい、それ程大切にしなければならない、彼女の神芸なのだもの。私は怒るどころか益々可愛いさの情を増させられるのみでした。

「いいよ、スーザ、私はお前の愛する夫をみとめてあげよう、その代り、私はそれを承知でその夫の可愛いい細君を横取りする悪紳士になりすます——さあ、おとなしくお開け」

　彼女は力尽きたか、扉を支えていた腕をだらりと下げた気配です。私は躍り込みました、スーザは汗びっしょりになって、胸の谷間には湯気のたつほど流れあふれていました。

「ああ、旦那様！　もう、もうスーザはどうなってもいい、旦那様のおこころのままに」

　彼女は、くちなしの花の芳香を口からあふれさせ汗みどろのからだで私に抱きつきました。彼女は私のしめつける抱擁の中で、眼を閉じ、唇をひらき、肋骨も脊骨も折れまがるのをさえいとわぬ無抵抗にからだを投げ出してしまいました。私はスーザを床にねじ伏せかけた瞬間、彼女のからだの何処かで、押しつぶされるような、鈍いうめきごえを聞いたようにも感じましたが、あとはもう何《な》んにもわからなくなってゆく私でした。

8

電灯も点《つ》け忘れて、すっかり暗くなってしまった部屋の中に、月の光が白々と差し入りました。私はふと、何かかすかな物音を遠くの方で聞いたように思います——いつか、どこかで聞いたことのある音——雨だれに似て、それよりもずっとはっきりした音——次第に近づいて来て、その音の正体は、木の棒先が床板に触れる音であることが解りかけて来ました——コトリ、コトリ。

私は、弾機《ばね》にはじかれたもののように仁王立ちになりました。ああとうとう最後の瞬間が来たのだ。私の眼は本能的に窓から空を見上げました。月が二つ、並んで皎々《こうこう》と輝いているではありませんか！

「おい、スーザ！」私は顫《ふる》える声で彼女に叫びました。

「やって来たんだ、ムンクの婆あが、おまえを取返しに来たんだ！」

私は床の絨氈《じゅうたん》に膝を折り、彼女の両肩をゆすぶりました。彼女は眼をぱっちりと見開いて、私に無限の愛情をたたえたほほえみを見せ、私の首に両腕をかけて叫ぶのでした。

「旦那様！　スーザを渡さないで、スーザはもう誰のものでもない、旦那様のものなのですから」

「誰が渡すものか、私はこの腕にかけて、おまえを守ってやる！」

私の五体には闘志がみなぎり渡りました。

出現《あらわ》れました、妖婆ムンクの、あの骸骨のような顔、あらわな歯ぐき、穴だけの鼻、うすいマントを着た松葉杖の姿！

「ヒヒヒヒ」

問答は無用です。私は猿臂《えんぴ》をのばしてムンクの首を鷲掴《わしづか》みにして宙にぶら下げました。スーザが逸早く私に眼くばせをしました。私はその意味を読み取るが早いか、側《かたわ》らのあの支那甕の中へ妖婆を真逆様に投げ込んでしまいました。甕の中で、なんといいますか、カヤカヤカヤというような、すすり泣きに似た音がしばらく続いていましたが、それもやがて消え、しいんと静まり返った頃、並んで輝いていた二つの月は、やがて次第に重なってゆき、ついに普通の月にもどりました。どうなることか見当もつかぬ劇的な最後の幕が、こんなたあいもない沈黙劇《パントマイム》に終ったことは、いささか拍子抜けの感じで、ダルシネア姫を守って悪魔と戦うドン・キホーテの意気込みも何処へやら、私はただもう腹の底から笑いがこみ上げてきて、いつまでも大声をあげて笑いつづけるばかりでした。

私という男は、考えて見れば何という単純な、思慮の浅い人間なのでしょう。これで万事が解決し、もう何の邪魔もなく、いとしいスーザと大手を振って、このコンスタンチノープルの都で暮せるものと有頂天になってしまいました。ところが、世の中というものは決して絶対な幸福を人に与えっぱなしにはしない拗《す》ね者なのですね。

甕の中の妖婆ムンクは、どうしてそんなくらいでは死ぬものではありません。ムンクは甕の中の水を全部呑み干してしまい、やがてゴソゴソ音を立てて蠢《うごめ》き初めました。どうしよう？　私は眼でスーザに救いを求めました。彼女の面は、やや蒼ざめては見えましたが、いまは何の恐るるところもなく、甕に近づいて、いつにないおごそかな調子で物を言い初めました。それは純然たるペルシャ語でしたから、とうてい私には解る筈もありません。後にいろいろのことを綜合して見て、そのとき彼女が甕を距ててムンクに与えた呪の言葉は大体次のようなことだったようです。

……ムンク！　妾をさらって、妾をこんなからだに作りかえて、そうしていつまでも私を苦しめた悪魔のムンク！　いまこそ思い知ったか、お前は、お前がいちばん恐れていた壺というものの中にはめこまれた。妾の愛するお方の手によって。私はお前に復讐することが出来た。もう、永遠にお前はこの壺の中から出られはしないのだ！　お前は若返りたいばっかりに、その秘密をさずかりにバクダッドのカリフのところへ旅立った。妾をこのお方のところに預けて——でもお前は、若返るどころか、もっともっと歳とって、醜くなって戻って来た。そうさ、お前は若返るにはあまりにも歳をとりすぎてしまっていた。お前はいま四百八十だものね、永遠に、それも何処かの火の山が火を噴きあげるときまでお前はその壺の中で蠢いているがよい！……

ムンクが甕に閉じ込められている永遠は、あと数時間の後に終りました。と同時に、ああ、スーザが私のものである時間もあと数時間でしかなかったとは！

9

その夜半正十二時。地中海を距てて、イタリアの火の山ヴェスヴィオスは爆発をいたしました。西暦九十六年の大爆発以来、コンスタンチノープルにまで灰を降らせたのは、この時が二度目だったと伝えられています。それと関聯があるかどうかは知りませんが、リビアの沙漠の中央に、大地すべりが起り、あんぐり開いた裂口は地軸をも覗かせるばかり、七週間に亘《わた》って沙瀑《サンド・フォール》が引きつづいたのでした。

予《かね》てから私の「国際秘密見世物協会」の支部が、アレキサンドリアに設置されて居りましたが、いちはやくそこの支部長R氏はその沙瀑を低空飛行で見物させるため特別仕立のツェッペリン飛行船を日に二回、現場へ往復させるよう用意が整ったから至急に来て欲しいという電報を打って寄越しました。私は、スーザを急きたてて飛行機でアレキサンドリアに着き、正午には早くもR氏と連れ立ってリビア行きのツェ船の客となっていたのでした。

私が、こんなにもあわただしい、むしろ気狂いじみた行動を取るに到ったについては、商用は兎も角、別に理由のあったことでした。

あの夜、スーザはすべての悩ましい桎梏《しっこく》から解き放たれ、恋の凱歌に陶酔し得たにもかかわらず、夜をこめて泣き明かし、身悶えつづけていたのでした。私にはさっぱり何が何やら解りません。どうして慰めてみてよいものやら――あたかもよし、この未曾有の大異変に、せめてスーザの憂愁をすこしでも明るく転換させてやれたらと、かくはあわただしく飛び立ったのでした。が、これがスーザにとって死の旅立ちとなろうとは、神ならぬ身のどうして知る由があったでしょう。

見物客百二十名を乗せたリビア飛行船は沙漠の地上に巨大な魚形の影を落すほどの低空で、はやくも沙瀑の真上にさしかかりました。猛烈な熱風が船体を揺りうごかします。船室は蒸れかえるような熱気ですが窓はとうてい開けられません。同船の某国皇帝も妃も、むろん私達も失礼抜きの裸で、それでも汗は玉となって落ちかかります。ああ、見下すその沙の落下！　世界一といわれるあのヴィクトリア・フォールの何十倍！　裂口までは、流沙は沙しぶきをあげて奔騰し樽のような胴体の沙蟒《すなおろち》――Cerastes gigas《ケラステス ジガス》が組んずほぐれつして押し流され、駱駝《らくだ》の集団が風に弄ばれる木の葉のように裂口から落込む壮観に、誰ひとり声をたてる者すらありません。

「スーザ、どうだ、素晴らしいじゃあないか、ただこれが私の手で作られた見世物でないことだけが残念でたまらない」

私は真実そう思わずにはいられませんでした。所詮最大級の見世物は大自然だけが企劃し得るものなのでしょう。

彼女は、その壮観にもさして歓興をそそられぬものか、依然として夕べ以来の悲しげな態度が抜けたようにも思えません――そして私の独りよがりの夢中に幾分非難の眸を向けているようにも思えました。

充分に沙瀑の上空を徘徊した飛行船は、やがて、砂流に逆行しつつ帰路にむかい初めました。と、この時です、スーザが凭《もた》れていた窓枠が、いきなり彼女の手で押上げられました。物凄い轟音とともに熱沙が吹き込んで反対側の窓硝子をみじんに破り飛ばしました。乗客は総立ちとなり、飛行船ははげしく傾いて揺れかえりました。

「何をする、スーザ、気でも狂ったか？」

叫ぶまもおそく、彼女の腹巻きの一端を手首にからげて力いっぱい曳きましたが、もう間に合いません。彼女のからだは、私に布の一端を摑まれたため、船外でくるくると三四回廻転し、真逆様に流沙をめがけて落ち込んでゆくのでした――わずかなその瞬間、私は解きほぐされた彼女の腹部に、見るも無慙なものをみてしまいました、同時に熱風とともに吹きつけてくる砂塊《すなくれ》に両眼をたたかれて盲目めき、そのまま意識を失って、ぶったおれてしまったのでした。

スーザ、スーザ――私はアレキサンドリアの病院で、何週間かうわごとに彼女の名を呼びつづけ、高熱にうなされながら、いつ正気づくとも思われなかったそうです。ようやくに意識が明瞭になって来て、あの日の恐ろしい瞬間が、まざまざと眼前にうかびあがって来ると同時に、私は何故あのとき、スーザのあとを追って、飛行船から飛び下りてしまわなかったかと、自分の不覚が口惜しくてならないのです。そうすれば私はスーザと相抱いたまま、あの沙瀑《サンド・フォール》に乗って地軸に吸い込まれ、この、いまの苦悩も味わずに済ませられましたのに――ただ私はこの苦悩も、彼女に対する贖罪《レデンプシヨン》の一端として享受することに、わずかの慰めをつなぎとめてはいるのですけれど。

ああ、あの瞬間、私が、解きほぐされた腹帯の下から、彼女の腹面に見た無慙なものとは！　男の死顔でした！　ああ胸がひきつまってこう言うのさえ苦しい！　それはアルコールの浸液標本にした「へいけがに」の甲羅の皺《しわ》にそっくりでした。それが、スーザのいう彼女の夫だったのです。世界無類の腹話術のネタででもあったのです。女の腹に同居する男の顔——私はスーザのことを別にして、このことだけを切離して考えると、いまでも嘔気をさえ催すのです——しかもこの男を私が殺したのだとは??

私はもうこれ以上多くを語る勇気を持ちません。そうかといって、このまま口を緘《とざ》してしまったのでは、何が何やら、あなたをとまどいさせる許《ばか》りでなく、スーザの魂に対して冒瀆に終ります。では、彼女の遺書を読んでみることにして、この悲しみに満ちた悪魔の物語の終結《エピローグ》といたしましょう。

10

〈Suza《スーザ》 Assar《アサー》 Chazni《チャズニ》, 流れもゆたかに、くちなしの花かおるBand-i-Amir《バンディ・アミア》河の上流、Diz-i-kurd《ディジ・クルト》の州長Jalal-ud-din《ジエラルーディン》 Chazni《チャズニ》の娘より、わたくしを、いのちにかけて、愛し、めぐんでくださいました東洋の客人Taizo《タイゾー》 Asakura《アサクラ》様に一筆書きのこさせていただきます。わたくし十二歳のとき、いかなる悪魔にみいられてか、Persepolis《ペルセポリス》の魔都に巣食う妖婆Munc《ムンク》に誘拐され、わたくしの許婚《いいなずけ》の夫Omar《オーマー》 Hafiz《ハーフィズ》と共にムンクの洞穴に押しこめられ、彼女の悪魔の所業の犠牲に供せられてしまいました。妖婆ムンクは一四三〇年テーベ郊外で生れ、オリンポスの山にかくれて、天体を支配する妖術と、人体を支配する外科術を錬磨し、二百歳にして業成り、魔神カバラに片足を捧げ、出《い》でてペルセポリスの洞穴に閉じ籠り、あらゆる淫業をほしいままにして来たのでした。或るときはゴビの沙漠に大彗星の雨を降らせて隊商《キャラバン》を殲滅《せんめつ》させ、紅海の水に太陽を近づけて之を煮たぎらせ、土星の外枠を外して金星にはめかえ——月を二つ並びかがやかせて己れの出現を祝福するなど、神々への冒瀆をあえてして止まるところを知りませんでした。また人体をもてあそんでは、言うにたえない所業の数々があり、なかでも私達の受けた被害などはまだまだなまやさしいものの部類に入りますけれど、それとても悪魔でさえ面をそむけるほど惨忍なものではないでしょうか。わたくしはペルセポリスの洞穴の、ムンクの手術室で開腹され、腸を三分の一に縮小され、その間隙に許婚オーマーの頭をはめ込まれました。頭といっても、脳髄だけを山猫《リンクス》の膀胱袋《ブラッダー》に包み彼の眼、口、鼻はばらばらにほぐして、縫合されたわたくしの腹面に、あとから移植させられたのです。ひと口に申せば、生き乍《なが》らわたくしはオーマーと合体させられたのでございます。共同の肺で呼吸をし、共同の胃で消化し、共同の心臓でいのちを保たねばならぬ一身二体の化物にされてしまいました。腸の長さが短かくなったため、肉食以外は摂ることも出来ず、すべての内臓が共同で使われるために未だ二十にもならない歳でいながら、もう老いの窶《やつ》れが迫って来て居ります。何という、神を忘れた、無慙な所業をするものでしょう。私は幼いながらオーマーを愛して居りました。しかし、こんなことになっては何も彼もあきらめなければなりません。悲しいことですけれど——オーマーは名のみの夫、いくたび自分の腹に呼びかけて嘆きの叫びを浴びせかけたことでしょう。オーマーもすべてを観念してしずかにわたくしの腹の上で生きてはいますけれど、その心の中をおもいやるとわたくしはいっそう切なくて、いくたび自殺をくわだてたか知れません、でもわたくしが死ぬことは、とりもなおさずオーマーをも殺すことです。死ぬことさえが今は自由になりません。わたくしはオーマーと固い契りを立てました。一生、わたくしは男と接触せずに不幸なオーマーと運命を共にしようと。でも、それは徒《あだ》でした。あなた様の限りない愛情にふれ——わたくしもペルシャ女の血を享《う》けているのですもの、オーマーに最後まで操《みさお》をたてる決心も、とうとうあの夜、はじめてあなたさまにからだの恋をしてしまいました。いつもいつも、あなた様から逃げ廻って居りましたのも、その辛さに免じておゆるし下さいまし。でも、とうとうわたくしは負けました。あの晩わたくしはすべてを投げ出しました、罪のつぐないはする覚悟で。わたくしはあなた様の抱擁に身を委ねたのはわたくしです。あなた様がオーマーを殺したのだなんて、飛んでもないお考えは抱かないで下さいませ。オーマーよ、どうぞ恨まないでお呉れ。仕向けね、腹のオーマーを窒息死させせました。その結果は当然共同のからだであるわたくしにも影響せずには置きません。屍体となったオーマーの顔と脳とは腐敗してゆくでしょう。屍毒はやがてわたくしをも犯してくるのは必定です。ああ、これはいったい、他殺なのか、自殺なのか、わたくしにはどうしても解りません、でも、そんなことはもうどうでもよいのです。わたくしは、女としての最初の、そして最後の歓びをあの夜享けたまま、よろこんで死ねる気持ちになれました。涙が、あの夜泣きあかした涙が、すべてを奇麗に洗い去ってくれました。沙漠へ！　悲しいけれど、わたくしの醜い現実の肉体が、この地球の上から消えてくれる！　わたくしはただ恐れました、あなた様の眼に、わたくしの腹部を触れさせることは何としても耐えられぬ恥しさです。ですけれど、秘密も遺書としてなら案外平気で書けるものですのね。

どうぞ旦那様、いつまでもお栄え下さって、ときどきスーザと言う女のことを思い出して下さいまし。でもその時は、この遺書の秘密をすっかり忘れて普通《ただ》の女としてのスーザにして下さいまし——最後のお願いでございます。そうして、くちなしの花が白く咲き、そのにおいがあなた様にふりかかるとき、あなた様は、かつてたったいちど抱いてやったスーザという女の愛情の息《い》ぶきをお思い起してくださいますよう——ではさようなら、さようなら〉

蠟燭売り

1

「また停電……」

綾子夫人は、読みさしの小説を茶袱台《ちゃぶだい》にふせ、めくれあがったカーディガンのすそを直しながら立ち上った。

手さぐりで箪笥《たんす》の上の燭台《しょくだい》に指は触れたが、あいにく蠟燭《ろうそく》は切れていた。買い置きがあるはずだが、何処《どこ》にしまってあるのか、とっさには思い出せない。使いに出した女中が帰ってくるまでにはまだ間があろう――

綾子は、しょうことなしに、足ずりで縁側に出て、そこの籐椅子《とういす》に腰をうずめた。

庭も、植木も、生垣も、その向うの家々の屋根も、深い暗黒の中に沈み切って何ひとつ眼に触れてくるものはない。遠い地平線のきわだけが、褪《あ》せた淡黄色にぼうっとあかるんで見えるだけだった。

まだそんな季節でもないのに、星がひっきりなしに尾を引いて流れる。

――眼が疲れているせいかしら？――

軽くおもいすてて、欠伸《あくび》の出かかる唇に手の甲を当てた時だった。

「蠟燭屋でござい……蠟燭はいかがさま……」

遠い、かすかな声だった。

同時に、風が動いたので、綾子には、その声の意味がよく聞き取れなかった。

「蠟燭はいかがさま……」

耳をすませていたので、今度は、はっきりと解った。

――まるで停電を待ってたみたい！――

綾子は、おかしがりながら、近くへ来たら買ってもいい、と気構えた。

だが、それっきり、蠟燭売りの声は聞こえてこなかった。

――どこかの家で呼ばれたのかも知れないわ――

いつものことで、そう永いことはなかろうから、強いて買い求めるほどのことはない。

所在なさに、籐椅子の肘に置いた指先で拍子を取りながら、心の中で、軽いメロディーを追っていた綾子は、不意に、ぎくっとなって息をつめた。

「……蠟燭はいかがさま……」

すぐ耳のそばだった。しゃ嗄《が》れた金属的な声である。綾子はおもわずその方を振り向いた。

どうしてそんなにはっきり見えるのであろう。年寄りなのか若いのか区別《けじめ》もつかぬ顔の男が、それ自体蠟細工みたいな指に、青い色の蠟燭を一本つまんで、にゅっと綾子の眼の前に突き出している。

開けたらおそらく歯などあるまい、男は固く閉ざした白ちゃけた唇の端にうす笑をうかべ、それだけは兀鷹《はげたか》のように鋭い眼を、綾子の面から離さなかった、

――眼を逸らしたら負けだ――綾子は、不意に、野獣と向き合わされた感じで、気丈にからだを硬ばらせた。

「もらうわ、五本ばかり置いてって頂戴、おいくら……?」

なんでもないんだ、停電に乗じたいやがらせの押売りなんだわ――綾子は、そう考えることで無理に自分を安心させ、一刻も早く、このいまわしい蠟燭売りを追っ払ってしまいたかった。

「余分な買い置きはお止しなされ。どうせ、奥さんは、またしまい忘れて、いざというときの役には立てまいからね」

男は、咽喉《のど》の何処かで、ケ、ケ、ケ、と笑った。

「欲しいときにゃ、さっきみたいに、ただ心の中でそう思いさえすりゃ、わしは何時《いつ》でも……蠟燭屋でござい……ってやって来ますわい――さあ、一本だけ」

「じゃ、これで……お釣りはいいわ」

五十円札と引換えに、その蠟燭をひったくると、綾子は、灰皿のマッチを擦って、手

に持ったまま蠟燭に移した。

青ざめた色の光の輪の中に、今まで気付かなかった男の、ボロ背広が浮きあがった。

綾子は、つい先達て野原で見た、捨て犬の死骸にたかっていた埋葬甲虫《しでむし》の色を想い出して嘔《は》きそうになった。

「奥さんのカーディガンはいい好みだ、蜜柑《みかん》色がよくうつる……」

男は紙幣を小さく畳みながら、風のような声を出した。

「早く行ってて、さもないと大きな声を立ててよ！」

裸蠟燭を握った指がふるえて、蠟涙《ろうるい》がぽたりと落ちたが、綾子は熱いとも感じなかった。

「ケ、ケ、ケ」

男は、また、咽喉の何処かで鳥のような笑い声を立て、いっかな動こうとしない。

邪慳《じやけん》に硝子戸を閉め、居間に戻って、蠟燭を立てた燭台を茶袱台に置いた綾子は、坐ったまま、こわごわ頸を捩《ね》じ向けて見た。

フッと消えてしまったもののように、もう、蠟燭売りの姿は見えなかった。

いやな後味だった。

――あんな浮浪者みたいな男を相手にするんじゃなかった――後悔を苦っぽく嚙みしめながら、綾子は茶袱台に頰杖をついて、眼の前の灯をじいっと見つめていた。

焰は、ありなしの風に絶え間なくちりちり顫《ふる》えていたが、いつかどっしりと腰が落ちつき、芯《しん》のまわりだけが、その蠟燭自体と同じ青の色に燃えさだまっていった。

*

すこし肌寒いような気もしたが、着がえるのも億劫なので、綾子はそのままの姿で外に出た。

夜も大分更けている筈だのに、あたりは、暮れかかるまぎわの、ふんぎりのつかない薄明るさだった。

両側からビルが迫ってくる谷間のような感じのアスファルト道を、綾子は、一生けんめいで重ったるい足を運びつづけた。

——お約束の時間を、こんなに過ぎてしまって……待っていて下さるかしら？——

気ばかりあせっても、足は、鉛の玉をくくりつけられた女囚みたいに歩みなずむ。前かがみに胸を突き出して泳ぐような恰好になるのを、綾子は恥かしく思ったが、すれちがう通行人は、誰ひとり気にとめて注視する者はない。みんなそれぞれに、自分の思いにかまけて他人のことなど省みていられないのであろう、男も女も、憂うつな青ぶくれた顔をまっすぐに向けて黙々と歩いているだけである。有難いようで、そのくせ何故か物足りなかった。

やっとの思いで、街を出はずれた。

見透しのきく小丘に立って、綾子は、いつものように、流れに向って口笛を送ろうと唇をすぼめたが、まだ急いで来た息切れが収まらないせいか、風のような音を立てただけだった。それでも、高志の愛犬ルルが、尾を振りながら元気よく、川霧の中から走って来て綾子の足元にまつわりついた。

いきなり眼頭《めがしら》に熱いものがふくれあがって、すうっと鼻筋の両側を走った。

「待っていて下さいましたのね、お怒りになって、もう帰っておしまいになったかと思って……」

それと気付いて、石ころだらけの河原から腰をあげにかかる高志の手を取って押さえつけ、綾子もそのわきに腰をおろした。

いつもの高志とは少し様子が違っていた。遠い目付きの面を、乳白色の霧の湧きあがる川面に逸らそうとする高志の両頬を、綾子は両掌《りょうて》で軽くはさんで自分の方に向け代えた。

「やっぱり怒っていらっしゃるのね？　嫌《い》や、そんな怕《こわ》いお顔なさっちゃ……」

「飛んでもない、怒っているなんて……」

高志は、素直な眼にかえって、まともに綾子の眼をのぞき込んだ。

「どうしてだろう？　今夜の君の眼——なにか青い焔が、ゆらゆらと燃えているようで……」

「ああ、あの人のせいだわ！」

綾子は、ささやくような息ごえで呟いた。

ごくりと唾を呑んで、高志は肩をこわばらせた。綾子が、高志に話すときは、いつも夫のことを〝あの人〟と呼んでいたからであった。

「何かあった？　御主人とのことで……？」

「違いますわ。あの人って、へんな蠟燭売りの男のことよ」

「なんだ――」

ほっとなって、高志は、はじめて表情を解きほぐした。

「何ですか？　その、へんな蠟燭売りっていうのは？」

手短く物語って、綾子は、高志のグレーのウェストコートの釦《ボタン》をまさぐりながら、眩しそうに眼を細めた。

「怕かったわ、その人！　よせばよかったのに、その人から買った蠟燭をいつまでも見つめていたりして――きっとその焰の色がまだあたしの眼に残っているにちがいなくてよ。そんな蠟燭売り、あなた御見かけになったことありません？」

「女相手専門のたかりですよ、気味わるがらせて置いてゆする……よくある手だ」

「そうかも知れませんわ。それに、このところずっと神経が弱くなっていますから……よしましょうね、こんなお話、もう――」

「さあ、いつものように少し上《かみ》のほうへ散歩しにゆこう」

――はい――と眼に言わせて、綾子は、それをしおに立ちあがった。

二人が歩き出すのを待ちかまえていたもののように、ルルが尾を振りながら先に立って走り出した。

あれからもう大分経っているのに、あたりは一向に暮れ切ろうとせず、素焼の皿のような月が、川霧の奥に仄々《ほのぼの》と沈んでみえる。

こうして、高志に寄り添って歩いているだけで、綾子は幸福だった。それさえ自由にならず、世の中には、どれだけ想い合っている人々が泣きの涙で日を送っていることか。

「あたしは仕合せよ、高志――」

つつしみ深く、背に腕を廻しながら、綾子は、ほてった額を高志の肩にすりつけた。

とたんに、綾子は、高志のウェストコートに、大山木《たいさんぼく》の花の甘ったるい香気をかぎ当てて、はっと顔を起した。

「どうしたんです？　奥さん、そんなにびっくりなさって……？」

「ううん、なんでもないの……」

わざと、娘っぽい調子で、無理に笑ってみせたが、綾子の面《おもて》は真っ青だった。

「また、蠟燭売りのことを思い出したんですね？」

「よして、もうそのお話……」

「じゃあ、なんでそんなに怯《おび》えたの？」

「いま、ふっと、あたし大山木の花の匂いをかいだの――このへんに大山木なんかありっこないはずだと思ったら、なんだか、あなたと一緒に、あたしの家の庭を散歩しているような気がして……若《も》しかしてあの人に見られたら、どうしようかと……」

綾子の濡れた長い睫毛《まつげ》にしいんと見入って、高志は、急に表情をこわばらせた。

「僕と会っていることが、そんなにこわい？」

「いいえ、あたし、ちっとも悪いことじゃないと思っていますわ。だってあたし達、心から愛し合っているのですもの……でも、やっぱり気が咎《とが》めているのね。ごめんなさい、こんな嫌《い》やなこと申し上げて――」

「いつも言うことだが、僕は、いつまでもあなたをこんな中途半端な生き方の中に放っておきたくないんだ。ちょうどいい機会だ。これから御主人に会って、はっきりした処置を取ろう、宮坂君は、話のわからない男じゃない。いつも、なにかうしろめたい気持ちでおどおどしている君を見ているのに、僕はもう耐え切れなくなった」

「いけない、そんな、そんなこと！」

綾子は、爪を立てんばかりに、高志の胸に取り縋《すが》った。

「そんなことしたら、あたしもあなたも破滅よ。あたしはこうして、毎日十五分ずつ、あなたとお会いしていられるだけで充分！　それ以上のこと望んではいませんもの」

「女学生じゃあるまいし……いまのあなたは、それで満足出来ていられるかも知れないが、そんな胡麻化しが何時まで続くものじゃない。奥さん、決心をつけて下さい、僕もはっきりと……」

「いけないわ。あなたにだって奥さまもおありになるし、……そんなくらいなら、あたし、もうもう二度と……」

「馬鹿な！　あなたは黙ってそばに坐っていさえすればいいんだ。あなたはただ一言、宮坂君から念を押されたとき〝わたしはあなたを愛しておりません〟という言葉を用意しておりさえすれば、それでいいんだ。勇気を出して、さあ、一緒に……」

「嫌や、嫌やっ」

綾子は、屠殺所に曳かれる家畜のように脚をふんまえ、引き立てにかかる高志の腕から逃れようと身悶えた。

「あなたが仰言《おつしや》るように、話してわかるようなあの人なら、あたしだって尻込みしません。恐ろしい男、悪魔だわ、あの人！　あなたは殺される！　いつだって、寝るまも短銃を離したことのないあの人——」

「素晴しい！　ごてすて揉み合うより却ってさっぱりしていいじゃありませんか。僕だって、奥さん、万一のときの用意くらいは怠ってはいませんよ、ほら」

手を取ってポケットに突っ込ませた綾子の指先に、固い金属が冷やりと触れた。

「ああ」

反射的に、さっとその指を引いて、綾子は、高志の頸《くび》に両腕をからみつけた。

「あなたに若しものことがあったら、あたしはどうなるの？　あなたには、子供っぽくて不満かも知れないけど、こうして、あなたとの逢う瀬に夢を托して、それだけに取り縋って生きているあたし……でも、乗るか反るかの決闘沙汰まで巻き起して、あなたを独専したいほど、あたしの心は燃えてはいないの。お願い、そんな怕いこと二度とお考えにならないで……」

愛する男の一途な熱情には飛びこめず、それかといって、夫との生活からは離れたいと願い焦る綾子の、どっちつかずの生温《なまぬる》さを、高志は処理しかねたように苦っぽく笑った。

「いや、たいへんな話を持出して、奥さんの折角の楽しい時間を台無しにしてしまいましたね。もっとも今夜は、お会いしたときから、奥さんの様子がへんでしたが、あすは、いつものように機嫌よく会って下さる？」

「済みませんでしたわ。でも、みんなあのいやな蠟燭売りのせいよ、お怒りにならないで――」

いつもの通り、しっかり目を見合ったまま、ぶっつけるような接吻を交したが、その綾子の眼が、いきなりかあっと、蜜柑色に燃え立った。

「ま！　たいへんよ。月が、あ、あんなに赤くなって……」

それまで素焼の皿のように川霧の奥に沈んでいた月が、にわかに真紅の炎に包まれ、見る見るふくれあがって、その巨大な火球の表面全体が空と取って代り、そのまま非常な速度で大地に向けて落ちかかってくる。

「あっ！」

おもわず、綾子は足元の河原に倒れ伏したが、不思議に熱気は感じてこなかった。

「おい、逃げるんだ！　早く、早くしないと、空が、空が……」

からだごと背中にのしかぶさってはげしく引き起そうとゆすぶる高志の手を肩に感じながら、綾子は絞り出すような声で叫んだ。

「あたしは大丈夫よ、早く、あなた逃げてっ」

何故自分だけ大丈夫なのか、綾子にはわからない。恐ろしい天変地異が、それほど差迫った事態である実感は少しもなくなり、そうして高志の手に肩をゆすぶられていることに、綾子はいつまでも甘えていたい気持でいた。

＊

「まあ奥さまったら……電気が点《つ》いたっていうのに、蠟燭をつけっぱなしになさって――」

買い物袋をぶら下げたまま、女中は、かがみこんで、蠟燭の焔をふっと吹き消した。

「奥さま、こんなにして仮寝《うたたね》なさいますと、お風邪を召しましてよ」

優しく肩をゆすぶられて、綾子はハッと正気に戻った。

「ま！　いまのは夢――」

いぎたなく茶袱台に押しつけていた頰が汗で像《かた》取《ど》られ、息が自分でもわかるほど饐《す》えて熱っぽかった。

――なんていう悲しい夢を見るものだろう――綾子は、カサカサに乾いた唇を指先で濡《しめ》しながら、女中に水を持ってこさせた。

——不貞な女！　あたしって！——

綾子は、心にそう呟いて、コップの水を一気に飲み干した。

夫、宮坂の、異常としか思われないジェラシーに苛《さいな》まれとおし、愛情などは髪の毛一本ほども残していないとは言え、綾子はまだ、その夫を裏切るまでの気持にはなり切っていなかった。

それだのに、今の夢は、なんということだろう？

はっきりと自分も高志と呼んだ未知の男——その顔、声、身振り、服装まで、生々しく今でも眼の前にうかぶあの男——娘の頃に、いつか、どこかでそのような男を見かけ、それが潜在意識となって、夢の中にあらわれて来たのでもあろうか？

綾子は、過ぎ去った交遊の中に、それらしい面影をかき探ってみたが、思い当る男は浮んではこなかった。

それはそれとして、若し現実に、自分がそのような立場に身を置いたとしたら？　仮《かり》初《そ》めにも思ってても見なかったことだけれど、やはり心のどこかの隅で、いつもそんな世界のことを想いつづけていたのではなかったろうか？　逃避の世界に憧れつづけ、その世界での相手を求めつづけていたのではなかろうか？

覚めて、ひそかに顔の赤らむような夢も、恐ろしい罪を犯した夢も、綾子はいくたびか経験した。しかしそれらは、単なる夢としていつか消え去り、心に食い入る後味は残さなかった。それが、今の夢に限って、まるで肺肝に焼鏝《やきごて》を当てられるような痛みで、直《じ》かに肉体と結びついて離れようとしない。

夢ではなく、あたしは実際に、あの十五分間を、あの方と待合わせ、話し、ああ、接吻までしてお別れして来たのだわ。そうしてお別れ際に突然起ったあの天変に気を失ったあたしを、ここまで連れて来て下さり、あたしは女中の介抱で、たった今正気に戻ったばかりなんだわ――綾子は、いつか真面目でそんな風に考えつめている自分にハッと気付いて我に返った。

眼の前の蠟燭は、三分の一ほど減って、まだ固まり切らぬ青い蠟涙が、やわらかく垂れふくらんでいる。三分の一といえば、時間にして凡そ十五分くらい灯《とも》っていたにちがいない。

十五分……?!

怯えたように綾子は、うっと呼吸《いき》をつめた。

十五分間の夢――いまの夢は、この、いやらしい蠟燭のせいだ。あの得体の知れぬ蠟燭売りが、あんな夢をあたしに押しつけたんだ！

綾子は憑《つ》かれたもののように、その蠟燭をもぎり取ると、縁側にかけ出し、力まかせに生垣の外に投げ捨てた。

2

「おい、ルル――待て、待てといったら……こらッ」

何をかぎつけたのか、地面すれすれに鼻をひくつかせて、強引に突き進むルルを引き留めようと、磯村高志は反り身になって鎖を引きしぼったが、ルルはいっかな聞こうとしない。

指先がしびれて、おもわず離した隙に、ルルはじゃらじゃら鎖を引きながら、一気に、路傍の家の生垣に飛びついていった。

檜葉《ひば》の根方の、りゅうのひげの茂みを、ルルはいっとき気ぜわしく嗅ぎまわっていたが、やがて何か細長い有平糖《あるへいとう》みたいなものを得々とくわえて戻って来た。

「なんだ、蠟燭じゃないか」

青い色の三分の一ほど費《つか》った、なんの変哲もない蠟燭である。ぽい、と、元の草むらに投げ捨てると、ルルはまた狂気のようにかけ出して拾い返してくる。

「おかしな奴だ。よしよし、そんなに気に入ったなら持って行ってやるぞ」

たいした考えもなく、高志がポケットに捩じ込むと、ルルはやっと安心したような顔付になって、今度は温良《おとな》しく曳かれていった。

日が暮れるまで、高志は仕事場で熱心に刷毛を動かしていた。人形師といえば、ひどく浮世離れのした職業のように聞こえるが、主な仕事は輸出向けの舞踏会用仮面作りである。どちらかと言えば名人気質《かたぎ》で、気乗りのしないときは期日なども違《たが》え勝《が》ちだったが、腕がいいので、収入は比較的多かった。

いまやりかけの悪魔の仮面の、眉はどうはねあげようかと、思いを凝らしている矢先、妻の甲高い声が、裏の家あたりから響いてくる。聞こうとしなくても、声は仕事場に筒抜けだった。

どうやらセツは、十五円の魚の切身を二切れ二十五円に値切り、その上に蜆《しじみ》を一握り負けさせたことを得々と、その家《や》の細君に吹聴しているらしい。

――またか――と、高志は眉をひそめた。

師匠の娘で、半ばは義理から、押しつけられるようにして貰ったセツではあったが、持って生れた吝嗇《りんしょく》が結婚後病的にまで高まり、いまでは〝赤螺夫人《あかにし》〟と蔭口をきかれてさえいることを、高志は苦にがしく思いつづけている。それもいいとして、あたりかまわず甲高い声を張り上げてそうしたことを手柄顔に吹聴してまわるセンスが、心の肌理《きめ》の細《こ》まかな高志には堪えられなかった。

強いて仕事に気を紛らわそうと、絵筆を取りあげたが、いつのまにか暮れ切って、顔料の色もさだかには選び取れないほどの暗さだった。

立って電灯をひねったが、電球《たま》が切れているらしい。

窓から首をのぞかせて、妻を呼ぼうとしたが、露路を曲りかかる工夫の姿が目にとまって、トランスの故障であることがわかった。

「ちょっ」

舌うちをして、タバコを取出そうとポケットに突込んだ指に、何かとろりとした感じのものが触った。

あれっきり忘れていた、朝散歩に連れ出したときルルが拾った青い蠟燭である。まん中から折れて、ぐらぐらしてはいるが役に立たないことはない。

――トランスが直るまでは充分保《も》つだろう――

高志はマッチを擦《す》って、仕事机の上に蠟を溶かして立てた。

最初、焰はシパシパとまたたいていたが、やがて安定すると、妙に気を滅入らせるような輝きを放ちはじめた。

そんな青の色を、高志はついぞ見たことがなかった。この世と冥府との境目に、若しちろちろと火が燃えていたとしたならおそらくそのような色をしていることであろう。眼を逸らそうとすれば焰は強引にその眼を奪いかえし、見つめれば、何か無形な行為を仕掛けてこようとする――

「ああ、嫌やな気持だ――」

高志は、両掌で顔を覆って、仕事机にうつ伏した。

＊

高い空を風が吹き過ぎてゆく。その風に怯えたようなルルの濡れた瞳だった。

「どうしたんだ？　ルル——さあ、いつものように午後の散歩だ」

ルルは、悲しげな瞳で、いっとき高志を見上げていたが、主人の厚意にさからっては済まないと思い返したのか、トボトボした足取りでおもてに出た。

いつも通る道——大山木の花の香りが漂ってくる屋敷のまぢかにさしかかると、ルルは急に爪を地面にめりこませて、いっかな動こうともしない。

隙間もなくめぐらした檜葉の生垣のあちらこちらから、羽化したばかりの灰色の羽蟻が、煙のように舞いあがっては、ぎらつく午《ひる》さがりの光の中に散ってゆく。汗ばんだ顔にまつわりつく羽蟻を片手で払いのけながら、高志は、焦々して邪慳に鎖を引っぱった。ハッハッと逞しい舌で喘ぎなから尻込みするルルを、癇癪《かんしゃく》まぎれに横抱きにかかえ、足早に十歩ほど過ぎてから、高志は——ああ、そうか——と思い当った。

「ルルの奴、あすこのりゅうのひげの茂みで、あの変な蠟燭を拾ったんだ。また目に付いたら、どうしても拾わずにいられなくなるので怕がっているんだな」

それが、つい今朝のことのようにも、ずっと以前のことのようにも思われたが、高志は別段それにこだわってはいなかった。

屋敷道を出はずれてしまうと、ルルは、遽《にわ》かに元気を取戻して、逆に高志をうながすように先に立った。

陽炎《かげろう》がゆらゆら立ちのぼる河原に、蠟細工のような光沢《つや》のない顔の子供が三人、よごれて剝身《むきみ》みたいな眼をした小猫を相手に、遊んでいる。

高志はその横を、避けるようにして川っ端に下りていった、川は、水が枯れて浅かった。頼りなげに茎を晒《さら》した河骨《こうほね》の、卵色の花のまわりを、オハグロトンボがぴらぴら飛びまわっている。気弱な神経が刺されるようにひりついて、おもわず逸らせた眼に、可成り離れた上手《かみて》の汀《みぎわ》に、ちらっと蜜柑色の動きが映った。

「綾子！」

それと気付いたか、ルルは、高志よりも先にかけ出し、しゃがんだまま、じいっと川面を見つめていた綾子の膝に前足をかけてびっくりさせたらしい、綾子の眼が、不意の歓びに、黒耀石のように輝いた。

「まあ、思いがけなく昼間お目にかかれるなんて！　びっくりしましてよ」

「僕も意外でした。昼間、ここでこうしてお会いするなんて、はじめてですね」

「お会い出来て、よかったわ」

綾子は、甘い息ざしを仄かに漾《ただ》よわせて、高志の瞳に見入った。

「今夜はあの人、お客を連れて夕方戻るって、さっき電話してよこしましたの。お約束の時間に、抜けられなくなってしまいましたのよ。あなたに待ちぼけおさせしなければならなかったところ……」

「それは好都合だった。で、この頃、どう宮坂君……？」

「どうって……相変らず——ますます病気が昂じてくるばかり」

綾子は、太く溜息をついて面を伏せた。

「ゆうべも、お別れして帰ってから、あの人、いきなりあたしを畳に捩じ伏せて、まるで探偵犬みたいに髪の匂いをかぎまわって……また、いつもの男と逢って来たな？　言え、何処で会った？　そいつは誰だ？　何を話した？　って……しまいには、きさまはサクと共謀《ぐる》になっているんだろうって罪もない女中の腕をねじあげたり——ゆうべは夜っぴて、あたし、大山木の幹に、恥かしい姿でくくりつけられていましたわ」

「……」

「ついぞお客なんかしたこともないあの人が、今日に限って、わざわざ夕方を見はからって連れてくるのも、あたしへのいやがらせよ。あなたとの逢う瀬を妨害して、あたしの苦悶する姿を、心の中で舌なめずりして娯しもうっていう魂胆——」

「無茶だ！」

高志はぺっと横に唾を吐いた。

「妻の不貞を責めるまえに、自分の行為を反省しようともしないなんて、あまりにも身勝手過ぎる」

「不貞だなんてそんな風に仰言らないで」

綾子はきっと面を向け上げた。

「あたしはいけない女かしら？　そんなことないわ、誰に聞かれたってやましいことはない筈、こうして毎夜十五分間ずつ、あなたとここでお会いして、心を通わせ合い、お話し合ったからって、それが不貞かしら？　罪かしら？　夜、夫の腕に抱かれながら、心に他の男の面影を追っている女たちに比べたら、あたしなんか天女！」

精いっぱいの反抗に、拳を可愛くふるわせながら、綾子は倒れまいと、蹠《あしうら》に力をこめた。

「でも、そうやって自分を胡麻化し、まぎらわし、言いきかせて生きているのにだって限度はあるわ、あたしはもう我慢出来なくなった！　心の浅い女だと、あなたに軽蔑されてもいい、嫌やがられて、愛想を尽かされて、中途で放っぽり出されてもいい。お願い、高志！　あたしを何処へでも連れて逃げて。嫌やよ、嫌やよ、こんな中途半端な生き方！」

綾子の何処に、こんな劇《はげ》しい熱情がひそんでいたかと、高志は気圧《けお》されるおもいで眼をみはった。

「どうして黙っているの？　なぜ返事して下さらないの？　ゆうべは、勇気を出せって、あんなに積極的だったあなただのに……なぜ、引きずって下さらないの？　なぜ、あの人から奪い取って下さろうとしないの？」

炎となる息づかいの中に、綾子は、ついぞ見せたことのない思いつめた表情で高志の眼を必死に捉えた。

「変ね、今日のあなた……どうしてそんないやな色の眼をなさるの？　怕いわ、まるであの蠟燭の焔みたい！」

「蠟燭だって……？」

高志は、はっとなって呼吸を塞《ひそ》めた。

「そうよ、ゆうべあなたにもお話したはず……へんな蠟燭売りが押しつけていった青い蠟燭……芯のまわりに揺れていた青っぽい色そっくり——そうよ、きっとそうだわ。あなたをこんなに気弱く引込思案にさせているのも、その蠟燭の焰を見つめたせいですわ、あなたもお買いになりましたのね？」

「いや……」

高志は、喋舌《しやべ》ってよいか悪いか、とっさに決め兼ねて戸惑った。

高い空を吹き過ぎていた風が、いつか地上に移って、脚の間を吹抜けてゆく。

「実はね、ルルの奴が、たしか今朝のことだとは思うんだが、どうもそこがはっきりしない——ここへ来る途中、屋敷町の道で拾ったんだ。三分の一ほど減った使いかけでしたがね」

「あたしが捨てたんですわ、それ」

綾子は、がくりと膝を折って、腑抜けたように河原に腰をくずした。

「あたしは馬鹿だった！　あんなに、ゆうべ、その蠟燭売りのことを罵《のの》しったものだから、あなたに拾わせて仇をうたれたんだわ。怕い男、まるで魔法使いみたい！　今日は負けとく。でも、いつまで負けっぱなしでいやしなくてよ、きっとあいつを、二度と悪さをさせないまでにたたきのめしてやるわ」

「そうむきになるほどのことはないさ、たかが、行商人だ。それよりも、さっきの話……」

「もう止しましょうね、今日は。中途で腰がおれて、まるで海鼠《なまこ》みたいに気力が無くなってしまったもの……あら、おかしいわ、もうそんな時間かしら？　暗くなりかけて……」

「へんだな、せいぜい十五分くらいしか経っていない筈だが——まるで日蝕のようだ」

綾子は、スカートの塵をはらって、立ちあがりながら、高志の背に腕をまわした。

「あたし、もう帰らなけりゃいけないわ。あした、また、ね……」

「もう、その時は、いやな蠟燭売りのことなど、口に出すんじゃないぞ」

「はい」

眼を閉じて、かぶさるように近づけられる高志の唇を、綾子は顎《あご》を引いてはずしながら、

「いやよ、いつものように眼をひらいていて下さらなけりゃ」

「怕がらせたくないからさ、僕の眼は青い焔のように燃えているからな」

「ううん、もう大丈夫よ、いつもの高志の優しい眼！」

いつもの、劇しいぶっつけ合うような接吻だった。が、高志には、どうしてか、それが直《じ》かに実感となって肉体《からだ》に応えてこない、生暖かい、蠟細工のような唇の感触だった。

風が、闇の中をいつまでもかけまわって、飛行機の爆音が物懶《ものう》く耳につたわってくる

ようだった。

＊

背筋に、しみ入る風を感じて、高志はふっと正気にかえった。まっ暗な中に、誰ひとり構い手もなく忘れられたまま、ひとときの間を眠っていたらしい　うしろ手の、観音開きの硝子扉が風にあおられ、蠟燭が倒れて、唇に触れる近さに転がっている。或《ある》は知らぬ間に手がさわって倒したのかも知れない。蠟燭は、ちょうど折れた半分の線まで燃えて来たところで消えたらしく――時間にしたら、まず十五分というところであろう。

――たいへんな夢を見たものだ――

高志は、むしろ、楽しさの無きにしもあらず、といった諧謔的な気軽さでのうのうと腕をのばした。

――あの女は、いったい誰だろう？　ついぞ見かけた覚えのない女だが……いや、夢のことだ、何もそんな詮索をするには当らない。

それにしても、素晴らしい美人だったな。しかも向うから、僕にぞっこん惚れ込んで、どうでも一緒に逃げてくれという。僕も満更捨てた男ではないわい。だが僕は、なんだって、あんなに気弱く尻込みしたんだろう？　ああ、これが覚めている世界での出来事だったら、逆にあの女を誘惑し兼ねない僕だのに……惜しいことをしたものさ。

そうだ、ひとつあの女の顔をモデルにして、記念の仮面でも造っておくとするか――

トランスが直ったのであろう、そのとたんにパッと電灯《あかり》がついた。

高志は、ぐずぐずしている間に、夢の女の印象が薄れてしまうのを惧《おそ》れるもののように、濡紙を糊で捏ね固め、かつて見せたこともない熱心さで、原型をつくりあげた。手早く顔料を溶いて、さっと下塗りの刷毛を走らせ、手近の壺に立てかけて反り身に眼を細めた。

――われながら、よく出来たものだわい、あの女そっくりだ――

ひとり悦に入って眺めていた高志の面から、みるみる血の気が引いてゆき、いままでの浮付《うわつ》いた表情が、苦悩の硬張りに取って代った。

それが夢の女の顔色を再現するに最もふさわしい色彩だと、意識して選んだ顔料――それが、事もあろうに、自分の注意を強引にひきつけようとして離さなかったあの青い蠟燭の焔の色であったとは！　そう言えば、女も夢の中で、その色に怯えおののいていた――

じりじりと脊髄の中を這いのぼってくる幻怪な恐怖を押さえ兼ね、高志は、血走った眼を仮面に据えて、はげしい平手打ちをくわせて叩き飛ばした。仮面は、部屋隅の道具箱の角にぶち当って、ぐしゃっと潰れる間ぎわ、高志を、その醜く歪んだ眼で睨みかえし、嗄《かす》れた声で、ケ、ケ、ケ、と笑ったようだった。

かっとなって手近にあった灰皿をつかみあげた瞬間、なにがおかしいのか、妻のセツが甲高い声で笑いころげながら合の襖をがらりと開けた。

「なんだ、いまのはお前だったのか」

ほっとすると同時に、高志は、自分でもわからぬ激怒に駆り立てられながら、手あたり次第のものをスーツケースの中に塡《つ》め込みはじめた。

「また、いつもの病が出たのね？」

「うん、四五日行ってくる」

仕事に行詰ったり、気が鬱積したりすると、発作的に、知合の男の山小屋に出掛ける癖を知っているセツは——ふん、またか——と胸につぶやいただけで、別に怪しみもしなかった。

少しでも昂奮を鎮めようと、煙草を吸いつけて窓ぎわに歩み寄ったときだった。仕事机の上にころがっていた、あの青い蠟燭が、まるで自分の意志で行動するもののように、横ざまに転がって、ぽとりと、蓋のひらいたスーツケースの中に落ち込んだ。

3

さむざむとした郊外の、乾いた風が吹き抜けるガソリン・カーの小駅に、高志は小さなスーツケースを一つ下げたまま降り立った。

まだ九時をいくらも廻ってはいないであろうが、時間が半端なせいか、乗降客はほんの数えるほどしかなく、高志はひとり離れて、気重い足を出口に向けて運びながら、はっ、と眼を見はった。

かたわらのベンチに、蜜柑色のカーディガンを左腕にかけ、前かがみに、深い物思いに沈んでいる女――

「綾子！」

名を呼ばれて女はぎくりとなったようすで、青ざめた面をあげた。

「ま、高志！」

ずしんと音を立てて女のわきに腰をおろし、手を取ろうとする高志に、女も手を差《さし》のべかけたが、ほとんど同時に二人ともその手をさっと引いてしまった。

見も知らぬ赤の他人同士である。

「失礼しました。あんまりよく似ていらっしゃったので、つい……」

高志は、照れてにがっぽく笑った。

「あたくしこそ……」

女もかすかに頰を染めて唇の端を軽くほころばせたが、しかし、その円《つぶ》らな眼は、しっかりと高志を捉えて離そうとはしなかった。

「でも、あたくし、綾子って申しますの。どうしてあなたは、あたくしの名を御存じ？」

まさか、夢で会った女の名前だとは、気がさして言えなかった。

「しかし、あなたもたった今僕を高志とお呼びになりましたね？　たしかに僕の名は高志ですが……」

「ま！」

女は泣きかけようとする表情をそのまま釘付けにして高志の手をぎゅっと握りしめた。高志は、もうその手を引かなかった。

その感触も、髪の色も、睫毛の長い濡れた眼も、蜜柑色のカーディガンも、あの夢の中の綾子に寸分の変りもない。触れたら息ざしも甘く匂うであろう——

高志は、それとなくあたりを見廻した。少し離れた線路の上に赤いカンテラを置いて、工夫が二人交る交る鶴嘴《つるはし》を振っている。向いのフォームで、子供が南京豆を食べながら映画館のポスターを見上げている。断じて、夢の世界ではない。

「何をそんなに気にしていらっしゃいますの？」

女は探るような眼で、高志の眼を覗き込んだ。

「いや、こんなことを言うと、あなたに気狂いかと思われるでしょうが……こうして、あなたと一緒にいることが現実の世界の出来事だということをはっきり確《たしか》めたかったのです」

「じゃあ、あなたも、青い蠟燭のことを……？」

「青い蠟燭……？　そうです、ルルが拾って来たんです。どうしてあなたはそれを？」

「あたくしが捨てましたのよ、それ。あなたがお拾いになりましたのね。それをおつけになって、不思議な夢を御らんになりませんでして？」

「見ましたとも——わずか十五分くらいの短い夢でしたが……僕はあなたから、何処へでもいいから連れてってしまって呉れとせがまれて、閉口しました」

「嘘！　あなたでしてよ。主人に会って、どうでも今夜は話をつけてしまうって、あたくしを困らせたのは」

お互《たがい》の夢の内容は食い違っていたが、いきなり会った他人同士が、こんな奇妙な会話を交し合える心の飛躍の不可思議さに戸惑いながらも、高志は、そうせずにはいられない内心の衝動にかりたてられて、女をぐっと胸に引きつけた。

「綾子！」

何の不自然さもなく呼べた高志の胸に、女は頬を押しつけたまま、素直に——はい——と答えた。

「どうするの？　君は、これから……」

「あの人の眼に触れないところへ逃げていって、二度と帰らないつもりで飛び出して来ましたの……あなたの面影を思いうかべながら死ぬ気だった！」

「死ぬなんて、馬鹿な！　ちょうどいい。ここからハイヤーで一時間ほど登ったところに知合の猟師の山小屋がある。とにかく行こう、いいでしょうね？」

静かな眉をあげて、女はこっくりと肯《うなず》いて見せた。

自動車《くるま》に並んで腰かけている間中、二人は一言も語り合わなかった。うっかり口をきいたら、いつ逆に、この世界が夢に変ってしまうか、それが怕かった。

「ほう！　これは珍らしい……」

丸太小屋の扉を細目にあけて、柴木は、時ならぬ訪問客に目を丸くした。三十貫近いビヤ樽みたいな巨軀を持てあまして、いつもぜいぜい言っている、半猟半画家の変り者である。人相は山賊めいてよくないが、笑うと、髯《ひげ》もじゃな顔がくずれて、人のよさがまる出しになる。

「また久《しば》らく厄介になりに来た。だがこんどはちょっと追ん出て貰いたいんだ」

「追ん出ろ？……ははあ、なあるほど」

慎《つつ》ましく高志から離れて闇の中に背を見せている女の姿に気付いて、柴木は意味ありげににやりと笑った。

「こいつ、今度は只では泊らせんぞ。一日五千円だ」

「馬鹿、ぐずぐず言わずに消え失せろ」

待たせておいた自動車に無理矢理に押し込み、遠ざかってゆく窓に、高志はあばよと手を振ってみせた。

「ずいぶん荒療治ね、あんなことしてお怒りにならなくて？」

「なあに、あいつは、町へ出りゃ仲間で引張り凧の歓迎ですよ、奴の為《た》めにもいい。さあ、誰に遠慮も気兼もない家だ、どうぞ」

煤けた吊ランプの下で、立ったまま、二人は、あのぶつけるような接吻を交した。お互に眼をしっかり見合って、いままでにもう幾度も経験したあとのような錯覚の中で。

4

鮭肉色の、美しい朝やけだった。

固い椅子に毛布をひっかぶったまま眠っていた高志は、なにか割切れない気持のまま眼をさました。

あれほど心が溶け合っていながら、綾子は、ついに最後のものだけは強硬に拒みつづけた。あの夢の中では、狂おしいほど積極的だった女が、夜の求めの手の前で、処女のようにおびえおののいていた。

「それだけは堪忍して！ あたしは、あなたのおそばで、夫から離れていられるだけで満足なの。あたしには、奥さまのおありになるあなたと知っていながら……とてもそんな気には……」

泣いて訴える綾子を高志はむしろ愍《あわ》れにおもい、心の行き過ぎを自省したが、醒めてのいまでは、無理に消した情火の熾《おき》が心の隅に燻《くすぶ》っているようで息苦しかった。

「お目ざめになって？ 高志」

ぶっつけの扉を押して、ひびきのいい声で呼びかけながら、綾子が外から飛び込んできた。

「いい気持ち！ ずうっと裏の楢林を散歩して来ましたのよ。さあ、これお土産！」

ハンカチに包んで来たヒラタケを高志の眼の前にひろげて見せ、綾子は、得意そうに小鼻をうごめかせた。ゆうべの沈痛な綾子にくらべて、何という変りかた！　高志の胸も、誘われるように軽くなっていった、

綾子は、まるでキャンプ生活をたのしむ女学生みたいにはしゃぎまわり、その日一日中笑顔を絶やさなかった。小屋の掃除から炊事万端いっさい自分ひとりで引受け、火のような柘榴《ざくろ》の花を折ってきて飾り、岩魚《いわな》を手まめに料理した。

「ゆうべあなたに追ん出されたお友達の方、まるでピノキオに出てくる人形師のストロンボリみたい――」

そんな冗談をたたくかと思えば、

「序《つい》でにあなたも追ん出しちまって、あたしひとりで此の小屋を占領しちまおうかな」

そう言うそばから、嘘よ、嘘よ、と連呼しながら、うしろから飛び附いて、高志の頸すじに接吻の雨を降らせた。

これが、冷めたい夫の皮の鞭に耐え切れずに出奔した人妻の真の姿だろうか？　高志はむしろ呆然として、どう自分を綾子の気持にマッチさせてよいか、戸惑わずにはいられなかった。

だが、日も暮れ果て、遥かな雲に街の灯の色が映りはじめる頃から、綾子は次第に憂愁の度を深めていった。

「あたしの手をしっかり握っていて、離しちゃ嫌や、もっとよ、もっと強くよ」

綾子は、眼に見えぬ敵をからだ全体で警戒するもののように小さくなって、高志の胸にすがりついた。

「何をそんなに怕がるんだ、綾子」

高志は、脅かされた鷸《しぎ》のような綾子の眼をのぞき込みながら優しく訊ねた。

「そうか、君はまた、くだらぬ蠟燭売りのことを思い出しているんだね？」

「異《ちが》うわ。あの人よ、あの人が、何処からか、あたしを殺そうとして狙っているの」

「馬鹿な！　ここは、町から何十里も離れた山奥だ。二人だけの世界だ」

「いいえ、駄目！　あの人は、引揚げてくるまで永いこと満洲で軍事探偵をやっていたの。その気なら、こんなところくらい直ぐにも見付けてしまってよ。ああ、ひょっとしたら、夕べのうちにもう尾《つ》けて来て……」

煤けた吊ランプが風も無いのに、かすかに揺れている。

「あたしは今朝、ふっとそんな気がして、おもてへ飛び出した。それからのあたし、精いっぱいのお芝居をつづけて、その恐ろしさをまぎらわそうとした。でも、もう精も根《こん》もつき果ててしまったわ。ああ、高志、もっとランプを明るくして！」

どう慰めてやる術《すべ》もなく、高志はランプの芯を立てようと覗き込んだが、逆にしぼってうす暗くした。

「あっ、どうして、そんなことを……？」

「油が切れかかっている。節約しなかったら、寝るまでどころか、あと三十分とは保ちそうもない」

「いいから、明るくしてっ！」

ヒステリックに叫んで、綾子はぺたりと板の間に坐りこんだ。

「ああ、やっと安心出来てよ」

心持ち明るさを増した部屋を見廻して、綾子は、ほっと安堵の溜息をついた。

自分に頼り切ってもらえない淋しさが、高志の胸をせつなく緊《し》めつけにかかった。

高志は、劣等感に顔を赤らめながら、それとは別に、ゆうべから堰き止められていた熱情が、炎となって鳩尾《みぞおち》の裏に燃えあがるのを覚え、背後から綾子に挑みかかろうと気構えた瞬間、

「高志！」

たたきつけるような鋭い息声をほとばしらせ、綾子はすっくと立上った。

「ルルよ、あなたのルルの吠え声が……」

「ルルだって？　そ、そんな馬鹿な！」

耳をそばだててみた。遠くの尾根で、野犬が月に吠えているのであろう、二声三声、それに続いたが、それっきりぱったり止んでしまった。

「君の空耳だ、野犬の吠声がルルに聞こえただけさ」

「そんなことないわ、たしかにルルよ、ほら、又聞こえる……小屋に向って近づいてくるわ、ああ、あの人の仕掛けた罠よ。あなたの奥さんと連絡を取って、ルルを借出し、

あたし達のかくれ家《が》を突止めに来たんだわ。あの人のやりそうな手！　高志！　どうしたらいいの？　どうしたら……」

一瞬のまに、アンチモンで隈取《くまど》られたかと見えるまでに深く沈んだ眼をおののかせて、綾子は劇しく高志の肩をゆすぶって叫んだ。

「死ぬのが怕いんじゃない！　死ぬ気であたしは家を出たんだ。だけど、あんな奴の手にかかって、誰が殺されてやるものか、なんとかして！　あたしを、あいつの手で殺させないでっ！」

「よし、会って解決をつけて来る。君はここで、じっと待っているんだぞ」

極度の脅迫観念が生んだ幻聴に過ぎまい——綾子を安心させようと、扉の閂《かんぬき》をはずしにかかる高志の腕に、綾子は、必死に取りすがった。

「出ちゃ不可《いけ》ない！　あの人、射撃の名人よ。逃げて、あたしに構わず裏から逃げて……あたしは決心した！」

「どうして君は、それを宮坂だと決めてしまうんだ？　ルルと共謀《ぐる》なら、女房のセツかも知れないんだ」

「いいえ、あの人よ。間違いはない、あたしには解る。あの人の猫みたいに立てない足音だって、あたしにだけは解ってよ！」

依然として、ルルらしい吠え声は高志の耳にひびいてこない。だがガサッと物の動く気配が、こんどは真剣に高志の耳をそばだたせた。

「離せ、僕を、僕をこのまま外から狙い射ちにさせる気かっ！」

今は自衛の本能に、全身の神経を張りつめ、高志は、綾子をうしろざまに振りもぎって小屋を躍り出した。

月も星もない煮つめたような暗黒だった。小屋から洩れてくる光のとどく限りには、蠢めくものの影さえ見当らない。

見えるはずも無いあたりの闇に、高志は血走った眼を泳がせた。

葉簇《はむら》の先端が、ありなしの光の中にわずかに浮びあがって見える地上に、なにかむくりとふくれあがった感じを目聡《めざと》くうつして、高志はハッと身を伏せた。

そのままの姿勢で、じりじりと這い寄る。影は二度と蠢めかない。

気のせいだったかも知れない。――ほっと緊張がほぐれかかった瞬間、強烈な紫閃色が眼の前に爆発し、弾がヒューンと頭上をかすめた。

どうしてそんな無謀を敢《あえ》てしたか自分でも解らない。高志は、生餌に飛びかかる野獣の速さで、むっと鼻をつく硝煙の中におどり込んだ。

相手も、おもいも寄らぬ奇襲に、うっと低く呻《うな》りごえを立てたその見当に、高志は、必殺の力を指に込めて、二度目の体当りをぶちつけた。

「ぐふっ」

うめきとも声ともつかぬ音を立てる生温い咽喉に指をめりこませた瞬間、高志は下腹に灼《や》きつくような熱さを覚えたが、気丈に握力はゆるめなかった。

あたりはひっそりと静まり返って、草のそよぎ一つ感じられない。よろめく脚を踏みこたえて高志は立ちかけたが、そのまま足元から崩れてしまった。

泥にまみれ、汗をかきたれ、傷ついた蜥蜴《とかげ》さながらに小屋の前まで匍《は》い寄った高志は、苦しい呼吸を無理にととのえ、扉に爪をかけて立ちあがった。

ランプの油が切れたのであろう、小屋の中はまっ暗だった。

「綾子！」

声に出たかどうか、心許《こころもと》なかった。高志は闇に綾子の手をまさぐり求めた。

「ま！　高志」

遠い綾子の声のように思えたが、指はしっかりと握りかえして来た。

「なんて冷めたいお手！……」綾子はいとおしそうに高志の手を自分の胸に引き当て、さっきよりはもっと遠い声で高志の耳元に囁いた。

「もういっぺん、お顔が見たいけど、もうランプの油がなくなってしまいましたのよ。そうだわ、マッチ擦って下さらない？」

ポケットを探ったが生憎《あいにく》無い。床をまさぐる指先に、スーツケースの角が触れた。

――そうだ、この中にあるかも知れない――

やみくもにかき廻しているうち、何かぬるりとした感じのものが触れてきた。

「おい、なんてお誂向《あつらえむ》きなことだ。使いかけの蠟燭が一本あるぞ、マッチも！」

「まあ素敵！　マッチ貸して、あたしがつけてあげる」

しゅっと擦って、近づける焔の中に、高志は、はっと息をつめて、差し出しかけた蠟燭を引込めた。

「まあ、どうなさったの？　なぜかくしておしまいになるの？」

「気が附かなかった。どうしてスーツケースの中になんか……あの蠟燭だ、不吉な、あの青い蠟燭だ！」

「ちっとも不吉なことなんか無くてよ、あたしとあなたを会わせてくれた恩人さん！」

二本目のマッチの明りの中に、綾子は、愛《かな》しい微笑を唇にうかせながら、高志の手から蠟燭をもぎ取るようにして火を移した。

スーツケースの端に立てられた蠟燭は、いっとき、シパシパとまたたいていたが、やがて燃え定まると、あの、言いようもなく侘びしい青の色を、芯のまわりに漾《ただよ》わせはじめた。

「綾子、なぜ君は、あれほど怕がっていたのに、自分からこの蠟燭を灯す気になったんだ？」

「もうなんにも怕いことなんかないの！　あれを御覧になって……」

綾子は静かに眼を卓子の上に向けた。水差のわきのコップが倒れて、毒蛾の鱗粉を溶かしたような黝《くろ》ずんだ水が、卓子の端からぽとりぽとりと垂れ滴っている。

「綾子！」

叫んで、ぐっと抱き寄せたが、高志の腕にも力が入らなかった。

「君は……君は……」

「何《な》んにも仰言らないで……あたしも言わない！　でも一言だけ言わせて——こうなることが、あなたとあたしの宿命。誰も恨むことも無いわ。あたしは、あの、二度目の拳銃の音を聞いた瞬間に、いっきにコップを服《の》み干したの。堪忍して、あなたまで、こんな運命にまき込ませてしまったなんて！」

「言うな！」

もう一言も言わせまいと、高志は自分の唇で綾子の唇を押さえつけようと、前かがみに上半身を浮かせかけたが、もはや、からだは意志どおりには動いてくれなかった。

「高志！」

かすかに、遠いところから綾子の声が自分を呼んだように思われた瞬間、高志はガクリと前のめずりに固い床に額をついてしまった。

同時だった。綾子のからだが横向きに崩れ、覓《もと》め合う二人の指が、板の間の上を空《むな》しく蠢めきおののいた。

＊

街はひどい雑沓だった。

両側からせばめられた高い建物の窓々から、押しあいへしあいする群衆の頭上に、コンフェッティーの雨が降りかかっているところを見ると、どこか外国の謝肉祭《カーニヴァル》のようでもあるが、群衆はみんな日本人だった。

誰もが、高志が今までに苦心して作った仮面を得意げにかぶっている。

高志と綾子は、はぐれまいとスクラムした腕に力をこめ雑沓の間を縫いわけながら二人共、仮面を付けてこなかったことを後悔していた。

「綾子、僕を何処へ連れていこうっていうんだ？」

「いいとこ――もう直ぐよ……あら、ここだわ」

群衆を横にかき分けて、綾子は、ぐいぐい高志の腕を引いて低い石段をかけ登った。

小さなホテルのようでもあり、貿易商館のようでもあった。

グレーのウェストコートと蜜柑色のカーディガンが、絡み合うように扉の中に吸い込まれた。

「いよう、御両人」

待っていましたとばかり、大手を拡げて、二人の前に立ちはだかった巨人――赤い毛布を斜めにひっかけ、片眼を黒い眼帯で覆っているが、高志には一目で柴木とわかった。

「なんだ、貴様か……」

「なんだ、は非道《ひど》いぞ。きょうは礼を言ってもらわにゃならんはずだ」

「あたしからお礼申しあげてよ、人形師ストロンボリさん」

「ストロンボリは無いでしょう、素顔の別嬪《べっぴん》さん、わしはカルタゴの勇将ハンニバルじゃよ」

「では、ハンニバル将軍殿、改めて敬意を表しましてよ。ところで、お願いしておいたお部屋、用意してあって？」

「御念には及びません、さあ、どうぞ」

ハンニバルが先に立って案内したかどうか、はっきりしない。永いことかかって螺旋《らせん》階段を登りつめた突当りの部屋の扉をひらいて、高志はおもわず目を瞠《みは》った。あの、柴木の山小屋に寸分違《たが》わぬ作りつけである。

「綾子、これはいったい、どういうお芝居だね？」

「いまに解ってよ、ああ少し風を入れましょうね、その窓を半分開けて……」

歩み寄って、高志は観音開きのウィンドを細目にあけた。街の雑沓はいつのまにか拭い去ったように消え、暮れきった空の一角に残された一握りの雲だけが茜色《あかねいろ》に染まって浮んでいる。

綾子は、片隅の、藁のはみ出たベッドに深く腰をかけ、静かな眉をあげて高志の動作をしいんとみつめていた。

「さあ、こちらにいらしって……あたしの傍におかけになって」

誘われるままに、高志は並んで腰をおろそうとしたが、気が付いて、つと立上った。

「どうなさったの？　高志」

「ひどく暗くなった、吊ランプに火を入れよう」

「いいの……夕焼雲が、まだ一片《ひとひら》残っていますわ。そんなことより……」

腕をぐっと引き寄せて坐らせ、綾子はからだを捩じって正面に向き直った。

「高志！」

いままでに、ついぞ聞いたことのない、明るい匂うような綾子の声だった。

「こんなに暗くたって、あなたには、あたしがはっきり見えるでしょう？　あたしもよ——もっと、もっと大きく眼をあけてあたしをお見つめになって……」

「見ているとも——今夜の君は、いままでのどんな時の君よりも美しい」

「悲しかったわ、今までは。たった十五分ずつしかお会いしていられなかったもの——でも、もう大丈夫！　これからは時間の制限なんか無くて済みますわ……ああ、高志！」

一瞬、綾子の大きく見開かれた瞳が、花火の紅《くれない》をきらめかせた。

「お愛ししていましたわ、高志！　あたしはやっと自由になれた。いまこそ、あたしは、何も彼もあなたにあげてしまえる！」

「綾子！」

いきなり眼の前に押しかぶさってきた真白なふくらみの中に、高志は杏色の二つの乳首をちらっと見たように思ったが、それっきり、高志の五感には何ひとつ響いてはこなかった。

＊

燃え尽きようとする蠟燭の、最後の焔のあがきが、山小屋の壁に、形のない大きな影を揺り動かせている。

わずかに開かれた窓のあわいから、青ざめた蠟細工のような光沢《つや》のない男の顔が覗き込んで、ふっと消えた。

——蠟燭屋でございい……蠟燭はいかがさま……

男はそう口に出して、ことりとの音もしない小屋の中に呼びかけたようにも思われたが、まさかこの山奥に、そんな蠟燭売りが来かかろうとは思えない——風が吹き過ぎていったのでもあろうか。

妖蝶記

ネメゲトウから来た男

「あのう、旦那様……」

ドアの外から声をかけ、愛くるしい顔をした小間使のアサが、叱られるのを承知のおどおどした様子で入ってきた。

「………」

返事はない。

曾根広志は、大きな桃花心木《マホガニー》のテーブルにへばりつくような恰好で、ここ数日来分類に没頭している菊目石《アンモナイト》類の化石に拡大鏡《ルーペ》をあてたまま、それが癖で、こめかみをせわしくひくつかせながら、身動《みじろ》ぎひとつしなかった。

「あの……」

ごくっ、と唾を嚥《の》んでから、アサは、いくらか早口に、

「旦那さまに、ぜひとも直接お目にかかりたい、と申される方がお訪ねなのでございますけれど……」

案のじょう、長身痩軀の頭のてっぺんから、かんしゃく声がほとばしった。

「仕事中は誰にも会わん、と言ってあるじゃないかっ」

「はい、でも、強《た》って直ぐ、と申されますし、それに、日本の方ではない御様子ですので……」

「外人？」

「なんですか、はるばるネメゲトウからやって参った、と申されまして……」

「なんだと？」

ぼってりした廻転椅子が、いきなり、ぶるうんと向きを変えた。

「おまえ、いま、はるばる何と言った？」

「はい、ネ、ネ、ネ」

「いいんだ、いいんだ」

あわてて手を振り曾根は、端正な唇にめずらしく微笑をうかべ、

「ネメゲトウだな。なぜそれを先に言わなかったんだ……これは、たいへんなお客さんだ。粗相のないように応接間へおとおしするんだぞ」

「はい。……あの、旦那さま」

ほっとなって、アサは、なにか問いたげな眼をまたたいた。

「何だ？」

「あのネメゲトウって、何処の国でございますか？」

「国じゃない、場所の名前だ」

うわっぱりを脱いでアサの腕に投げ、ネクタイを直しながら、

「おまえになど関係のない所さ……早く行って御案内せんか」

「はい……あの……」

「何だ？　また」

「あの方、旦那さまのお知り合いでございますか？」

「うるさいぞ、すこし……ぼくはネメゲトウに知り合いなぞありはせん。なぜ、そんなこと聞く？」

「お気を付けになって下さいまし、旦那さま」

「気をつけろ？　どうしてだ？」

「あの人、旦那さまを殺しに来たのかも知れません」

「殺しに……？　このぼくを……？」

「きっとそうです。そうにちがいありません。わたし、旦那さまは只今お仕事中ですからお取次は出来ません、とお断り申しあげたら、海賊がしめているみたいな幅の広いバンドから、キラリと短刀《てご》を抜いて見せるのですもの」

「なるほどね。いささか手強わい奴らしいな。まあいい、心配するな。ぼくは誰からも

恨みを買うようなことをした覚えはないから……奥さまは？」

「お風呂でございますけれど……お耳にだけ、おいれしておきましょうか？」

「いや、いいんだ。ちょっとテーブルの上を片付けてから行く。ことによると、この研究室へ通っていただくかも知れないからな。お茶の用意をして置きなさい」

「はい」

やっと大役を果した、という様子で、小間使のアサが部屋を立ち去ったあと、曾根は、ひどく浮々しながら、散らばり放題のアンモナイトを、手際よく整理しはじめた。もし吹けたら、曾根は、高らかに口笛を吹いていたかも知れない。

「はるばるネメゲトウからのお客様か……もしかしたら、こういうこともあろうか、と、心ひそかに期待はかけていたが、まさか、こうして実現しようとは、夢にもおもわなかった！」

曾根は、声を出して、つぶやかずにはいられなかった。

ネメゲトウは外蒙古南ゴビの、ほとんど中央を占める、縦二〇〇キロ横五〇〇キロにわたる荒涼とした大沙漠盆地である。

縞馬《しまうま》の背模様をおもわせる砂丘のところどころに、野茨《のいばら》に似たサクサウルと、それよりはいくらかましな曲りくねった幹を持つハイリヤスが、まばらに点在する以外には、砂あらしが絶え間なく這いずりまわるのが見えるだけの、何ひとつ目につくものもない沈黙の世界に過ぎない。

こうしたネメゲトウ盆地に挑む、勇敢な探検隊が、いま、着々と、しかも華々しい成果を挙げつつある。イワン・アントノヴィッチ・エフレーモフ博士を隊長とする、ソ連邦科学アカデミー蒙古古生物探検隊の活躍がそれであった。

調査が進むにつれ、ネメゲトウ盆地が、ほとんど全部、儒羅《ジュラ》系の地層で占められ、いくら掘っても掘っても尽きることを知らぬ化石の宝庫であることがわかり、さすがのエフレーモフ博士も現地での人夫不足に悲鳴をあげている、という情報を知ったときくらい、曾根は、自分が日本人であることを口惜しがったことはなかった。

曾根は、学会を通じて、エフレーモフ隊長に、たとえ人夫としてでもよいからと、切々たる参加希望の手紙を送った。

曾根の希望は、もちろん容れられる筈もなかったが、折返しエフレーモフ博士から、貴下の熱意にお酬《むく》いするため、遠からず、発掘物のうち貴下の専門とされるアンモナイト化石を、使者に託してお贈りするであろう、という旨の返信を受け取った。

せめてもの、思いもうけなかった幸運の便りである。

だが、それが、ついに一片の社交辞令に過ぎなかったことが判明してからも、曾根は、永いこと夢を捨て切れず、いつかはその夢が実現されるだろう、と心の隅に期待しつづけているところへ、このネメゲトウからの使者である。曾根が狂喜したのも無理はなかった。

「さて、これでよし。いよいよ、幸運の使者にお目にかかるとするか！」

四十二歳の古生物学者、曾根広志は、学生のように胸をふくらませ、パイプを新しく塡《つ》めかえると、大股に、応接室への階段を降りていった。

希望と絶望

曇って、暗い、ひどく静かな日だった。ほどなく雨になるかも知れない。

「やあ、お待たせしました」

最初、曾根の眼にうつったものは、フランス窓のガラス越しに、広い庭を眺めている、南京袋をまとったみたいな感じの小男のうしろ姿だった。

かぶさるような黒い切り髪や、短い首をめりこませた肩付き、から、一目でモンゴールの遊牧民であろうと察しはついた。

男は、曾根から声をかけられても振り向こうとせず、庭の、母屋《おもや》の半分はあろうかと思われる大きな温室に、しいんと見入ったまま身動きもしなかった。

「さあ、どうぞお掛けください」

二度目の誘《いざな》いに、男は、やっと向きかわり、ひどく気懶《けだ》るそうな様子で、すすめられたソファに腰をうずめた。

「たいへん結構な温室じゃごわせんか」

男は挨拶もせず、いきなりそう言って、黒い眼をぐりっと剝いた。アルタイ語系の訛《なまり》をひどくからませた、やっと聞きとれるほどの片言の日本語だった。

「いや、もう。お賞めにあずかって却っておはずかしいくらいです。なにしろ、ほかに道楽というものがありませんのでなあ」

こんなチャラチャラした言い方をするなど、曾根としては嘗《かつ》て無いことだった。

「ところで、もちろんあんたが、ソネ・ヒロシさん御本人じゃろうな？」

「それはもう……」

どう答えてよいか戸惑って、曾根は苦笑しながら、男の、皺《しわ》深い木乃伊《ミイラ》色《いろ》の面《おもて》に、努めて親愛をこめた眼眸《まなざし》をそそいだ。そのついでに、さっき小間使のアサが言った短刀の所在を、ちらっと確かめることも忘れなかった。

「もうひとつお尋ねしておきたいことは、あんたは、ネメゲトウ盆地の中の『アルタン・ウラ』を御承知かな」

「おお、アルタン・ウラ！　もちろん、もちろん！　今度はじめて食肉大恐竜《チランノザウルス》の卵が発見された『竜の墓』じゃありませんか！」

「さよう。これで、あんたが御本人であることが確《たし》められてうれしい」

男は、やっと表情を和らげたが、たいして上品な面貌《マスク》とは言えなかった。

「わしはな、現地で、ながいことエフレーモフ博士に雇われて、その『竜の墓《アルタン・ウラ》』の墓掘人夫をやっていましただ」

「なるほど、そこで、エフレーモフ博士から、わしに就いておききになった、という訳ですな」

　いよいよ話が本題に触れてきたよろこびに、曾根は、われにもなく胸をときめかせた。

「そこで、もちろん、あなたは、エフレーモフ博士から、ぼくへの贈物を託されてきた……そうでしょうな？」

「いや、いや」

　男はどうとってよいか咄嗟《とつさ》には理解出来兼ねる不思議な薄笑いをうかべて、

「たしかに、或《あ》る物を、はるばるアルタン・ウラから持参しましたが、エフレーモフ博士から頼まれたのではありませなんだ」

「と、おっしゃると……？」

「女からでしてな、ひっひ」

「女？」

「奇妙な女でしてな……いや、これはまずい。その女のことは、何ひとつ喋舌《しやべ》らん固い約束になっておりますんじゃ」

　女などとは、てんで見当がつかない。しかし、或《あるい》は、エフレーモフ博士が記録係かなにかに、女子の隊員を連れていた、とも考えられる。曾根は、そのことにこだわって見る心の余裕はもてなかった。

「で、その品というのは、あなたも手伝って掘り出した、カタツムリのような形をした化石でしょうな？」

「石ではありませなんだ」

男は、ややじらすような口吻《こうふん》で、

「生きておりますわい、ちゃんと息をして生きておりますだ」

生きている！

曾根は、一瞬、頭がくらくらとなるおもいを、やっとこらえて、深い溜息をついた。

菊目石類は、儒羅紀に全盛を極め、次の白堊紀《はくあき》の末には、完全に絶滅してしまっている。それが生きているとは？　生きたまま発見されたとは？　とても信じられない。だが、最近、絶滅したとおもわれてきた総鰭《そうき》魚類《ぎょるい》のシーラカンスが生きたまま捕獲された例もあるではないか！

生きているアンモナイト！

曾根は、幼児のように手を拍《う》って、おどろきの眼をみはった。

「たいしたものだ、たいしたものだ！　はやく、はやく見せてくれ！」

曾根の、ふだんのたしなみも忘れ果てた狂喜の叫びに、紅茶を運んできたアサが、おもわずよろめいてスプーンをすべり落したほどだった。

「もちろん。それをお手渡しするために、はるばる、わしは、ネメゲトウからやって参ったのじゃからな」

それまで気付かなかったが、男の足元には、黒い角張った布包みが、大事そうに引きつけられてあった。

「さあ、あんたが、御自分の手でほどいて見なされ」

籐《とう》の円卓子《まるテーブル》の上にうつされた布包みを開きにかかる曾根の指は、熱病やみのようにふるえおののいて見えた。

布包みは開かれた。

「あっ！　これは……？」

そこにあらわれたものは、粗末な削《そ》ぎ竹で編んだ四角い籠の中に、生気もなく、わずかに翅《はね》をふるわせている、みすぼらしく汚れた黄色っぽい一匹の蝶でしかなかった。強いて珍らしいところとでもいうなら、その蝶が、両翅をひろげたら、一フィートはたっぷりあろうか、と思われるくらいのことだった。

「どういうことなんだっ、これは？」

落胆どころのことでは済むはずがない、劇怒に狂った曾根のこめかみが、ビリリッとうごめいた。

「これが、わしの、はるばるネメゲトウくんだりから、海山越えて運んできた、あんたへのお届け物でさあ」

男は、蟇《ひき》のように落着きはらって、モンゴル服の長い袖の腕を組んだ。

「きさまは、このぼくを、嬲《なぶ》りものにしにやってきたのかっ」

「それが、このわしへの礼の言葉でござんすかい？」

男の眼が、爬虫類みたいなぎらつきかたをした。

「わしは、あんたから、びた一文の礼金を貰いに来たものじゃない。そうとも！　わしは、その奇妙な女から、十万ルーブリもの大金を貰っているんじゃからな。じゃが、いのちをかけて、この蝶を死なせもせずに、ここまで運びおおした苦労を、ちっとはねぎらってくれたって罰《ばち》は当らんでしょう」

「むろん、この蝶が、新発見のアンモナイトだったらね」

曾根は、さっきから取りつづけてきた有頂天さに、青ざめるほどの自己嫌悪をおぼえながら、努めて声を押し鎮めた。

「とにかく、これを持って、三分以内にこの邸から立ち去ってもらおう」

「そうはいきませんや、ソネさん」

居直った形で、男は、ふてぶてしくうそぶいた。

「なぜだっ？」

「わしは、その奇妙な女との契約で、あんたが、この蝶籠《ちょうかご》をたしかに受取るのを見とどけないことには、殺されることになっていますんじゃよ」

「きさまが殺されようと殺されまいと、ぼくの知ったこっちゃない。かえれっ。さもないと警官を呼んで、拘置所へたたき込ませてやるぞ」

本気で電話を取りあげにかかる曾根の腕を、男は、おもいのほか強い力で押さえつけ、

「かけるのはあんたの自由じゃが、そのかわり、警官がかけつけるまえに、わしの短刀が、あんたの心臓にぶっ刺さりますぜ」

「なんで、ぼくが殺されにゃならんのだっ?」

「わしとしたことが、そこは抜目なく、奇妙な女と取極めを結んでありまっさ」

男は、ふやけた蚯蚓色《みみずいろ》の歯茎を、ぶざまに剝きだして、

「万に一つ、あんたが、この蝶籠を受け取るのを拒んだとき、それでもわしが女から殺されずに済むためには、あんたを殺してしまえばよい――とね」

単なる強がりや脅しではなさそうだった。そういう間にも、男の枯葉色の片手が、ぬめぬめとバンドの上を短刀に向けて這いずりかかった。

――この気狂い爺いめがっ――

曾根は、もう、これ以上、男と言い争う不快さに耐えられなくなってきた。

「ふん、受取りゃいいんだな?」

「そうこなくちゃ嘘ですよ、ソネさん」

男は、にんまり笑うと、やれやれ、といった態度で、ソファから起ちあがった。むうっと、山羊《やぎ》くさい匂いがしたようだったが、気のせいだったかも知れない。

「では、これでお暇《いとま》いただくとしますかな」

独り定《ぎ》めに納得しながら、円卓子から離れかけ、ふっと気付いて、男は、蝶籠にかがみこんだ。

「おお、おお、こんなに翅もよう立てられんほど弱んなさって……おまえさんも、さぞ疲れなさってじゃろう。じゃが、これでやっと永い永い旅も終ったというものじゃ。さ

あ、もう、そんな苦しい旅の思い出なんか、すっかり忘れてしまうこっちゃ。いや、たったひとつ、これだけは、よう覚えていてくだされ。わしが、あんたとの約束を、いまこそこうして、ちゃんと果したということをな。どうじゃな、おまえさん、満足してお呉れかな？」

まるでその、男の話かけに応えるかのように、蝶は、こころもち目に立って翅を打ち振って見せたようにも思えたが、たしかではなかった。

「ふん、きさまのいう奇妙な女というのは、この半分死にかけた蝶のことかね」

それには答えず、

「では、御機嫌よう、ソネさん。わしは、また、ネメゲトウに戻りますて……さよう、来たときと同じように、永い永い旅をつづけましてな……」

いつの間にか、おもては、蕭条《しょうじょう》とした雨になっていた。

玄関の三和土《たたき》に脱いであった蒙古靴《ゴドル》をはくと、男は、無言のまま、雨の中に出ていった。

見送る、などという気持は毛頭ない。曾根は、玄関の柱にもたれて、自分でもどう締め括りのつけようのないおもいの中に、虚《うつ》けたように立ちつづけていた。

坂下の邸の犬が、あたりの静寂を破って、けたたましく吠え立てた。あの男が通りかかったのでもあろうか。

温室は招く

夜の食卓についてからも、曾根広志は、なぜか心が弾まなかった。

「もう、忘れておしまいなさいな。そんな男のこと」

由美子は、貝殻付きの牡蠣《かき》にレモンを絞りながら、美しい眼で、それとなく夫の表情を読んだ。

「きっと、どっかの瘋癲《ふうてん》病院から抜け出てきた気狂患者か、それとも、人をからかって悦に入《い》る道楽半分の手品師か、そんなところにちがいなくてよ」

「ふん」

曾根は、スプーンにすくった牡蠣を手荒く口にほうり込んで、

「ぼくだって、あんな男のことに、いつまでこだわっていたくないさ。だが、きみのいうように、あっさり片付けてしまえないのが、なんとも忌々しいんだ」

「どうしてかしら……？」

「やつが、エフレーモフ博士の名を口にしたり、恐竜の墓《アルタン・ウラ》を引き合いに出したりするところをみると、まんざら、ぼくに無関係な男と思い捨てるわけにはいくまい。そうだ、ぼくは、腹立ちまぎれに、やつを追っぱらってしまったが、もっと追求すべきだった」

「そんなこと、誇大妄想狂だったら、新聞記事を種に、いくらだって、でっちあげられ

るんじゃない？」

「たとえそうだとしても、やつが、正真正銘のモンゴールであることに変りはないんだ」

「どうしてですの？」

「やつのからだにはハラスリータ（野生山羊）のにおいがしみついていた」

「………」

無言のまま、由美子は、曾根の手を、じぶんのたなごころで優しく包んだ。

「気にしだしたら、きりがなくてよ。なんでもないことよ。人間の生活って、時にはふっと、とほうもなく奇妙なことが起るものだわ……それはそうと、あの、置土産の蝶の籠、どうなさるおつもり？」

「えっ？」

「アサに、籠ごと焼き捨ててしまうように言いつけた」

なぜそんなにショックを受けたのか、自分でも解らない。おもわず由美子は、夫から、さっと手を引いた。

「どうした？　由美子、そんな、まっ青な顔して？」

「ううん、なんでもないの……ただ、どうしてだか、あんまり残酷な気がして……」

「あんな醜い蝶がか？」

曾根のこめかみがピリッとうごめくのを目敏《めざと》く見取って、由美子は、つくり微笑《えみ》をう

かべながら、

「もう止しましょうね、こんなお話……」

なんとかして夫の気持を引き立てようと努力してきたことが、ふいになってしまった苦っぽさを嚙みしめながら、一方、なにか不吉な事が起りそうな予感に鳩尾《みぞおち》をしめつけられ、由美子は、軽い嘔気をおぼえて、無言のまま食卓を離れた。


「待ってよっ、孫市」

裏の煉瓦《れんが》塀の隅に持ち出した蝶籠に、あわや石油をぶっかけにかかる下男の腕をつかんで、アサは、自分でもびっくりするほどの大声で叫んだ。

「なんだ？　旦那さまの言い付けだから焼けと言っときながら」

「でもさ、いま見てると、自分の運命を知ったみたいに、出もしない力をふりしぼって、狂い廻るんだもの。可哀そうで見てもいられないわ」

「そう言われりゃ、おらだって、あんまり気が進んじゃいなかったわい」

孫市は、いいきっかけとばかり、石油鑵を片寄せて一服つけた。

「でえいち、おら、こんなでっけえ蝶なんて聞いたこともねえだ。正直いって、こんな主みてえなやつ焼き殺したら、あとの祟《たた》りがおっかねえからな」

「それもそうだけど、この蝶ったら、暴れまわりながら、まるで人間の女みたいな眼で、〈救けてよっ〉って、あたしにうったえるんだもの」

「そんだら、こいつは雌《めん》かいな？」

「どうか解んないけどさ、そんな気がするだけよ」

「そこで、と……なんとする？」

「逃がしてやるのよ。あとで旦那さまには、籠ぐるみ焼いたことに言っとくわ」

アサは、指につまんで取り出すと、暖かい手のひらに止まらせてやった。

蝶は、うれしそうに、それでも弱々しく二三度翅搏《はばた》くと、それっきりぐったりとなった様子で動かなくなった。

糠雨《ぬかあめ》が、見るまに、汚れた翅を重ったるく濡らした。

「可哀そうに、飛ぶ元気もないんだわ……そうだ、いいこと思い付いた。お天気がよくなるまで、温室へ入れといてやるわ」

「そんなことして、見付かったら、おめえまた旦那さまの癇癪玉《かんしやくだま》のお見舞ものだぞ」

「慣れっこだから、へいちゃらよ……じゃ、すぐ籠だけ焼いちゃっといてね」

アサは、それでも母屋に気を配りながら、大温室にしのびこんだ。

いきなり額が汗ばむほど暖かい。発熱装置《ヒーター》が蜂の翅音みたいな鈍い音を立てているほかは、物音ひとつしない別世界だった。

あらゆる種類の蘭が、なまめかしく咲き香り、主人《あるじ》が金にあかせて蒐《あつ》めた、アサなどには名も知れぬ、さまざまな珍らしい植物が、妍《けん》を競うかに咲き乱れている。

「さあ、ここでゆっくり休むのよ。今夜はもう旦那さまいらっしゃらないだろうけど、気を付けないと見付かったら殺されてよ。旦那さまは、おまえが嫌いらしいからね……そうだ、このクリーム・ローズの茂みがちょうどいい。この中にかくれていれば、おまえの翅の色によく似ているから、きっと見付からずに済むわ」

アサは、人の子にふくませるような言い方をして、大きな、しかしみすぼらしい蝶を、黄薔薇《ばら》の茂みに放ってやった。

蝶は、しかし、どうしてか其処を嫌って、懸命に翅搏きながら、あたりを物色していたが、ずっと奥のほうに、大型の黄色い壺を細い紐で吊りさげたようなウツボカズラのひと叢《むら》を見つけると、一直線に翔《と》び移って、さも満足そうに翅をたたんだ。

翌朝は、まぶしいような晴天だった。

「きょうから、あなた、急《いそ》がしくおなりね」

夫の服にブラッシュをかけながら、由美子は、にこやかに話しかけた。

「うん。なにしろ講演のほかに、総会の司会者なんていう厄介な役目を仰せつかってしまったからな」

「あなたみたいな気六敷屋《きむずかしや》に、うまく勤まるかしら、うっふ」

おもいがけなく屈託のない夫の様子に、由美子も釣り込まれて、そんな軽口さえ自然に出た。

今日から一週間に亘《わた》って、国際地質学協会東京総会が始まる。その司会役は兎も角として、そのあと、各国の学者連中を邸に招いて一席もうける大役がひかえていた。

「きみも大変だろうが、いまから準備のほう、よろしく頼む」

曾根は、さすがにその労をおもいやって、いつになく優しく言った。

「大丈夫。あなたの外遊送別会のときで、だいたいこつを飲み込んでいますもの」

玄関へ送って出て、

「あなた」

「何？」

「きのうのこと、もう気になさっていらっしゃらない？」

「なんだ、そんなこと……人間の生活って、時にはふっと、とほうもなく奇妙なことが起るもの、さ」

「うっふ、意地悪っ！」

それからの一週間、由美子をはじめ、アサも、孫市も、臨時に頼んだ手伝いの人達と共に、もみくちゃになるような急がしさだった。

由美子の頭からも、アサの頭からも、あの、不思議な蝶のことなどは、煙のように消え立ってしまっていた。

むろん、あのネメゲトウから来た男は、影さえも見せなかった。

そうして、総会も招宴も、とどこおりなく済ませた翌日――

朝から、ちょうどあの日そっくりの、曇って、暗い、ひどく静かな日だった。

おそい朝食のあとをくつろいでいた曾根は、いきなり、飲みかけの珈琲《コーヒー》茶碗をがちゃりと置いて立ちあがった。

「あら、どうなさったの？」

「温室が、ぼくを呼んでいるんだ」

「そうね。あなたって、日に一度は欠かさず、あの中で楽しい時間を過していらしたのに……一週振りね」

パイプも置き忘れるほどの呆《う》つけようで、温室へかけ込んでいってから、まだ、十分と経たなかった。

「アサ！　アサ！」

甲高い曾根の呼び声を耳にして、ちょうどキッチンで朝飯をたべていたアサは、顔色変えてはねあがった。

「あっ、逃がし忘れてた！　どうしよう、どうしよう、あの蝶を旦那さまに見付けられてしまったらしいわっ」

「しようあんめい。あやまるだ、あとから、おらも、うめえこととりなしてやるだ」

孫市の慰めの言葉も耳にははいらない。アサは、半分泣きべそをかきながら、泳ぐようにキッチンからかけ出した。

「アサ。おまえは、あの、いまわしい蝶を籠ぐるみ焼いた、と言ったはずだな」

曾根の青ざめた面《おもて》を見るなり、可哀そうなアサは、濡れた草の上に、へたへたと腰をくずしてしまった。

「ああ、旦那さま。わたし、わたし……」

「泣くことはない。ぼくは、おまえを責めてるんじゃない。礼を言おうと思って呼んだんだ」

「………？」

アサは、自分で自分の耳を疑いながら、おそるおそる顔をあげた。

「あの蝶を、よく焼かずに救けておいて呉れた。あれは、たいしたものだぞ！　ぼくは、いま、この眼ではっきり見とどけてきた。だが、ひょっとしたら、ぼくは、なにかの怪《あや》異《かし》にたぶらかされているのかも知れん……そうだ、みんなの眼で確めてもらおう。はやく奥さまを呼んでおいで。そして、おまえも、孫市も一緒にくるんだ」

「は、はいっ」

この美しきもの

最初、温室に足を踏み入れたとたん、曾根広志は、なぜともない胸騒ぎをおぼえて、一瞬、その場に立ち竦《すく》んだ。

——これは、いったい、どうしたということだ？——

たとえ、頭脳がどれほど疲れていようと、神経がどれほどささくれ立っていようと、一歩、この別世界に身を容れさえすれば、強力な鎮静剤を服《の》んだあとのような、平和と安逸とに恵まれるはずなのに、この時ばかりは異《ちが》っていた。

曾根は、おそるおそる、あたりの様子をうかがった。

なにひとつ普段と変った気配はない。すべての慣れ親しんだ花々は、一片《ひとひら》の色褪《いろあ》せも見せず絢爛《けんらん》と咲き競い、飼育箱《テラリウム》のマレー亀が、いつもながらの勿体振った仕草で首を伸縮させている。天井といわず周囲といわず、すべてのガラスというガラスが、水蒸気の細かい粒を宿し、外側をしたたり流れる雨滴と相俟《あいま》って、雨の日にはいつも思うとおり、この自分が、巨大な水槽の底に立っているような気がする。

――それでいて、この、不安とも焦躁ともつかぬ胸騒ぎは、どうしたことだ？――

おもいまどった曾根の眼に、ふと、奇妙な現象が映った。

はるか奥の、簾《すだれ》を垂れたように茂り蔓《はびこ》るウツボカズラのあたりに、その一角だけが、なんとはなく明るんで見える。

それはまるで、何か強烈な光を放つものがひそんでいて、その照り返しがあたりをぼおっと明るませている、といった感じだった。

――おかしい？――

曾根は、よろめく足で近寄ってみて、おもわず、うっと呼吸《いき》をのんだ。

曾根は見た。

ネペンシス・ジガス、と彼が名付けて愛育している産地不明のウツボカズラの捕虫《ほちゆう》嚢《ぶくろ》にとまって、さんぜんと黄金色に輝く碧《あお》い蛇の目紋様の翅を、ゆるやかに開閉している、めくらむばかりの華麗な巨大な一匹の蝶を！

――これが、あのネメゲトウから来た男が無理押しに置いていった、みすぼらしく薄汚れた黄色い蝶だろうか？――

曾根は、いっとき疑ってみたが、こんな大きな蝶が、そうザラにいるものではない。

――おそらく、豊富な花蜜と暖い空気との中の休息にめぐまれ、永い永い旅の疲れが癒えて、すっかり元気を取戻した、これがあの醜い蝶の本来の姿であるにちがいない――

曾根の面は、狂喜に青ざめてさえみえた。

――それにしても、どうして、あの蝶がここに？――

ふっと、その疑問に答えるかのように、アサの愛くるしい顔がうかんだ。

――そうか。あれは、普段から情の深い娘《こ》だったからな――

夢見心地の中に、曾根は温室から飛び出すと、大声あげてアサを呼び立てたのだった。

「こりゃまた、なんとてえしたもんじゃ。まるで金箔でつくりあげたみたいなもんじゃわい」

孫市は、歯のない口をあけっぴろげたまま、鼻を近寄せてのぞきこんだ。

「よかったねえ、よかったねえ、おまえ！」

あとは、なんにも言えず、アサは、ただ涙ぐむばかりだった。

「さあ、孫市もアサも、この蝶が幻でないことを認めたな、よろしい。こんどはきみの番だ。どうおもうね、きみは？」

いつになく上機嫌で、曾根は、由美子を振りかえった。

「――わたし、なんだか怖い気が先に立って……」

「怪異や幻影でないことは認めるね？」

「ええ、ちゃんとした実在よ。それだけに、わたし一層怖い気がして……」

「どうして？　こんなにも美しいもののどこが怖いんだね？」

「あの眼をみて！」

汗ばんだ指を夫の指にからませたまま、由美子は、まるで、その蝶に聞かれるのを恐れるかのように息声で囁いた。

あらためて、曾根は、注意ぶかく蝶の眼を観察した。

それは、極くおおざっぱに譬《たと》えたら、小粒のアレクサンドリア葡萄だった。だが、その半透明な淡緑色《うすみどりいろ》を、とうてい正確には他の物質の色に譬えることは出来そうもなかった。それは、現世では見ることの出来ない、言うなれば滅び去った世界のものの持つ色であった。それは、しかもその眼は、昆虫類の常識といってもよいあの網目をおもわせる複眼ではなく、まるで人間の眼そっくりの単眼ではないか！

何処に――この地球上の何処に、このような色と眼とを持った蝶・蛾の類が存在しよう?

——若《も》しかしたらこれは、他の遊星からでもまぎれ込んで来たものでないかぎり、すでに絶滅したと信じられている古代昆虫群《パレオインセクタ》の中の未知の種族《スペシー》ではなかろうか——

いっとき、曾根は、自分だけの思索のなかに、むしろうっとりと溺れ込んでいる様子だったが、突然、我にかえって叫んだ。

「おお、これこそ、儒羅の生きた化石だっ!」

妻の由美子に、どう説明して、アサや孫市を伴って温室から出てもらったか、何ひとつ覚えがない。曾根広志は、ひとり取り残されて、熱っぽく疼《うず》く後頭部を花鉢の縁にもたせかけ、無意味に、ガラスのおもてを流れる雨滴の動きを目に追っていた。

〈……ヒロシ……ヒロシ〉

誰かが、自分の名を呼んだような気もするが、気のせいだったかも知れない。

その声は、すぐ耳そばのようにも、ひどく遠くのようにも思われただけだった。

〈ヒロシ、ヒロシ〉

今度は、はっきりと、すぐ近くから呼びかけてくる。

どうということもなく、曾根は、ネペンシスの茂みに眼を向けた。

「………?」

蝶の姿はなかった。

はいってきたときに感じたと同じ胸騒ぎをふいに覚えながら、曾根は、手荒く茂みを

かとさえ錯覚した。

かけている。

かきのけて、探し求めた。

〈ヒロシ、あたしは、ここよ〉

その声の方向に、からだをねじ向けたとたん、曾根は、いきなり自分自身が化石した

かとさえ錯覚した。

ひとりの奇妙な少女が、休憩用の大理石の長椅子に、やや崩れた姿で、しいんと腰を

かけている。

「………？」

誰だっ、きみは？——そう叫んだつもりだったが、声にはならず、曾根は、機械人形

みたいな足取りで、少女の前ににじり寄った。

〈あたしが誰だか、もう、お解《わか》りでしょ？〉

少女は、濡れたような唇を艶《あで》やかに割って、にんまりほほえんだ。

ひと目少女の眼の色をみたとたん、曾根は、ギョッとなって、おもわずよろめきかか

る両脚を、やっとの思いで踏みこらえた。

あの、妖しい蝶の眼色そのままではないか！

「き、きみは、ま、まさか……」

〈あんたが思っているとおりよ〉

少女は、もう一度、にんまりとした笑い方をして見せた。

石炭色のゆたかな髪が、斜うしろに、むぞうさに束ねられ、光沢《つや》消しの黄金色の肌が、

やわらかく汗ばんで見える。やや小さ目の形のいい乳房が露わに息づいて見えるので、全裸のようにもおもわれたが、はだかった胸元以外は、真珠色にかがやく薄手の布をぴっちりと着付けていた。蜘蛛糸か繭糸《まゆいと》を紡《つむ》いで織ったものででもあろうか。

〈そんなに、あたしを、みつめないでよ〉

少女は、心持ち席をずらし、

〈あたしのそばへ、いらっしゃいな、あんた〉

曾根の口は、からからに乾いて、舌が冷凍魚のように反りかえって動かなかった。

〈あたしって、いまでも醜い？〉

「…………」

〈あんたに、〝あんな醜い蝶〟って言われたときは悲しかったわ。いまは、そうじゃないわね？　醜くかったら、こんなに見つめてはもらえないものね〉

「…………」

〈なぜ黙っているの？　奥さまとおんなじに、あたしが怖い？……あたしを怖がらないで！　嫌《い》やよっ、そんな眼しちゃ。みつめてもいいから、もっと優しい眼で見つめて……〉

「きみは恐ろしい妖精だ」

やっとのおもいで、曾根は、かすれた声で早口につぶやいた。

〈あらいやだ〉

少女は、そんな言いかたをして、くっくっ、と笑った。

〈あたしが、あの籠から放たれた蝶だってこと、もうちゃんと御存じのくせに！〉

恐怖の汗が、曾根の額から、外の雨さながらに滴り流れた。

もうこれ以上、立っていることにさえ耐えられなくなり、曾根は、逃げるように出口のドアに向ってかけ出した。

〈ヒロシ！〉

少女の、自信に満ちた声が、曾根の背を追いかけてくる。

〈あんたは、また来るわね。そうよ、きっと来るわ！　来ずにはいられないものね！〉

妖蝶化身

その夜、曾根は一睡もしなかった。

夜が明けてみると、雨は止んでいたが、空は相変らず海鼠色《なまこいろ》に曇って暗かった。

頭の芯が、ズキズキ痛む。曾根はトーストを一枚摂っただけで、ナフキンで唇をぬぐった。

「孫市を呼んでくれ」

「なにか、お言い付けになりますの？」

由美子は、不安そうに眉をひそめて、

「まさか、あなた……？」

「ぼくは、ゆうべ眠《ね》ずに考え明した。そして、やっぱり、あの蝶を焼き殺してしまうことに決めた」

「…………」

「ぼくは、あの蝶の稀有の美しさに狂喜した。そして更に、それが、生きている儒羅の遺物であることを発見したときは、自分で自分が狂うかとさえおもった。おそらく今後二度とは誰の手にもはいらないだろう。そうした唯一無二の存在を、人間の手で滅してしまうことは、たしかに大きな罪にはちがいない」

「そうですとも！　あなたは古生物学者として、あの蝶を研究し、保存すべきよ。あなたの名誉のためにも」

「ぼくの悩みも、むろんそこにある。なるほど、あの蝶を学界に発表したら、ぼくは、最高の名誉と讃辞と、そして多少の嫉妬とを同時に受けるだろうさ。だが、ぼくは、もっともっと大切なものを犠牲にしてまで、そのような栄誉を受けたくはないんだ」

「もっともっと大切なもの、って？」

「きみへの愛情だ」

「ま？」

由美子は、一瞬まぶしそうに夫から眼を逸らせて、

「それ、どういう意味かしら？」

「きみは、あの蝶の眼が、なぜか怖い、と言ったね？」

「ええ……でも、なぜ怖いのか、さっぱり解らないけれど」

「あれは、幸福な家庭を破壊しようとたくらんでいる邪悪な女の眼だよ」

「そんなこと、まさか。ほ、ほ」

「笑いごとじゃないぞ。ぼくは、あの蝶の、なんと言ったらいいか……生霊《いきりよう》……いや、化身を見ているんだ」

「生霊だの化身だのって、科学者らしくもないお考えね……でも、参考のためうかがうわ。どんな姿？」

「あいつはまるで、美しい蜥蜴《とかげ》みたいな……」

「お止《や》めになってっ」

由美子は、夫の言葉を、あわててさえぎった。

「うかがわないほうが無難よ。夜、うなされないで済むから……でも、たとえ、あなたがおっしゃるような邪悪な心の持主だとしても、焼き殺すなんて、いけなくてよ」

「なぜ？」

「いのちの問題よ。生れてきた以上、水母《くらげ》にだって生きる権利はあるわ。まして、あんなにも美しい蝶を！　わたしたちの愛情は、わたしたちで、はたからつけいられる隙を見せないように、しっかり護っていけばいいの。ね、わかっていただけるわね」

学校に欠講の電話をかけ、曾根は、書斎兼研究室の大テーブルに向ったが、すこしも落着けなかった。

……〈あんたは、また来るわね。そうよ、きっと来るわ！　来ずにはいられないものね！〉……

その声は、幾たび心の中で振り払っても、いつのまにか、また、耳の奥によみがえってくる。

曾根は、ペンを投げて椅子を立つと、いっとき、せかせかと部屋を歩きまわっていたが、やがてスリッパの音も荒々しく階段をかけ降りていった。

昼下りの空から、にぶい薄陽《うすび》が差しかけていた。

〈ああ、やっぱり来てくれたわね〉

少女は、きのうと同じ姿で、同じ場所に、しいんと坐っていた。

〈あたし、あれから、ここをちっとも動かずに待ちつづけていたのよ〉

少女は、粘々《ねばねば》した感じの眼で、曾根の眼を捉えながら、

〈さあ、今日は、あたしのそばへ掛けてちょうだい。そら、ちゃんと、あんたが掛けられる場所、空けてあるでしょ？〉

曾根は、腰をおろしたが、口はきかなかった。

〈どうして、あんたは、そうあたしを憎むのかしら？〉

少女は、暖められた天鵞絨《びろうど》みたいな感じの手を、曾根の手の甲に重ねた。

〈奥さまも、アサも、マゴイチも、みんな、おもいやりのあるいいひとたちだのに、あんたひとりよ、あたしを殺そう、殺そうと考えてばかり……〉

「それがいやなら、なぜ、おまえは、女の姿なんかになってぼくを苦しめるんだ？」

曾根は、手を退く機《しお》を失ったまま、苦っぽい声で詰《なじ》った。

それには答えず、そらっとぼけて、

〈あら、あたしのこと、おまえだなんて……でも仕方がないわね。あたしには、まだ名前が付いていないいんだから……あんた、付けてちょうだい〉

「…………」

〈ね、付けて。あんたが、あたしに名前を付けてくれたら、すこしは情がうつるかも知れないもの……ねえ、あたしみたいな蝶の化石、あるでしょ？　その名前でもいいわ〉

「……メソパノルパ……」

曾根は、ひとりごとにつぶやいた。

〈メソパノルパ……あっ、痛いっ、舌嚙んじゃった！〉

「ふ、ふ」

おもわず、曾根は、苦笑してしまった。その笑いで、なにか心がほぐれるおもいに駆られたとたん、おもいがけなく、カーッとした陽差しが、天井のガラスをとおして降りそそいできた。

〈あら、まぶしい！〉

少女は片手で陽をよけながら、

〈嫌《い》やよ、そんな長ったらしいの。もっと、呼んだらあたしが可愛くてたまらなくなるような名前ないの？〉

「それが、儒羅の地層から発見された、唯一の鱗翅目《レピドプテラ》の化石の名だ」

〈お講義きいてるんじゃないのよ、先生……なら、この世界にいまいる蝶の名前でいいわ。そら、いるでしょ？　あたしほど大きくも、奇麗でもないけれど、すこしは似ている……〉

「うん、大揚羽蝶――パピリオか」

〈いいわ、それ！〉

少女は、緑っぽい眼を、うれしそうに輝かした。

〈あたしを、パピ、と呼んで！　さあ、あんた。試しに呼んでみて〉

「パピ」

〈いいわ、とっても素適！　これから、あたしはパピよ。世界中で、一番大きくて一番奇麗な蝶のパピよ！〉

パピは、じっとりと汗ばんだような黄金色の肌に、太陽の光をいっぱいに受けて、さんらんと耀《かがや》きながら立ちあがった。

〈これでやっと安心したわ。あんたは、本心は、あたしを憎んじゃいなかったのね。焼き殺そうなんて、おもっちゃいなかったのね。だって、若し、ほんとうに心の底から憎んでいるんだったら、笑ったり、パピ、と呼んでくれたり、しないはずだもの。よかったわ。これでやっと、あたし人心地が付いたよう……あら、ちがった、蝶心地ね〉

「よくしゃべるな、パピは」

曾根は、釣りこまれたように、また笑ってしまった。

〈だって、あたし、うれしいんだもの！……そうそう、あんたにお礼をしなくちゃ〉

「なんの？」

〈あたしに、いい名前を付けて、そのとおりに呼んでくれたお礼よ……さあ、いらっしゃいな〉

翻えるように、パピは、ネペンシス・ジガスの茂みの中に踊りこむと、その広やかな葉かげから、上半身をきらめかせて、指で招いた。

次元が、いつのまにか異ってしまったような錯覚の中に、曾根は、ふらふらと、招かれるままに、ネペンシスの茂みのかげによろめき込んだ。

〈ヒロシ！〉

パピの、軟かく初毛《うぶげ》立った感じの両腕が、真っ向うから、曾根の頸に巻きつけられた。

〈あたしは、なにひとつ、あんたにお礼をあげるものを持っていないの。だから、たったひとつのものを、あんたにあげてしまう。さあ、あたしを抱いて！　そうして、あんたのおもう存分に楽しんで！〉

炎となる息ざしの芳香にむせびながら、曾根は、忘我の中に、パピを抱きすくめた。

〈ああ、いい気持！　あたしは、もう、あんたのものね。いつでも、いつまでも！〉

汗まみれの乳房を波うたせながら、パピは喘《あえ》いだ。

〈お願いよ。もうもう、二度と、あたしを憎んだり、殺そうなんて思わないで、いつまでも、あたしをここにいさせてよ、ヒロシ！〉

二億年まえの記憶

曾根の欠講の数が目に立って増える一方、温室で過す時間が、それだけ多くなっていった。

〈さあ今日は、あたしが、どうして、はるばるネメゲトウのアルタン・ウラから、あんたのところを慕ってやってきたか、お話しましょう〉

いつもの、痺《しび》れるような陶酔に浸ったあと、パピは、曾根の指先に乳首をもてあそばれながら、

〈でも、そんなこと、あんたに興味がないなら、やめとくけど……〉

「むろん聞きたいとも！　ぼくには、きみの総てが謎だらけだからな」

〈じゃ、お話するわ〉

パピは、深々と息を吸ってから、過去に向ける眼付きになって語りはじめた。

〈いまでこそ、あたしのふるさとアルタン・ウラは、探検隊のシャベルやツルハシに掘

りかえされて、目も当てられない廃墟になってしまったけど、それまでは、貧しいながらサクサウルやハイリヤスがひとかたまりとなって茂り、そのかげからは、冷めたい水が絶えず湧き出る南ゴビ沙漠じゅうでの住みよいところだったわ。それでも、あたしたちの遠い遠い祖先——あんたがたが儒羅と名付けている大昔とは、くらべものにならないけど……どうして、あたしが、そんな二億年も昔のことを覚えているか、って？　それはね、あたしたちの脳が、あんたたち人間のとは全然構造《つくり》がちがうからよ。あたしたちは、代々、あたしたちが地球に生れ出た頃の記憶を、ちゃんと覚え継いできているんですもの……信じられない？　じゃ、ほんのちょっぴり、話してみてあげてもいいわ。そうね、その頃は、いまよりもずっとずっと熱くて雨が多く、シダやトクサが、ところせまいまでに茂り、かとおもうと、見上げるようにアラウカリア松やバイエラ銀杏《いちょう》が、雲すれすれにそびえ立っていた。でも、まだ、甘い花蜜をたっぷり持った奇麗な花を咲かす植物なんて、ひとつだって無かったわ。だから、あたしたちの祖先は、その頃全盛を極めていた、ほら、ここにある、あんたがネペンシス・ジガスっていう名前をつけたウツボカズラよ、この捕虫嚢の中に溜まっている蜜を、なによりの御馳走にして生きついでいたの。そんな食虫植物が怖くなかったかって？　そりゃ、ほかの小っちゃな虫たちには命取りの罠だったかも知れないけど、あたしたちは、その嚢よりもずっと大きいでしょ？　へっちゃらよ、長い長い吻管《くち》を精いっぱいのばして吸い上げるの、ごくん、ごくんてね。怖いといえは、棘々の甲羅だらけの戦車トカゲや、細かい歯を持った禿あたまの蝙蝠竜《ジモルフォドン》のほうが、よっぽど怖かったわ……あら、すっかりお話が横道にそれちゃって……そのうち、世界中がだんだん冷めたくなってきて、何千年もやむことなく雪が降りつづき、何もかも凍えて死に絶え、そうして、わずかに生き残った数少いあたしたち同族——そう、全部数えあげたって十匹とはいなかったわ——が、それからの永い歳月《としつき》を、細々と生き継いで来たのよ。でも、その、あたしたちの仲間さえ、或る日の恐ろしい沙嵐のために、一気に滅ぼしつくされてしまったの。たった一匹、このあたしを残しただけで……。探検隊って、非情な人たちばかりね。ハイリヤスもサクサウルも、根こそぎ掘りかえし、夜の寒さしのぎの焚火《たきび》に燃しつくしてしまうなんて！　あたしは、こうして眠るための樹々も、いのちの糧の野茨の蜜も同時に失ってしまった。昼は灼《や》けつくような石塊《いしくれ》の上にとまり、夜はサソリにおびやかされながら冷めたい沙《すな》の上で眠ったわ。あたしの黄金色に輝く翅は、だんだん色褪せ、碧い蛇の目《じゃめ》紋様も、あるのかないのかさえわからないほど薄れ汚れてしまったわ。あたしは泣いた。でも、いくら泣いたって、ふるさとが元通りになるわけはない。このままでいたら、あたしは、あと幾日も経たないうちに死んでしまうよりほかはない。あたしが死ぬ？　そうしたら、ああ！　儒羅の昔からつづいてきた、わたしたち同族オオコガネアゲハは、永遠に、化石さえ残さずに、この地球から消え去ってしまう！　あたしは死ねない。どうしても生きなければならない！　それに、もっともっと重大な——いまは、あんたにさえ明かせない理由から、あたしは、住いと食べ物を求めて遠い旅に出ようと決心したわ。でも、それでは、いったい何処へ行ったらいいのかしら？　あたしは知らない。あたしが知っている世界は、アルタン・ウラを中心にして、あたしの翅が翔べるかぎりの、ほんのわずかな沙だらけの世界だけ。でも、あたしは見付けなければならない。どうしたらいいのかしら？——おもいあまったあたしの眼に、ふっと、探検隊のテントの灯《ひ》がうつったの。そうだ、あすこへいって訊ねてみよう。あすこの隊長さんは偉い学者だっていうから、きっと知っていて教えてくれるにちがいない。あたしは、力ない翅をはばたかせて、その灯をたよりにテントに飛び込んだの。むろん、蝶の姿じゃなしに、この人間の姿をかりてよ。「ほう、おまえは何処の娘さんだね？」そう言って、恐竜の骨の化石をいじくりまわしていた、エフレーモフっていう名前の隊長さんは、びっくりして顔をあげたわ。〈あたしは、あなたに雇われているモンゴール人夫の娘です〉、あたしは、とっさの機智で、そんな嘘をついちゃったの。「ふん、それで、わしに何か用かね？」、〈はい、教えていただきたいことがあるんですけど〉、「そうか、遠慮なく言ってごらん」、〈この、世界って、こんな沙ばかりのところでしょうかしら？〉……そうよ、いつもあんたに喋舌《しゃべ》ってるよりも、ずっとていねいな言葉使いでよ。そうしたら、隊長さんは、髭《ひげ》をパリパリかきながら、「ははあん、おまえは、もう年頃になったんで、町の男が恋しくなったんだな」、そう言って、にやにや笑いながら、あたしのお乳房《ちち》を見つめるの。ふん、この助平隊長めっ！——あたしは心の中でそういってやったけど、そんな様子は気振《けぶ》りにも見せず、〈いまおっしゃった〝町〟って、なんのことでしょうか？〉って訊きかえしたの。

「町っていうのはね、わしみたいな人間が大勢あつまって、大きな家を建てて住んでいるところだよ」、〈だったら、大きな木や、いろんな植物も、たくさんありますか？〉、「そりゃ、おまえ、町には、その土地にない植物を集めた植物園だってあるさ」。あたしの胸は、わくわく波うってきたわ。〈じゃ、その植物園っていうところに、こういう植物もあるでしょうか？〉。あたしは、かくして持っていた、儒羅のウツボカズラの化石を取り出して見せたの。そうしたら、隊長さんの眼が、夜のフクロウみたいに円くなったわ。「お、おまえ、これを、ど、何処で見つけた？」、〈欲しければ上げてよ。だから教えて！　これと同んなじウツボカズラのあるところを教えて！〉、「よろしい、教えてあげよう。だが、それは、遠い遠い日本という島にいる、ソネ・ヒロシという名前の学者の家にしかない。その人の温室に、大事に栽培されている写真を、なにかの学術雑誌で見たことがある」、〈ありがと。それでやっと安心したわ。じゃ、あたし、今夜にも、そこへ旅立つことにするわ〉、「とんでもない。おまえのような小娘に、なんでそんな遠い旅ができるものか」――もうあたしには、隊長さんの言葉も耳にははいらず、あたしは、テントを飛び出して、こんどは、顔見知りの、その探検隊に雇われている土掘人夫のとこへ談判にいったの。それが、あの、ネメゲトウから来たといった男よ。……あんまり長くなるから、あとは、かんたんにはしょるわね……いやだ、いやだ、というのを、やっと口説きつけ、お礼のお金は、ついでに隊長さんのテントにしのびこんで、金庫から盗み出してやったの。あたしって悪い娘《こ》？　じゃないわね。だって、隊長さんは、あたしたち生き残った同族をみなごろしにしたも同じだもの。そのくらいの賠償金は、当然払ったっていいはずでしょ?……そうして、あたしは、大金をやるかわりに、ちゃんと役目を果さなかったら、おまえを殺すぞ、って脅かして、あたしは元の蝶の姿になって、その男が大急ぎでつくった籠にはいって、やっとのおもいで、こうしてあんたのお邸の温室に来たってわけ……ああ、くたびれちゃったあ!〉

話しおわると、パピは、可愛い腋毛《わきげ》を覗かせた腕を長々とのばして深い溜息をついた。

〈すっかり咽喉《のど》がかわいちゃったわ。あんた、お水ちょうだい〉

曾根は、備え付けのカップに、水を満たして持ってきてやった。

〈嫌やよ、嫌やよ。口うつしに飲ませて〉

咽喉音を立てて飲みおわると、パピは、濡れた唇を手の甲でらんぼうに拭って、

〈あたしの話、どうだった? すこしは、謎が解けて?〉

「おもいもよらぬことばかりで、呼吸《いき》をするのも忘れていたよ、パピ。だが、いまの話の中で、きみは、いまはぼくにも明かせない重大な理由があるって言ったね。水くさいぞ。言ったらどうだ?」

〈勘忍してよ、それだけは!〉

パピの緑っぽい眼が、劇《はげ》しい羞恥にまばたいたようにも思えたが、曾根がそう感じただけだったかも知れない。

〈いつか言うわ。言わなくたって、いつかは、あんたに解ってしまうことよ。だから、

そのことだけは訊かないで、そっとしておいて！〉
パピは、そうして曾根を黙らしてしまおうとするもののように、いきなり唇を捩《よ》じりつけた。パピの唇は、皁莢《さいかち》のように苦かった。

雲とその影

「あなた、ちょっとお待ちになって」

夕食も申しわけに箸《はし》をつけただけで、せかせかと部屋から出てゆこうとする曾根を、由美子は、すがるように引きとめた。

「なんだ？」

曾根は、にがにがしく、こめかみをうごめかせた。

「どうなさったの？　これ……」

由美子は、指先で、夫の髪を軽くはじいた。金色の鱗粉が、ぱあっと舞いあがって散った。

「そうか、うっかりしていたが、あ、あの蝶を手に取って調べているうちに附いたらしいな」

「あの蝶、だなんて……パピ、とおっしゃいよ」

由美子の瞳が、硝子の破片みたいに、キラッとした光りかたをした。

「どういうことかね？　妙にからんだ言いかたをするじゃないか……」

曾根は、内心のうろたえをかくし切れず、しかし、かぶせつけるように嘯《うそぶ》いた。

「あなたが、あの蝶を、どうお呼びになろうとどう名前をおつけになろうと、わたしがおせっかいめいたこと言うことなんかなくてよ……でも、うわごとにまで、そう呼ぶほどお気に召した名前だったら、どうして、わたしの前でだけ、そうお呼びにならないのかしら……」

「ふん、たかが蝶一ぴきのことで、なにを、そう、こだわるんだ」

「あなたって、この頃すっかりお変りになったのね」

由美子は、夫から視線を逸らすまいと努めながら、

「お講義にはお出にならない、一日中温室には入り浸り、錠前屋を呼んで新しい鍵はつけさせる……そうして、髪も服も、鱗粉だらけになるまで、パピをお相手に戯れてばかり……」

「戯れるとはなんだ」

「どうして、そんなにお怒りになるの？　おかしな方」

「…………」

「わたしが、パピに、やきもちを焼いたから？」

由美子が冷静であればあるだけ、曾根の心は、たかぶり乱れた。

――どこまで妻は、パピとの秘密を嗅ぎつけているのだろう？――

「ふん、相手が蝶じゃ、きみも妬《や》き甲斐がないだろう」

小狡《こずる》く、曾根は、由美子の表情をさぐったが、由美子は、眉ひとつうごかさなかった。

「もっとも、亭主が飼い猫に夢中になり過ぎたため、細君が妬いて、そいつを殴り殺した、って話を読んだことがあるがね」

「わたしも、パピを殺しちまおうかな、うっふ」

さすがに、ぎくりとなって、曾根はおもわず生唾を嚥《の》んだ。

「くだらんことを言うな……あれの命乞いをしたほどのきみが、いまさら」

「そうね。あなたとおなじように、わたしも変ったわ……わたしたちの愛情は、わたしたちでしっかり護っていけばいい、なんて、いい気なものだったわ。あの時、とめだてなんかするんじゃなかった。あなたのおっしゃるとおり焼き殺してしまえばよかったんだわ……じゅうっ、て、はらわたの焼ける臭《く》さい煙をあげて……」

「止さないかっ！」

曾根は、由美子から面《おもて》を背けたまま、よろめくように階段に向って突っ走った。

〈どうかしたの？　あんた……とってもお顔の色、わるくてよ〉

パピは、ねっとりと濡れたような指を曾根の手にあずけたまま、掬《すく》うような眼で覗きこんだ。

「いや、なんでもないんだ。きみが心配することじゃない……ゆうべ、調べものでおそくまで起きていた所為《せい》だ。寝不足だろう」

〈嫌やよ、嫌やよ、あたしにかくしだてなんかしちゃ〉

パピは、美しい蛞蝓《なめくじ》みたいに、身をくねらせて、

〈言ってくれなきゃ、もうあんたと会わないっ〉

「なんにも有りはしないったら……それより、ちょっと聞きたいことがある」

〈どんなこと？〉

「きみは、誰かに、姿を見られやしなかったかね？」

〈姿って、この？〉

パピは、匂おやかな胸を、こころもち反らせて見せた。

「そうだ。きみの人間の姿をだ」

〈あたしね、こんな半端な着物しか持っていないでしょ？　あたしが、一人前の女蝶《めちょう》になるときに脱ぎ捨てた繭の糸が足りなかったのよ。だもんだから、胸もはだかりっぱなし……こんな恰好で、どうして人前に出られて？〉

「じゃ、むろん、ぼくの家内の眼になんか触れはしなかったはずだね？」

〈あら嫌やよ〉

パピは、にっと笑ってみせて、

〈男のひとなら、まだしもよ。同性のひとにお乳房《ちち》を見られるなんて、恥かしくて死んじまうわ〉

なにか、ほっとしたものを、曾根は感じたが、まだ手離しで安心は出来なかった。

「しかし、エフレーモフ博士には、見られて、からかわれた、というじゃないか」

〈それは特殊事情があったもの〉

小生意気に唇をとがらせて、

〈そんなことといえば……あんたはべつよ……ネメゲトウから来た男にも見られているわ〉

「それでおしまい？」

ちょっと小首をかしげ、

〈あっ、忘れてた。もうひとり……〉

「誰だ？」

〈マゴイチよ。あんたとこの、スッポンみたいな顔した爺さん〉

われにもなく、曾根は、うろたえた。

もはや、孫市が、忠義立てらに、由美子に注進したであろうことは、疑いの余地はなさそうである。

「だが、ここのネペンシスの茂みだけは、絶対外から覗き見出来ないはずだが……おかしいなあ……」

〈あたしのほうから、トコトコ出掛けて行ったのよ〉

パピは、面白そうに、悪戯《いたずら》っぽく眼を細めた。

「なんだって、そんな馬鹿な真似を……」

〈だって、あたし、気がかりでしようがないから、たしかめに行ったんだわ。マゴイチが、ちゃんと、石油鑵を物置の中へ蔵《しま》ったか、どうか……どうして、そんな怕《こわ》い顔するのよ、ヒロシ〉

「いや、いいんだ。もう済んでしまったことだからな。さあ、パピ、なにもかも忘れて、いつものように、ぼくを楽しませてくれ」

〈よくってよ。あたしは、いつだって、あんたのものだもの！〉

艶《あ》でやかな微笑の中に、しかし、きょうのパピは、用心深く曾根の表情をまさぐりながら、膝をゆるめた。


「孫市っ。きさまが、どう言って奥さまに告げ口したか、その通りを、ここで、もう一度言ってみろっ」

「は、はい」

哀れな孫市は、土をこすりつけたままの額を擡《もた》げ、怒りに青ざめた主人《あるじ》を、おそるおそる見上げた。

「おゆるしを、なにとぞおゆるしを！　下男の分際して、とんでもねえ出過ぎた真似を仕でかしましただ。けれど、おらは、ただ、日毎に旦那さまが離れて行かれる奥さまが、お気の毒で、お気の毒で……」

「ふざけるなっ。つべこべ言わずに、きさまのほざいた科白《せりふ》を、もう一度くりかえせっ」

「はい、おら、ただ、こう申しあげただけでございます……奥さま。あの、金ピカ蝶のやつめ、ありゃ、ただもんじゃごわせんで、お気をつけくだせいやし。さようですとも！　おら、はっきりと、この眼でやつの正体を見とどけましただ。いえ、どっちがほんとうの正体だか、おらなんどには解りましねえけんど、おらの目が見たもんは、姿、容《かたち》こそ虫もころさぬ可憐《いじら》しげな女子《おなご》じゃけんど、心ざまは、この世の邪悪《よこしま》なものを一身にあつめたみてえな、パピちゅう妙な名前の恐ろしい魍魎《すだま》でございますだ。齢《とし》の甲羅《かんげ》を経たおらでせえ、たぶらかされて、いのちを救けてやったもんの、いまとなって考えてみりゃ、とんでもねえ失策でごわしただ。奥さま、どうぞこのわしに、更《あら》めて、奥さまと旦那さまとの仲を割くパピちゅう妖精女を焼き殺せ、と、お命じになってくださいまし。それが、お家の安泰を元通りに取戻す、たったひとつの方法でごぜえますだから……」

「きさまは、たいした忠義者さ」

冷笑に醜《みに》く唇をゆがめ、曾根は、孫市の襟首をひっ掴《つか》んで、手荒く引きおこした。

「いますぐ、物置の石油罐を、裏山に持って出て、全部流してしまえっ……アサ、おまえも手伝えっ」

「は、はい」

すっかりおびえ切ったアサが、ガタガタ顫《ふる》えながら、やっとのおもいで物置の戸をあけた。

「…………？」

無い！

悩ましき悲願

〈今夜は、よっぽどどうかしているのね？　あんた……いつものあんたらしくもない〉

パピの眼が、何気ないなかに、するどく光ったが、曾根は、気にも留めずせきこんで、

「パピ！　突然だが、きみはアルタン・ウラへ帰れ！」

〈まあ！　あたしに、アルタン・ウラへ帰れだなんて！〉

さすがに一瞬、パピは、ぎょっとした様子だったが、なにくわぬ顔で、

〈どうして、いきなりそんなこと言い出すの？　嫌やよ、嫌やよ。あんな、恐竜の墓へなんか、死んだって帰らないわ〉

パピは、軟体動物のようにいつものくねりかたで、曾根にしなだれかかりながら、天井のフレームを指した。

〈ごらんなさいな！　月が蝕《か》けはじめているわ。あれは儒羅の月よ。その月の下で、こうしてあんたに可愛がられて暮しているあたしが、どうして、また、あんな餓えと寒さ

の支配する国に帰らなけりゃならないの？〉

さすがに曾根は、妻が、パピを殺そうとたくらんでいる、とは、口に出して言えなかった。

「パピ。ぼくは、きみの為めにならぬことは言わない。むろん、ひとりで帰れはしまい。ぼくが送ってやる。それならいいだろう？」

〈そんなむごいこと言わないで！　ヒロシ〉

パピの眼から、始めて見る涙が、あふれたぎった。

〈あたしを、いつまでも此処に置いて！　ここ以外に、あたしが生命《いのち》を保てる場所なんて、ありはしないもの〉

「きみは、どうしても、ここを出なけりゃいけないんだ。それも今直ぐ！　強《た》って頑張りどおす気なら、つまみ出しても追っ払うぞっ」

ただならぬ曾根の血相に、パピは、弾かれたように身を退いた。

〈さんざん楽しんどいて、お払箱？〉

パピの髪が、バサーッと音を立てて解きほぐれた。

〈それが、こころいっぱい、からだいっぱいで愛してあげた、あたしへの言葉？　勝手だわ、あんたって！〉

パピは、額に垂れかぶさる髪を、頭で振りあげ、

〈いくら、あんたが、あたしを追ん出そうとしたって、あたしは金輪際うごかなくてよ。

たとえ、奥さまが、あたしを憎んで殺そうとたくらんだって！〉

「そこまで勘付いているんだったら、なぜ、ぼくの言うことをきかないっ」

〈ふん、あんたは、奥さまが怖いのね。これ以上、あたしとあんたとの情事を知られるのが……〉

「馬鹿なっ。もう、そんなことでは済まされないところまで追いつめられているんだ！」

〈嘘！　あたしは、あんたほど卑怯じゃなくてよ。問いつめられて真赤な顔をするよりは、あたしのほうから、あらいざらいぶちまけてやるわっ〉

「な、なにをだ？」

気弱く、曾根は、眉を寄せた。

〈あんたが、どうやってあたしを愛撫したか、あたしが、どうやってあんたに奉仕したか、千も万もの場合を、そっくりそのまま奥さまの前で、演技して見せてね……それからね……〉

パピの指が、らんぼうに、繭糸の服をビリビリッと破り下げた。膩《あぶら》ぎって張りふくらんだ黄金色の腹が、ぶわっと、曾根の眼近《まぢか》で、まばゆく息づいた。

〈あたしが、こうして、あんたの子を孕《はら》んでいることも、ね〉

「あ、あっ！」

一瞬、曾根は、脳細胞の一部が音を立てて破れたかとおもわれるほどのショックに、くらくらっとよろめいたが、気丈に立ち直った。

「そんな、そんな馬鹿げた言いがかりをっ！」

〈あ、は、は、は〉

パピは、大口開けて笑い立てた。

〈そうね。あなたの言うとおり、これはあたしの言いがかりよ。蝶に人間の子を孕めるわけはないもの……いいわ、ほんとのこと言ってしまう！　いつか、あたし、あんたにも明かせない重大な理由がある、って言ったわね、覚えている？〉

「…………」

〈あたしがいま、お腹の中にいっぱい孕んでいるのは、あたしのいいひと……そうよ、アルタン・ウラにいた時に可愛がられた、あたしたち同族の男蝶から享《う》けた卵！〉

「きみは、それを承知しながら、ぼくを誑《たぶら》かしつづけてきたんだな？」

〈誑かすなんて、あたしの知らない言葉を使わないでよっ〉

パピは、唇の端に冷めたい微笑を泛《うか》べて、

〈ふ、ふ、世間知らずの甘っちょろい学者先生！　あたしはね、始めっから、奥さまとの仲を割こうなんて、そんな人間臭いたくらみなんか抱いてはいなかったわよ。まして、あんたなんかを本気で愛してなんているもんですか。楽しんだのはあんただけ。あたしが愛しているのは、この中のものだけよ！　わかる？〉

パピは、誇らかに、下腹を曾根の眼先につきつけた。

〈あたしがね、はるばるネメゲトウから、儒羅の花ネペンシス・ジガスの咲く、世界で唯ひとつの此処を尋ねてやってきた、ほんとうの目的は、あたしたちの同族オオコガネアゲハの子孫を絶やしたくないためだけ！　卵から孵《かえ》ったばかりの幼虫たちが、餓えと寒さに死に絶えないようにしてやりたかったためだけよ。どう？　解った？〉

「それなら、なぜ、なぜぼくを、こうなるまでに誘惑したっ？」

〈誘惑だなんて！　は、は、は〉

パピは、もう一度笑い立てた。

〈は、は、は。あたしはね、あんたを利用しただけよ。そうじゃない？　あんたをなんとかしなけりゃ、あたしの生命《いのち》があぶなかったもの！　あんたが、あたしを焼き殺そうとした張本人だったもの！　それだけよ。あとは、あんたが勝手に楽しんだだけ！〉

「うーっ」

髪まで青ざめるおもいの羞恥と忿怒のなかに、曾根は、すっくと立ちあがった。

〈あたしが憎いでしょ？　殺したいほど？〉

炎とならんばかりの息づきに、胸乳《むなち》を荒々しく波打たせ、パピは、警戒の眼で曾根を捉えながら、用心ぶかく後退《あとしざ》りはじめた。

「いまこそ、きさまを殺してやるっ！」

曾根は、指に触れた剪定鋏《せんていばさみ》を握りしめ、ジリジリと詰め寄った。

〈は、は、は。嫌やだ、嫌やだ、あたしが殺されるなんて！　は、は、は。あたしは卵を産むのよ、もう直《じ》き……月がすっかり蝕《か》け終ったら……どうしても殺したいんなら、

それまで待って！　は、は、は〉

「妖蝶！」

曾根の咽喉奥から、絞りあげるような声がほとばしったのと、殆んど同時だった。

〈ヒイーッ！〉

うしろざまに、ネペンシスの茂みにころがりこんだパピの悲鳴が、闇をつんざくかにひびきあがったとたん、メラメラメラッと、火焔蜥蜴《サラマンドーラ》の舌さながらに噴きあがった炎！

くくりつけた綿に石油をひたして点火した棒を手に、誰かの黒い影が、毬《まり》のようにはずんで温室をおどり出たようだったが、曾根の眼には、はっきりとは見定められない。

曾根は見た！

全身、業火《ごうか》の炎に燃え包まれながら、女陰《ほと》もあらわな下腹を、われとわが指に最後の力をみなぎらせて、悲願の抱卵を産みしぼりつづけているパピの姿を！

〈あたしを焼き殺したものを、焼き返してやるっ！〉

妖蝶パピの、なかば焼け爛《ただ》れた唇が、そう叫んだようにもおもわれたが、たしかではない。

正視するに耐えられず、曾根は、両手に顔を覆ったまま、渦巻く火煙をのがれて温室を飛び出した。

赤銅色に蝕けきった幻怪な月が、低く空にかかっている。

と、数ヤード離れた植込みの蔭から、いきなりバァーッと、炎があがった。

「由美子？」

愕然と、曾根は、前泳ぎに足を踏み出したが、バッタリその場にのめずり伏し、そのまま必死に匐《は》い寄った。

植込みの蔭にかくされてあった石油鑵を頭から浴び、全身これも、パピの最後の呪いをうけて、炎に燃え包まれてのたうっている下男の孫市！

「アサ！　アサ！　はやく医者を！」

乾物《ひもの》さながらに硬《こわ》ばった舌を無理にもうごかし、小間使のアサを叫び求めたまでは覚えている。ふと、気がついたとき、曾根は、書斎つづきの露台《テラス》の籐椅子に、しずかに寝かされていた。

「お気が付いて？　あなた……」

破局にむかって堕ちてゆくままの夫を、救いあげようと身悶え抜いた苦悩を物語るかに、由美子の髪は、胸元は、乱れはだかったままだった。

「これで、なにもかも済んでしまったわね！」

青ざめた面《おもて》のまま、そうつぶやく由美子の、あたたかい瞳に見入りながら、曾根広志は、そっと、妻の指をまさぐり求めた。

「そうか……なにもかも済んでしまったか……」

涙が、自然に、眼頭《めがしら》を濡らした。

「いや済んだんじゃないよ、由美子……はじめから、そうだ、ネメゲトウからなんか、誰も来やしなかったんだ」

「ま！」

あたりが、ほのぼのと明るみかけてきた様子だった。間もなく、月は、元の姿にかえることであろう。

編者解説

日下三蔵

香山滋は怪獣映画「ゴジラ」の原作者として知られているが、元々は怪奇幻想もの、秘境冒険ものに健筆を振るった異色の探偵作家である。本書は、香山の代表的な傑作を厳選した作品集であり、奔放な奇想に彩られたその作品群は、二十一世紀の現代においても読者をロマンの世界に引きずり込んで止まないものと信ずる。

香山滋は本名・山田鉀治《こうじ》。一九〇四（明治三十七）年、東京生まれ。学生時代から短歌に熱中。また横山又次郎博士の『前世界史』を読んで古生物学に興味を持ち、独学で研究していた。「新青年」を愛読し、小栗虫太郎の「人外魔境」シリーズや江戸川乱歩の作品を特に好んでいたという。一九二五（大正十四）年、法政大学経済学部を中退し、大蔵省に入る。

一九四六（昭和二十一）年、岩谷書店から探偵小説専門誌「宝石」が創刊され、その原稿募集の記事を見て筆を執ったのが、探偵小説の処女作「オラン・ペンデクの復讐《ふくしゅう》」

であった。この作品は、飛鳥高「犯罪の場」、山田風太郎「達磨峠の事件」、島田一男「殺人演出」、独多甚九「網膜物語」、岩田賛「砥石」、鬼怒川浩「鸚鵡裁判」とともに入選を果たし、翌年の「宝石」四月号に掲載された。探偵作家・香山滋のデビューである。

選考委員だった江戸川乱歩は「応募作品所感」(「宝石」46年12月号)で「私の注意を惹た作品」として飛鳥高、独多甚九、香山滋の三人を挙げ、香山作品について以下のように言及している。

『オラン・ペンデク』は空想科学小説に属する。この作者も物識りであるが、その教養度に於て前二者よりは若いところがある。プロットにも少し行きすぎの点があり、文章も必ずしもおとなではない。それにも拘らず私はこの作者に大いに期待をかけている。この種の題材、着想を更らに奥深く探ることをお勧めしたい。

処女作に続けて「宝石」に「海鰻荘奇談《かいまんそう》」を発表した香山は注目を集めた。四八年に創設された探偵作家クラブ賞(現在の日本推理作家協会賞)では、長篇賞の横溝正史『本陣殺人事件』、短篇賞の木々高太郎「新月」と並んで、「海鰻荘奇談」で新人賞を受賞している。

注文も殺到し、四七年には十数篇だった作品も、四八年にはなんと五十数篇を発表している。香山のロマン溢《あふ》れる作風が、戦後の荒廃した世相で夢を求める読者のニーズに合致したのである。当初は二足のわらじの兼業作家だったが、さすがに注文を捌《さば》ききれず、四八年には大蔵省を辞任している。

戦後デビュー組の中でいち早く流行作家となった香山は、江戸川乱歩のいわゆる「戦後派五人男」のひとりに数えられた。乱歩の自伝『探偵小説四十年』中の「戦後派の五人男」の項目から抜粋すると――。

探偵小説の戦後派新人の中から五人を選ぶことは割にやさしい。それほど出色の作家がちょうど五人いるからだ。一昨年登場した香山滋、山田風太郎、島田一男、昨年登場した高木彬光、大坪砂男の五人である。（中略）

香山君は従来見られなかった異様の題材をひっさげて現れた。魚類、虫類、その他の動物に取材した怪奇とエロチシズム。私はそれを「動物怪談」と名づけたが、西洋にも類のない異風の作家といっていい。しかし、彼はたちまち流行作家となって、ちと書きすぎたきらいがある。これからは量を減らして力作主義で行くといっているが、賢明だと思う。（後略）

五四年、東宝から怪獣映画の原作を依頼されて香山が生み出したゴジラは、原水爆への怒りと古生物への憧れを体現した怪物であった。ゴジラが人気を博して世界的な「キャラクター」へと成長していく一方で、昭和三十年代に――つまり高度経済成長時代に入ると、香山の作品はみるみる数が減ってくる。昭和四十年代に至っては、わずかに三篇を発表したのみ。七一年の怪獣小説「ガブラ――海は狂っている――」が最後の作品となり、七五年に亡くなった。

晩年、同期の島田一男が「どうして書かないの?」と訊《たず》ねたところ、「夢がなくなっちゃったの。いまの世の中見てると、うんざりしちゃうんだ。夢がないだろう、日本人に。おれの夢も消えちゃった。もう書けないよ」と言われたという。

香山の活動期間は昭和二十年代から三十年代後半までの二十年弱であり、それは日本という国の復興と軌を一にしていた。香山滋の作品は、戦後の日本人が見た夢そのものだったのかも知れない。

怪奇幻想、秘境冒険、都会派サスペンス、SFと、その手がけたジャンルは多岐にわたるが、探偵作家といっても高木彬光のようにトリックをメインにした本格ものは、ほとんどない。島田一男のように現代社会に密着したものには目もくれず、大人のためのファンタジーを書き続けた。山田風太郎のように文章力や構成力に秀でているわけではなく、多作ゆえの題材の焼き直しも多い。

にもかかわらず、一度読むと次々に手を出さずにはいられない不思議な魅力が香山滋にはある。作品に込められた熱気や溢れんばかりのペダントリイが、数々の欠点を補って余りある魅力となっているからだ。

ミステリ評論家の中島河太郎氏が編んだ〈香山滋代表短篇集〉(牧神社/全2巻/75

年）や〈香山滋傑作選〉（社会思想社現代教養文庫／全3巻／77年）を経て、香山滋研究の第一人者だった竹内博氏の編纂《へんさん》による〈香山滋全集〉（三一書房／全14巻、別巻1／93～97年）が刊行され、その全貌がほぼ明らかとなったが、手軽な文庫本で代表作を楽しめる傑作選は久しく出ていなかったので、本書を編んだ次第。
　収録作品の初出は、以下のとおり。

オラン・ペンデクの復讐　「宝石」47年4月号
オラン・ペンデク後日譚　「別冊宝石」48年1月号
オラン・ペンデク射殺事件　「宝石」59年1月号
海鰻荘奇談　「宝石」47年5～7月号
海鰻荘後日譚《ごじつたん》　「別冊宝石」54年11月号
処女水　「真珠」48年3月号
蜥蜴《とかげ》の島　「宝石」48年1月号
月ぞ悪魔　「別冊宝石」49年1月号
蠟燭《ろうそく》売り　「宝石」52年7月号
妖蝶記　「宝石」58年1月号

前述の通り、「オラン・ペンデクの復讐」はデビュー作、「海鰻荘奇談」は探偵作家クラブ賞を受賞した出世作だが、それぞれ続篇が書かれて最終的に三部作と二部作になっている。

四八年五月に岩谷書店から刊行された香山の三冊目の著書『オラン・ペンデク奇譚』は「オラン・ペンデクの復讐」「オラン・ペンデク後日譚」「海鰻荘奇談」の三作を収めたもの。当然のことながら、この時点で書かれていない「オラン・ペンデク射殺事件」と「海鰻荘後日譚」は含まれていない。

五六年七月に春陽堂書店から刊行された『長編探偵小説全集6　遊星人M他』に「オラン・ペンデクの復讐」「オラン・ペンデク後日譚」「海鰻荘奇談」「海鰻荘後日譚」が収録され、「海鰻荘奇談」が第一部「肉体の復讐」、「海鰻荘後日譚」が第二部「霊魂の復讐」としてまとめられた。

「オラン・ペンデク射殺事件」は六九年十二月に桃源社の〈大ロマンの復活〉シリーズの一冊として刊行された自選傑作集『海鰻荘奇談』に初めて収録された。初出時に付された江戸川乱歩によるルーブリック（紹介文）は、以下のとおり。

懐しのオラン・ペンデク！　これは香山さんの有名な処女作「オラン・ペンデクの復讐」のプロローグともいうべきもので、作者がいつかは書いておきたいと考えていたものである。しかし、これはこれとして独立の物語になっている。「地球上のどこかに、いまも未発見の美しい新人類が生存しているであろうという夢は、い

つまでも、ぼくの脳裡から消えることはないように思います」と香山さんは書いている。（R）

「処女水」の掲載誌「真珠」は探偵公論社が四七年に創刊した探偵小説専門誌だが、翌年に七号を出して休刊と短命に終わった。「処女水」は四八年十二月に岩谷書店から刊行された第四作品集『木乃伊《ミイラ》の恋』に初収録。「幻影城」七五年五月号の香山滋追悼特集にも再録されている。「蜥蜴の島」も『木乃伊の恋』に初収録。

「月ぞ悪魔」は自作の短歌を作中にあしらった怪奇小説の逸品。岩谷書店の新書判叢書〈岩谷選書〉から出た『ソロモンの桃』（49年11月）に初めて収録された。その際の「あとがき」には、こう書かれていた。

発表は二四年一月『別冊宝石』三号であるが執筆したのは二一年の春で私の『海鰻荘奇談』に続く極めて初期の作、そして、私にとっても自信のある作である。

幻想小説の名作「蠟燭売り」は東方社『とかげの様な女』（55年11月）に初収録。後期の代表作「妖蝶記」は講談社の新書判叢書ロマン・ブックスの一冊として刊行された作品集『妖蝶記』（59年3月）に表題作として収録された。初出時に付された乱歩によるルーブリックは、以下のとおり。

昆虫恋愛怪談

香山さんが島田一男、山田風太郎両氏などと共に、「宝石」第一期の出身作家であることは、今さらしるすまでもない。その第一回入選作「オラン・ペンデクの復讐」は、同時に入選した諸家のそれに比べて、ずばぬけて異色ある作品だったからひろく雑誌界の注目するところとなった。さらにその第二作「海鰻荘奇談」は第一回探偵作家クラブ賞を獲得し、一層人気を高め、香山さんは戦後最初の流行作家となったのである。

香山さんは生物学、考古学に造詣が深く、これを駆使して、動物に関する空想科学小説を矢つぎばやに発表した。私はそれを動物怪談と呼んでいるが、香山さんの動物怪談には、いつも不思議に、実感的なエロチシズムを伴っていた。どこの国の古代説話にもある人獣交婚の物語に、科学のころもを着せて現代に再現させたものである。

香山さんは、ほとんどあらゆる動物と人間との愛慾を描いたが、さらに極端な例をあげると、「白蛾」という作では、全く目に見えない架空の女性との快楽をさえ描いている。

香山さんは映画「ゴジラ」の原作者として一層有名である。近所の子供たちには、「ゴジラのおじさん」で通っている由。香山さんが好むと好まざるとにかかわらず、一般の人に紹介する場合は「ゴジラ」の作者というのが一番てっとりばやいのである。

ここに掲げる「妖蝶記」は懐しの初期の作風に属する動物怪談で、しかも、今まで一度も扱われなかった華麗な古代の蝶を登場させた昆虫恋愛怪談である。人と蝶との愛慾が、古代郷愁の幻想と、肌身にせまる実感をもって描かれている。香山さんのように、かくも多くの動物を対象として、恋愛怪談を描いた作者は、西洋にも全く前例がないのである。（R）

幸いにして本書が好評を持って迎えられたならば、「ソロモンの桃」「怪異馬霊教」など百枚以上の長さのために泣く泣く落とした作品を中心とした一巻や、秘境探検家・人見十吉が活躍する一連の冒険譚を集成した巻などを、続けてお届けしたいと思っている。飽くなき情熱で原初の夢を追い続けた香山滋の作品は、触れたものを虜《とりこ》にせずにはおかない不思議な魅力に満ちている。本書によって、その一員となる読者が一人でも多く生まれることを祈っている。

本書は、〈香山滋全集〉一、三、五、七、九巻（三一書房）を底本とし、適宜、『海鰻荘奇談』（一九六九年、桃源社／一九九七年、講談社 大衆文学館）、『ソロモンの桃　香山滋傑作選Ⅰ』『オラン・ペンデクの復讐　同Ⅱ』『妖蝶記　同Ⅲ』（一九七七年、現代教養文庫）を参照して明らかな誤植等を訂正し、難読字のルビを追加しました。

本書の作品中には、今日の眼では差別的表現として好ましくない表現も一部使用されていますが、作品執筆の時代背景ならびに著者が故人であることを鑑み、そのまま収録しました。

海《かい》鰻《まん》荘《そう》奇《き》談《だん》　香《か》山《やま》滋《しげる》　傑作選《けっさくせん》

二〇一七年一一月一〇日　初版印刷
二〇一七年一一月二〇日　初版発行

著　者　香《か》山《やま》滋《しげる》
編　者　日下《くさか》三蔵《さんぞう》
発行者　小野寺優
発行所　株式会社河出書房新社
〒一五一－〇〇五一
東京都渋谷区千駄ヶ谷二－三二－二
電話〇三－三四〇四－八六一一（編集）
〇三－三四〇四－一二〇一（営業）
http://www.kawade.co.jp/

ロゴ・表紙デザイン　粟津潔
本文フォーマット　佐々木暁
印刷・製本　中央精版印刷株式会社

Printed in Japan　ISBN978-4-309-41578-9

神州纐纈城

国枝史郎　40875-0

信玄の寵臣・土屋庄三郎は、深紅の布が発する妖気に導かれ、奇面の城主が君臨する富士山麓の纐纈城の方へ誘われる。〈業〉が蠢く魔境を秀麗妖美な名文で描く、伝奇ロマンの最高峰。

白骨の処女

森下雨村　41456-0

乱歩世代の最後の大物の、気宇壮大な代表作。謎が謎を呼び、クロフツ風のアリバイ吟味が楽しめる、戦前に発表されたまま埋もれていた、雨村探偵小説の最高傑作の初文庫化。

消えたダイヤ

森下雨村　41492-8

北陸・鶴賀湾の海難事故でダイヤモンドが忽然と消えた。その消えたダイヤをめぐって、若い男女が災難に巻き込まれる。最期にダイヤにたどり着く者は、意外な犯人とは？　傑作本格ミステリ。

日影丈吉傑作館

日影丈吉　41411-9

幻想、ミステリ、都市小説、台湾植民地もの…と、類い稀なユニークな作風で異彩を放った独自な作家の傑作決定版。「吉備津の釜」「東天紅」「ひこばえ」「泥汽車」など全13篇。

日影丈吉　幻影の城館

日影丈吉　41452-2

異色の幻想・ミステリ作家の傑作短編集。「変身」「匂う女」「異邦の人」「歩く木」「ふかい穴」「崩壊」「蟻の道」「冥府の犬」など、多様な読み味の全十一篇。

埋れ木

吉田健一　41141-5

生誕百年をむかえる「最後の文士」吉田健一が遺した最後の長篇小説作品。自在にして豊穣な言葉の彼方に生と時代への冷徹な眼差しがさえわたる、比類なき魅力をたたえた吉田文学の到達点をはじめて文庫化。

最後のトリック

深水黎一郎　41318-1

ラストに驚愕！　犯人はこの本の《読者全員》！　アイディア料は２億円。スランプ中の作家に、謎の男が「命と引き換えにしても惜しくない」と切実に訴えた、ミステリー界究極のトリックとは⁉

花窗玻璃《はなまどはり》　天使たちの殺意

深水黎一郎　41405-8

仏・ランス大聖堂から男が転落、地上80mの塔は密室で警察は自殺と断定。だが半年後、再び死体が！　鍵は教会内の有名なステンドグラス…。これぞミステリー！　『最後のトリック』著者の文庫最新作。

琉璃玉の耳輪

津原泰水　尾崎翠〔原案〕　41229-0

３人の娘を探して下さい。手掛かりは、琉璃玉の耳輪を嵌めています——女探偵・岡田明子のもとへ迷い込んだ、奇妙な依頼。原案・尾崎翠、小説・津原泰水。幻の探偵小説がついに刊行！

11　eleven

津原泰水　41284-9

単行本刊行時、各メディアで話題沸騰＆ジャンルを超えた絶賛の声が相次いだ、津原泰水の最高傑作が遂に待望の文庫化！　第２回Twitter文学賞受賞作！

久生十蘭ジュラネスク　珠玉傑作集

久生十蘭　41025-8

「小説というものが、無から有を生ぜしめる一種の手品だとすれば、まさに久生十蘭の短篇こそ、それだという気がする」と澁澤龍彦が評した文体の魔術師の、絢爛耽美なめくるめく綺想の世界。

十蘭万華鏡

久生十蘭　41063-0

フランス滞在物、戦後世相物、戦記物、漂流記、古代史物……。華麗なる文体を駆使して展開されるめくるめく小説世界。「ヒコスケと艦長」「三笠の月」「贖罪」「川波」など、入手困難傑作選。

邪宗門 上・下

高橋和巳

41309-9
41310-5

戦時下の弾圧で壊滅し、戦後復活し急進化した"教団"。その興亡を壮大なスケールで描く、39歳で早逝した天才作家による伝説の巨篇。今もあまたの読書人が絶賛する永遠の"必読書"！　解説：佐藤優。

憂鬱なる党派 上・下

高橋和巳

41466-9
41467-6

内田樹氏、小池真理子氏推薦。三十九歳で早逝した天才作家のあの名作がついに甦る……大学を出て七年、西村は、かつて革命の理念のもと激動の日々をともにした旧友たちを訪ねる。全読書人に贈る必読書！

悲の器

高橋和巳

41480-5

39歳で早逝した天才作家のデビュー作。妻が神経を病む中、家政婦と関係を持った法学部教授・正木。妻の死後知人の娘と婚約し、家政婦から婚約不履行で告訴された彼の孤立と破滅に迫る。亀山郁夫氏絶賛！

わが解体

高橋和巳

41526-0

早逝した天才作家が、全共闘運動と自己の在り方を"わが内なる告発"として追求した最後の長編エッセイ、母の祈りにみちた死にいたる闘病の記など、"思想的遺書"とも言うべき一冊。赤坂真理氏推薦。

日本の悪霊

高橋和巳

41538-3

特攻隊の生き残りの刑事・落合は、強盗容疑者・村瀬を調べ始める。八年前の火炎瓶闘争にもかかわった村瀬の過去を探る刑事の胸に、いつしか奇妙な共感が……"罪と罰"の根源を問う、天才作家の代表長篇！

我が心は石にあらず

高橋和巳

41556-7

会社のエリートで組合のリーダーだが、一方で妻子ある身で不毛な愛を続ける信藤。運動が緊迫するなか、女が妊娠し……五十年前の高度経済成長と政治の時代のなか、志の可能性を問う高橋文学の金字塔！

狐狸庵食道楽

遠藤周作 40827-9

遠藤周作没後十年。食と酒をテーマにまとめた初エッセイ。真の食通とは？　料理の切れ味とは？　名店の選び方とは？「違いのわかる男」狐狸庵流食の楽しみ方、酒の飲み方を味わい深く描いた絶品の数々！

狐狸庵動物記

遠藤周作 40845-3

満州犬・クロとの悲しい別れ、フランス留学時代の孤独をなぐさめてくれた猿……。楽しい時も悲しい時も、動物たちはつねに人生の相棒だった。狐狸庵と動物たちとの心あたたまる交流を描くエッセイ三十八篇。

狐狸庵読書術

遠藤周作 40850-7

読書家としても知られる狐狸庵の、本をめぐるエッセイ四十篇。「歴史」「紀行」「恋愛」「宗教」等多彩なジャンルから、極上の読書の楽しみ方を描いた一冊。愛着ある本の数々を紹介しつつ、創作秘話も収録。

さよならを言うまえに　人生のことば292章

太宰治 40956-6

生れて、すみません――三十九歳で、みずから世を去った太宰治が、悔恨と希望、恍惚と不安の淵から、人生の断面を切りとった、きらめく言葉の数々をテーマ別に編成。太宰文学のエッセンス！

新・書を捨てよ、町へ出よう

寺山修司 40803-3

書物狂いの青年期に歌人として鮮烈なデビューを飾り、古今東西の書物に精通した著者が言葉と思想の再生のためにあえて時代と自己に向けて放った普遍的なアジテーション。エッセイスト・寺山修司の代表作。

幻想図書館

寺山修司 40806-4

ユートピアとしての書斎の読書を拒絶し、都市を、地球を疾駆しながら蒐集した奇妙な書物の数々。「髪に関する面白大全」「娼婦に関する暗黒画報」「眠られぬ夜の拷問博物誌」など、著者独特の奇妙な読書案内。